Un mariage presque parfait

Patti Berg

Un mariage presque parfait

Traduit de l'américain
par Julie Guinard

J'AI LU

Titre original :

BORN TO BE WILD
Avon Books, an imprint of HarperCollins Publishers,
New York

À Bob,
pour mille et une raisons
extravagantes et merveilleuses.

1

Il y a dans l'interdit un charme qui le rend terriblement désirable.

Mark Twain

— Mon Dieu...

Avec une moue de dégoût, Lauren Remington raya d'un trait fin *Zippo Délices*, le dernier traiteur de l'annuaire de Palm Beach. Elle ne pouvait tout de même pas faire appel à un traiteur affublé d'un nom pareil pour préparer et servir la cuisine raffinée qui s'imposait pour le mariage de Betsy Endicott et de Richard W.D. Stribling, quatrième du nom. Elle voyait déjà les sandwiches thon-mayonnaise, les canapés au salami et aux rillettes...

Betsy et elle avaient prévu de s'adresser à Henri, le traiteur attitré de l'élite de Palm Beach. Betsy voulait servir à ses invités les mets délicats qui avaient fait la réputation de Henri : œufs de caille pochés accompagnés de caviar béluga, médaillons de saumon grillé sur leur coulis d'agrumes et gambas à la sauce curry et au chutney de mangue. Elle voulait voir les fameux serveurs de Henri, de beaux ténébreux qui ne s'habillaient qu'en Armani, arpenter la pelouse pour proposer petits-fours et coupes de champagne à ses prestigieux invités. En un mot, elle voulait que son mariage soit l'événement le plus merveilleux de la saison.

« Pauvre Betsy, elle va tomber de haut », songea Lauren en pianotant sur les pages jaunes avec l'extrémité de son stylo.

Car Henri, hélas, avait été rappelé à Dieu la veille, caprice du destin contre lequel aucun contrat ne pouvait rien. Et comme si cela ne suffisait pas, son personnel au complet, ainsi que les meilleurs chefs à des kilomètres à la ronde comptaient se rendre à l'enterrement. Enterrement qui, par malheur, devait avoir lieu le même jour et à la même heure que le mariage de Betsy Endicott.

Lauren poussa un soupir. À qui pouvait-elle faire appel, à trois jours de la réception ?

Elle se tourna vers son majordome, la seule personne en qui elle eût suffisamment confiance pour lui parler de son problème.

— Ça s'annonce plutôt mal, n'est-ce pas, Charles ?

Il s'approcha de la table de la cuisine, où elle était assise. Les semelles de ses chaussures ne faisaient aucun bruit sur le carrelage noir et blanc. Son visage était totalement dénué d'expression, comme chaque fois qu'il réfléchissait à ce qu'il allait répondre. Grand, mince, les cheveux blancs, le majordome anglais que la mère de Lauren avait engagé vingt-huit ans plus tôt, alors que sa fille avait tout juste un an, ne s'exprimait jamais sans avoir tourné sept fois sa langue dans sa bouche. Même maintenant, alors que Lauren mourait d'envie de l'entendre dire que tout ceci n'était qu'un mauvais rêve, il faisait preuve de sa circonspection habituelle.

Elle croisa les jambes et lissa distraitement sur son genou la soie glacée de son pantalon, tout en regardant Charles lui verser du thé dans une délicate tasse en porcelaine de Limoges. L'Earl Grey dégagea un nuage de vapeur parfumée. Cela sentait divinement bon, mais en guise de réconfort, elle aurait préféré une grande boîte de chocolats noirs.

Charles posa la tasse sur la table et s'éloigna. Accablée, Lauren se demanda s'il avait décidé de l'abandonner et de la laisser démêler seule cette belle pagaille. Elle écoutait toujours – enfin, presque toujours – ses conseils, et en ce moment, elle en avait plus besoin que jamais. Heureusement, il s'arrêta devant la porte et se tourna vers elle. Avant de prendre la parole, il croisa les mains dans le dos et s'éclaircit la gorge – un mauvais présage, d'après l'expérience de Lauren.

— Pardonnez-moi de vous dire cela, mademoiselle Remington, mais en effet, cela s'annonce mal.

— Ce n'est pas ce que j'avais envie d'entendre, soupira-t-elle.

Il toussota de nouveau.

— Avez-vous envisagé de prévenir Mlle Endicott que vous rencontriez une légère complication dans l'organisation de son mariage ?

Lauren haussa les sourcils. Elle avait raté bien des choses, dans sa vie, mais elle n'échouerait pas en tant qu'organisatrice de réceptions de mariage !

— Le mariage de Betsy a lieu dans trois jours, rappela-t-elle à Charles. Elle revient de Paris aujourd'hui avec sa robe, et demain, le yacht qu'a réservé Dickie pour leur voyage de noces autour du monde arrive au port.

Elle se leva, traversa la cuisine et contempla par la fenêtre les palmiers, la pelouse qui s'étendait jusqu'à la plage de sable, l'océan bleu marine qui tranchait sur le bleu plus clair de l'horizon. Il n'était pas question qu'elle gâche le mariage de son amie, se dit-elle en se remémorant la joie de Betsy quand celle-ci lui avait annoncé que Dickie l'avait demandée en mariage, qu'il l'aimait sincèrement. Lauren, à deux reprises, s'était laissé duper par ces mêmes paroles, mais pour rien au monde elle n'aurait voulu refroidir l'enthousiasme de son amie. Elle n'était pas blasée au point de croire que tous les mariages se soldaient par un divorce.

D'ailleurs, elle pensait réellement que Dickie aimait Betsy et qu'ils étaient faits l'un pour l'autre. Or les gens parfaits méritaient un mariage exquis et féerique.

Elle retourna s'asseoir, décidée à trouver une solution.

— Non, Charles, je ne dirai pas à Betsy que le traiteur est mort. Je ne lui dirai pas non plus que je n'ai encore déniché aucun remplaçant correct pour la somptueuse réception que je l'ai convaincue de me laisser organiser.

Toute la famille de Betsy avait poussé les hauts cris quand la future mariée avait annoncé qu'elle avait confié à son amie l'organisation des festivités. Mais ce genre de réaction ne faisait que renforcer la détermination de Lauren.

— Betsy est l'une de mes plus chères et plus vieilles amies, et d'une façon ou d'une autre, je m'arrangerai pour que son mariage se déroule sans la moindre fausse note.

— J'ai entièrement confiance en vous, mademoiselle Remington.

Charles n'avait jamais été doué pour le mensonge, songea Lauren. Néanmoins, elle apprécia son effort.

— Auriez-vous des gâteaux pour accompagner le thé ? demanda-t-elle. Quelque chose avec du chocolat, ce serait formidable.

Elle reporta son attention sur l'annuaire ouvert sur la table. Elle avait contacté tous les traiteurs qu'elle connaissait, tous les cuisiniers qu'on lui avait recommandés, mais personne ne voulait se charger d'une telle mission dans un délai aussi bref.

Elle prit un cookie au chocolat dans l'assiette que lui présentait Charles et commença à le grignoter en observant son majordome. Elle n'avait jamais remarqué à quel point il semblait à l'aise dans cette cuisine – où officiait d'ordinaire Mme Fisk, qui était malheureusement en vacances à Tahiti. Était-il possible que

Charles ne sache pas uniquement servir les repas, mais aussi les confectionner ?

Ses yeux se posèrent sur la vaste collection de livres de cuisine rangés dans une armoire vitrée à l'autre bout de la pièce. À maintes reprises, elle avait vu Mme Fisk consulter des recettes et élaborer des chefs-d'œuvre sans effort apparent. Était-ce si difficile de préparer un buffet ?

— Je pense avoir trouvé une solution, Charles, annonça-t-elle.

— Vraiment ?

— Oui. Nous allons faire la cuisine, vous et moi.

Charles haussa ses sourcils blancs.

— Vous et moi, mademoiselle Remington ?

— Nous deux, Charles, confirma Lauren.

— Mais je n'ai aucun talent culinaire, et sans vouloir vous offenser, vous non plus.

— Je vous ai préparé un repas, il y a une dizaine d'années, et vous m'avez dit l'avoir trouvé délicieux.

Charles, embarrassé, baissa les yeux vers le carrelage et avoua :

— J'ai menti, mademoiselle Remington.

Lauren se sentit vexée, mais elle sourit pour tranquilliser Charles et croqua une autre bouchée de cookie. Elle savait bien, dans le fond, qu'elle n'était pas un cordon-bleu. Ce repas pour Charles n'avait d'ailleurs pas été sa seule tentative de faire plaisir à un homme de cette manière ancestrale : par l'estomac. Un jour, alors qu'elle était jeune mariée et avait à peine vingt ans, elle avait fait à manger pour Chip, dans l'espoir qu'il resterait à la maison au lieu de retourner aux courses, où il passait son temps à perdre de l'argent. Malheureusement, il avait toujours préféré les chevaux à ce qu'elle pouvait lui offrir.

Puis elle avait épousé Leland Lancaster. Celui-ci se souciait plus d'alcool que de nourriture et avait une tendance certaine à faire l'amour avec d'autres femmes que la sienne. Après ces deux unions désastreuses,

Lauren avait renoncé à la cuisine. Après tout, les hommes qu'elle connaissait se moquaient de ses talents domestiques. La seule chose qui les intéressait, c'était de faire fusionner leur fortune avec la sienne, alors qu'elle ne rêvait que d'amour et d'enfants. Mais, à l'évidence, ses désirs étaient condamnés à rester inassouvis.

Allons, se dit-elle, ce n'était pas le moment de pleurer sur son sort. Pour l'instant, elle avait un mariage à organiser. Et elle tenait à être à la hauteur pour le plus beau jour de la vie de Betsy.

Charles s'approcha d'elle et demanda :

— Êtes-vous certaine d'avoir appelé tous les traiteurs de l'annuaire, mademoiselle Remington ?

— Tous. Même le *Bad Bubba's Barbecue*.

Charles parcourut lentement la liste.

— Il me semble que vous en avez oublié un, remarqua-t-il.

— Ah bon ?

— Oui, regardez, répondit-il en pointant le doigt sur une ligne. Il est là, presque caché par le trait avec lequel vous avez barré *Fine Fourchette*.

Lauren examina l'annuaire et éclata de rire.

— Vous voudriez qu'un traiteur qui s'appelle *Extravagances* prépare le buffet d'un mariage où sera présente toute la haute société de Palm Beach ?

— Puis-je vous signaler, mademoiselle Remington, que vous commencez à parler comme votre mère ?

Lauren serra les dents. Elle n'était pas snob, ne l'avait jamais été et ne le serait jamais. Et aujourd'hui, elle en avait assez d'agir selon les diktats de ses parents, de son frère, de ses ex-maris ou de ses amis. C'est pourquoi elle avait décidé de n'obéir qu'à elle-même, de suivre ses envies... ce qui n'était pas facile. Tout le monde l'avait désapprouvée lorsqu'elle avait rompu ses fiançailles avec Peter Leighton, un joueur de polo australien, et la presse à sensation ne se privait pas de critiquer la nouvelle entreprise dans laquelle elle s'était lancée : l'organisation de mariages.

Ces moqueries la blessaient. Les gens ne savaient pas à quel point cette petite affaire comptait pour elle. Au cours de sa vie, elle avait échoué dans bien des domaines, et elle souhaitait désespérément que cela change. Organiser des mariages n'était que la première étape dans ce nouveau départ.

Elle respira un bon coup, fixa le nom du traiteur que lui indiquait Charles et réalisa qu'*Extravagances* représentait son dernier espoir. Elle composa donc le numéro et croisa les doigts, en priant pour que ce traiteur soit disponible samedi et qu'il sache cuisiner autre chose que du poulet frit et des grillades.

La bonne société de Palm Beach pouvait gloser à loisir sur sa décision de devenir une femme d'affaires, elle s'en moquait pas mal. Ce qui comptait, c'était l'estime qu'elle avait d'elle-même.

Elle avait raté ses deux mariages et savait qu'elle aurait connu un troisième échec si elle avait épousé Peter Leighton. Les journaux dressaient d'elle le portrait peu flatteur d'une jolie fille frivole et volage. Eh bien, ils se trompaient ! Et le plus important, c'était qu'elle se le prouve à elle-même.

Max Wilde porta la spatule en bois à sa bouche et goûta sa nouvelle création : des côtes de porc à l'ananas et à la papaye assaisonnées d'une sauce barbecue épicée. Pas mauvais du tout. Helena Fabiano lui avait demandé « quelque chose de spécial » pour le soixante-quinzième anniversaire de son mari Luigi, qui en avait assez des raviolis et des lasagnes de sa femme.

Ce soir, il testerait sur ses enfants le menu prévu pour la fête de Luigi Fabiano, samedi. Quand un plat était raté, Ryan et Jamie n'hésitaient pas à le lui dire. Il suffisait qu'un seul des deux fasse la grimace pour que Max passe la nuit à améliorer sa recette. Il ne connaissait pas Luigi Fabiano et aurait pu suggérer à son épouse de choisir parmi la sélection de plats proposés à la carte, mais ce n'était pas le genre de la maison.

Extravagances soignait ses clients et se mettait en quatre pour leur plaire. Et puis, la brave Mme Fabiano lui avait pincé la joue lorsqu'elle lui avait demandé de concocter « quelque chose de spécial ». Alors, comment la décevoir ?

— Hé, Max !

C'était la voix de Jed Trumbo, son assistant. Le jeune homme poussa la porte battante de la cuisine, plongea aussitôt un doigt dans la sauce et étouffa un juron.

— Leçon numéro trente-deux, dit Max en baissant le feu. Ne jamais tremper le doigt dans une préparation qui mijote à petits bouillons sur la cuisinière.

Il ouvrit à fond le robinet d'eau froide, prit la main de Jed et la mit sous le jet.

— Reste là-dessous une minute, et ça ira mieux.

— Tu sais, Max, je ne suis pas très doué pour tous ces trucs de cuisine, dit Jed en secouant sa main, comme si cela pouvait faire disparaître la douleur plus vite. Ce n'est pas que je n'aime pas travailler avec toi, mais je crois que je serais plus compétent pour réparer des moteurs ou des trucs comme ça.

Max n'ignorait pas que Jed savait réparer les moteurs. Son assistant savait même faire démarrer les voitures en trafiquant les fils, et c'était justement ce qui avait valu à Max de le rencontrer. Il avait en effet surpris Jed alors que celui-ci essayait de voler sa vieille Corvette de collection. Heureusement, le jeune homme n'avait pas encore de casier judiciaire, et Max était bien décidé à ce que ledit casier demeure vierge.

Jed avait eu une enfance désastreuse, avec un père qui le battait. Il avait abandonné ses études et, à dix-sept ans, vivait dans la rue. Max était bien placé pour le comprendre : il avait connu le même genre de jeunesse que lui, avant d'être recueilli par Philip Bernard. Celui-ci lui avait offert un foyer, lui avait donné du travail et était devenu son mentor. Quant à Jed, après trois semaines passées dans la cuisine de Max, il était évident qu'il n'était pas fait pour être l'assistant d'un chef cuisinier.

— Va donc au Hangar voir Jazz et Gabe, suggéra Max en sortant du four une plaque de gâteaux à la patate douce. Ils pourront peut-être t'aider à trouver un autre boulot.

— Ça veut dire que je n'ai plus le droit de venir ici ?

— Tu es le bienvenu dans ma cuisine ou au Hangar, du moment que tu as un job, que tu t'y pointes à l'heure et que tu ne fais pas de bêtises, répondit Max en lui jetant une serviette pour qu'il s'essuie la main. Avant de partir, peux-tu appeler...

— Oh, zut, j'ai oublié ! s'exclama soudain Jed, l'air contrit. Il y a une dame au téléphone qui veut savoir si tu peux préparer à manger pour une réception, samedi. Un mariage. Je lui ai dit que tu étais pris, mais elle insiste.

Max ravala son irritation et donna une petite tape sur l'épaule de Jed. Il avait besoin d'encouragements, pas de remontrances.

— On se retrouve tout à l'heure au Hangar, fit-il.

Jed fila sans demander son reste, et Max décrocha le téléphone de la cuisine.

— Ici Max.

Il s'attendait que son interlocutrice l'abreuve de reproches, furieuse qu'il ait mis si longtemps à répondre, mais il n'entendit que le bruit discret de ses ongles qui pianotaient sur le combiné.

— Désolé, dit-il. J'ai eu une urgence en cuisine.

— Je sais ce qu'est une urgence, monsieur...

— Wilde.

Sa voix était sensuelle, sexy... Avec la chance qu'il avait, elle devait avoir quatre-vingt-douze ans.

— Justement, c'est pour une urgence que je vous appelle, monsieur Wilde, dit-elle. J'ai un mariage samedi, et mon traiteur est mort.

— Henri ?

— Par pitié, ne me dites pas que vous allez à son enterrement !

Elle avait l'air désespérée... et beaucoup moins âgée qu'il ne l'avait craint.

— Non, je n'y vais pas. Samedi, je prépare un repas pour la fête d'anniversaire de Luigi Fabiano.

— Quel dommage, fit-elle avec un profond soupir. Puis-je vous demander quel genre de plat vous comptez confectionner pour M. Fabiano ?

— Des côtes de porc.

— Oh.

Elle semblait déçue.

— Qu'y a-t-il ? Vous n'aimez pas les côtes de porc ?

— J'adore ça, mais ce n'est pas ce que j'avais en tête pour ce mariage.

— Qu'est-ce que vous aviez en tête ?

— Quelque chose d'un peu plus... raffiné. Des œufs de caille pochés, par exemple.

Max éclata de rire. Il avait préparé des œufs de caille pochés à l'école hôtelière et pour des dizaines de réceptions guindées quand il travaillait avec son père adoptif. C'était un mets insipide, à des années-lumière des plats épicés qu'il proposait.

— Les œufs de caille pochés, c'était la spécialité de Henri. La mienne, ce sont les côtes de porc.

— Oui, je vois...

Max s'appuya contre le plan de travail, en se disant qu'il aurait bien passé une heure ou deux à écouter cette femme. Il aimait la façon dont elle soupirait dans le téléphone, la façon dont elle avait dit : « Oui, je vois » d'une petite voix... Malheureusement, il n'avait pas le temps de discuter avec une inconnue, et il n'aurait pas le temps non plus de préparer un deuxième repas samedi. Il ne pouvait donc rien pour la dame à la voix sensuelle.

— Je regrette, madame, mais j'ai déjà une réception ce week-end.

— Je comprends, mais comme je vous l'ai dit, c'est une urgence. J'attends deux cents invités. Je n'avais pas l'intention de leur servir des côtes de porc, mais…

Elle poussa un nouveau soupir.

— Elles sont bonnes ?

Max réprima une réplique agacée. Cette femme se montrait diablement difficile, pour quelqu'un qui était aux abois.

— Les meilleures de toute la Floride. Mais je vous le répète, je suis pris samedi.

— Je vous paierai deux fois le tarif habituel.

— C'est tentant, mais comme vous l'imaginez aisément, je ne peux pas me trouver en deux endroits au même moment.

Il entendit de nouveau le bruit de ses ongles. Cette fois, elle devait pianoter sur un bureau. Probablement un secrétaire de prix, étant donné la proposition qu'elle venait de lui faire.

— Trois fois votre tarif.

— C'est très intéressant, mais…

— Quatre fois, et c'est ma dernière offre.

Elle garda un instant le silence, avant d'ajouter :

— S'il vous plaît.

Ce « s'il vous plaît » désemparé adoucit un peu Max.

— Écoutez, laissez-moi réfléchir un peu, d'accord ? J'arriverai peut-être à m'arranger pour caser les deux repas dans la journée. Je vous rappelle d'ici une heure ou deux.

— Je ne peux pas attendre une heure ou deux. J'ai besoin d'une réponse maintenant. Je vous paierai même d'avance, si c'est cela qui vous inquiète.

— Vous ne savez même pas à quoi ressemblent mes côtes de porc !

— Monsieur Wilde, du moment que votre cuisine est comestible, je suis preneuse. Bien sûr, je préférerais offrir à mes invités quelque chose de plus sophistiqué que des côtes de porc, mais en l'état actuel des choses, je suis prête à accepter n'importe quoi. Si vous avez besoin de références, vous n'avez qu'à appeler ma banque. Ils vous diront que Lauren Remington est parfaitement solvable.

Max sursauta. Lauren Remington ? La femme qu'il avait servie au dîner précédant son mariage avec Chip Chasen ? La femme sur laquelle il avait renversé une coupe de champagne ? La femme qui avait ri de l'incident, puis l'avait suivi dehors et l'avait embrassé, si bien qu'il s'était imaginé qu'un voyou comme lui pouvait avoir une chance avec cette jeune femme aussi riche que belle ?

Il se frotta le bras, à l'endroit où un tatouage lui rappelait en permanence sa bêtise et sa folie de l'époque, et sourit. Ainsi, Lauren Remington se mariait... une fois de plus. Cela n'aurait pas dû l'étonner, de la part d'une jeune femme aussi inconstante.

— Vous m'avez entendue, monsieur Wilde ? Il s'agit vraiment d'une urgence.

— Je vous ai entendue, répondit-il sèchement.

Pourquoi fallait-il que la femme qui avait jadis froissé son amour-propre revienne faire irruption dans sa vie, qui plus est à trois jours de son remariage ?

— Qui est l'heureux élu ? demanda-t-il.

— Le marié, vous voulez dire ?

— Évidemment.

— Dickie Stribling. Vous le connaissez ?

— Oui.

Il avait été engagé une ou deux fois par les Stribling, à l'époque où il travaillait comme serveur et où la haute société de Palm Beach s'arrachait les services de son père adoptif, traiteur français réputé.

Dickie Stribling n'était pas un mauvais bougre. Son défaut, selon Max, c'était de s'habiller en pantalon blanc et blazer bleu marine et de porter une casquette de capitaine à galon doré. Mais il était riche comme Crésus. C'était donc exactement le genre d'homme susceptible de plaire à Lauren Remington.

— Dickie est adorable, et ce mariage est très important pour lui, reprit-elle. S'il vous plaît, vous voulez bien assurer la restauration ? Si vous ne le faites pas pour moi, faites-le pour Dickie.

« Il est bien crédule, Dickie », songea Max. Cette femme avait l'air de l'apprécier, mais pas d'être amoureuse de lui, ce qui augurait plutôt mal de leur mariage. Et maintenant, elle voulait que Max fasse de cette journée un souvenir extraordinaire ! Mlle Remington l'avait humilié autrefois, et tôt ou tard, elle allait sans nul doute humilier également Dickie Stribling. Il aurait dû refuser sans hésitation de s'occuper de cette réception. Pourtant, il passa les doigts dans ses cheveux et répondit :

— Ne quittez pas. Je vais jeter un coup d'œil à mon agenda.

Il n'avait pas franchement le temps d'organiser un buffet raffiné samedi, surtout pour le énième mariage de Lauren Remington, mais elle lui avait dit « s'il vous plaît » à deux reprises, et apparemment, elle ne savait plus à quel saint se vouer. En outre, on lui avait appris à se montrer charitable envers les personnes en détresse. Certes, compte tenu de la fortune de Mlle Remington, on pouvait difficilement parler de charité, mais quelle importance ?

Alors, tout en espérant qu'il ne commettait pas une grossière erreur, que ce n'était pas un désir malsain de la revoir qui le poussait à accepter, il déclara :

— D'accord. Je pense que je vais arriver à caser votre mariage.

— Oh, merci, mon Dieu ! Quand pouvez-vous passer pour que nous discutions du menu ?

Max regarda sa montre.

— Vers 13 h 45 ?

Elle garda le silence un instant, et il crut entendre un discret reniflement à l'autre bout de la ligne avant qu'elle ne réponde, de sa voix douce et sensuelle :

— C'est parfait, monsieur Wilde. Merci infiniment.

Max raccrocha et observa sa casserole. Ses côtes de porc à la sauce épicée étaient aussi différentes des œufs de caille pochés qu'il l'était de Lauren Remington. Pourtant, la première fois qu'il l'avait vue, il n'avait pas prêté grande attention à tout ce qui les opposait.

Ce soir-là, on l'avait chargé de servir le champagne. Il devait garder l'œil sur les coupes en cristal des invités et veiller à ce qu'elles ne soient jamais vides. Mais, à l'instant où il avait posé les yeux sur la future mariée, il avait tout oublié de son travail. Ses cheveux auburn aux reflets dorés étincelaient à la lumière des bougies, et il avait trouvé qu'elle était la créature la plus incroyablement belle qu'il eût jamais vue. Il s'était dit tout de suite que Chip Chasen, l'homme qui se tenait à ses côtés, ne la méritait pas. Pourquoi diable avait-elle accepté d'épouser un type aussi arrogant ? Chip vidait coupe sur coupe en dissertant inlassablement sur ses succès aux courses et en comparant ses victoires à la conquête de sa sublime fiancée.

Max mourait d'envie de lui balancer un coup de poing dans la figure. Mais, tandis qu'il se rapprochait de Lauren pour la resservir, il s'était mis à penser de moins en moins à Chip. Il s'était arrêté derrière sa chaise, avait incliné la bouteille de Dom Pérignon vers sa coupe et contemplé ses épaules, sa peau soyeuse, la naissance de ses seins... Alors que le champagne commençait à couler de la bouteille, elle avait tourné vers lui ses divins yeux verts. Hypnotisé, il n'avait pas remarqué que le vin continuait à couler et se renversait sur son élégante robe turquoise.

Chip lui avait vivement reproché sa maladresse, mais Lauren avait ri et tenté de faire taire son fiancé. Max s'était répandu en excuses, puis il avait quitté la somptueuse demeure. Il ne s'était arrêté qu'en sentant une main légère se poser sur son bras.

— Merci, lui avait dit Lauren, son regard empreint de sollicitude.

Sa gentillesse n'avait fait qu'ajouter à l'embarras de Max.

— De quoi me remerciez-vous ? avait-il rétorqué d'un ton hargneux.

— D'avoir calmé mes nerfs, avait-elle répondu doucement. De m'avoir donné l'occasion de rire.

Sa robe était trempée. Elle aurait dû être furieuse, mais il n'y avait aucune colère dans ses yeux.

— Désolé pour votre robe, avait-il dit.

— Cela n'a pas d'importance. D'ailleurs, il paraît que le champagne ne tache pas.

Elle l'avait regardé un moment sans rien dire, tandis que Max, en face d'elle, mourait d'envie de la toucher, de l'embrasser. Avec n'importe quelle autre fille, c'était ce qu'il aurait fait. Mais il s'agissait de Lauren Remington, et il n'était que Max Wilde.

Elle avait tourné la tête et observé la maison pardessus son épaule. Puis elle avait lentement reposé les yeux sur lui, l'air un peu nerveux, et avait demandé :

— Où allez-vous comme ça ?

— Aussi loin d'ici que possible.

— J'aimerais bien partir avec vous, avait-elle dit soudain. J'aimerais…

Elle avait esquissé un sourire et l'avait embrassé rapidement sur la joue. Puis elle avait fait volte-face, s'était mise à courir et n'avait pas tardé à disparaître derrière les murs de marbre de la maison.

Durant toute la soirée, il avait repensé à ses paroles, à sa nervosité. Il avait passé la nuit entière à rassembler tout son courage pour la sauver de ce mariage qu'elle semblait redouter. Enfin, le lendemain matin, il était retourné chez elle. Il était arrivé au moment où elle descendait les marches du perron, superbe dans sa robe blanche.

Il s'était avancé dans l'allée et lui avait tendu un bouquet d'orchidées.

— Il n'est pas trop tard pour vous enfuir avec moi.

La couleur avait déserté son visage, tandis qu'elle regardait tour à tour Max, les orchidées, les gens rassemblés autour d'elle. Puis un sourire hésitant avait joué sur ses lèvres.

— Pourquoi voudrais-je m'enfuir ? Je me marie aujourd'hui, et... et je n'ai jamais été aussi heureuse.

— Mais... avait bredouillé Max.

Une large main s'était alors posée sur son épaule et l'avait entraîné loin de Lauren, qui soulevait sa jupe pour monter dans la limousine.

Max soupira. Il se rappelait l'humiliation qu'il avait éprouvée devant tous ces gens qui le regardaient d'un air moqueur, tandis que la limousine s'éloignait. Ce jour-là, il s'était donné en spectacle, et Lauren Remington avait sérieusement blessé son amour-propre. Heureusement, il s'était remis de cet incident depuis longtemps... Du moins le croyait-il.

Il ne pouvait oublier l'anxiété qu'il avait vue dans ses yeux, ce soir-là, pas plus qu'il ne pouvait oublier le désespoir qu'il avait entendu dans sa voix, tout à l'heure. Mais ce coup qu'elle avait porté à son ego lui avait laissé des cicatrices.

Quel imbécile il avait été d'accepter de s'occuper de cette réception ! Il devait bien s'avouer que c'était en grande partie lié au désir ridicule qu'il avait de la revoir ; or il avait l'étrange pressentiment que Mlle Remington allait lui causer de sacrés problèmes...

2

Lauren étudiait la composition florale uniformément blanche posée sur le manteau en marbre rose et beige de la cheminée.

— Vous avez fait un travail merveilleux, monsieur Friedrichs. C'est exactement ce qu'il faut pour ce mariage, déclara-t-elle.

— Vous êtes sûre que vous ne voulez pas une petite note de couleur ? Je pourrais ajouter un peu de rose, une pointe de jaune ou de mauve…

— Oh, non, répondit Lauren en traversant le salon pour admirer le bouquet sous un autre angle. Ce blanc est parfait pour le mariage de Betsy Endicott.

Sa mère n'approuverait pas, naturellement, et il était évident que M. Friedrichs n'approuvait pas non plus, mais Lauren en avait par-dessus la tête des sempiternelles gerbes multicolores.

— Comme vous voudrez, dit-il en ouvrant son agenda. Je serai là de bonne heure samedi matin, pour superviser en personne l'arrangement des fleurs.

— La décoratrice, Mme Templeton, sera là aussi, annonça Lauren. Elle doit apporter des kilomètres de ruban blanc en satin et dentelle pour les chaises.

— Mme Templeton et moi-même avons déjà tout prévu. Bien entendu, cela nous facilite les choses que le mariage et la réception aient lieu chez vous. Ainsi, nous éviterons les incidents qui risquent toujours de survenir lorsqu'on partage ses efforts entre une église et une salle de réception.

Il déplaça une orchidée d'un centimètre dans le vase et ajouta :

— Vous pouvez me faire confiance, mademoiselle Remington, ce sera un mariage parfait.

M. Friedrichs était peut-être guindé et pointilleux, se dit Lauren, mais il avait un goût sûr et travaillait avec efficacité et rapidité. Pour les grandes occasions, elle faisait toujours appel à lui. C'était l'un des fleuristes les plus demandés de Palm Beach, et avec lui, on était certain de ne jamais avoir de mauvaise surprise.

Enfin… c'était aussi ce qu'elle s'était dit au sujet de Henri.

Saisie d'une appréhension irraisonnée, elle jeta un coup d'œil à M. Friedrichs. Heureusement, il semblait en pleine forme. D'ailleurs, un homme aussi organisé que lui devait avoir donné des instructions à ses employés en cas de mort subite. Il n'était pas homme à laisser quoi que ce soit au hasard.

Elle regarda sa montre. Max Wilde devait arriver d'ici une demi-heure. Elle espérait qu'il serait ponctuel. S'il était en retard à leur rendez-vous, elle en déduirait qu'elle ne pouvait pas lui faire confiance et passerait chaque minute jusqu'à samedi à se ronger les sangs.

— Mademoiselle Remington ?

— Oui, Charles ? dit-elle en refermant la porte d'entrée, tandis que M. Friedrichs montait dans sa Mercedes.

— Votre mère au téléphone.

— Seigneur ! soupira Lauren.

— Voulez-vous que je lui dise que vous êtes absente ?

Lauren secoua la tête. Elle n'avait pas parlé à sa mère depuis plus d'une semaine, et même si leurs conversations se résumaient en général à un monologue maternel, elle aimait Celeste. Quels que fussent leurs différends, elle était toujours contente de l'entendre.

Elle se rendit dans son jardin d'hiver, un petit paradis rempli d'orchidées, de palmiers et de fougères. C'était là qu'elle aurait aimé faire la lecture à ses enfants, les bercer le soir jusqu'à ce qu'ils s'endorment… Mais tout ce qu'elle avait vu grandir dans cette pièce, c'étaient des plantes tropicales, songea-t-elle avec tristesse.

Ces derniers mois, ses pensées revenaient souvent vers les enfants, surtout depuis qu'elle avait appris que Samantha, sa belle-sœur, était enceinte de jumeaux. Son frère Jack avait attendu longtemps avant de se marier, et lorsqu'il s'était enfin décidé à sauter le pas, il avait épousé une femme dont leur mère soutenait, naturellement, qu'elle n'était absolument pas faite pour lui. Mais Jack n'avait jamais été aussi heureux.

Elle aurait dû elle-même faire fi des conventions, parfois, songea Lauren. Si elle avait ignoré les diktats de sa mère, elle serait peut-être mariée aujourd'hui à un homme merveilleux, qui lui aurait donné une maisonnée pleine d'enfants à aimer. À cette pensée, elle se mit à rire. Sa mère n'était pas entièrement responsable de ses échecs dans le domaine sentimental, même si c'était elle qui avait poussé Chip, Leland, et même Peter, dans les bras de sa fille. Lauren savait qu'elle avait sa part de responsabilité dans ces diverses histoires, et elle était assez grande pour assumer les conséquences de ses actes. Mais faire comprendre à sa mère qu'elle souhaitait gérer sa vie toute seule n'était pas chose facile.

Elle prit le téléphone sans fil et s'assit dans un fauteuil en osier blanc.

— Maman ?

— Bonjour, ma chérie. Je viens de parler à Bunny Endicott, qui m'a annoncé la mort de Henri. Elle se fait un sang d'encre pour le mariage de Betsy…

— Je…

— Oui, oui, je suis sûre que tu t'occupes de tout, ma chérie, mais comprends tout de même qu'il est difficile d'oublier ce qui s'est passé au mariage de Holly Rutherford.

À ce souvenir, Lauren grimaça.

— C'était un accident.

— C'était un fiasco total, Lauren. Tu ne peux pas savoir comme j'ai été embarrassée quand les pieds de cette table se sont effondrés et que le gâteau de mariage a glissé dans la piscine ! J'en fais encore des cauchemars, où je vois la scène se dérouler au ralenti.

— Les tables ne s'écrouleront pas au mariage de Betsy, maman, affirma Lauren d'un ton catégorique.

Elle croisa les doigts, en priant pour que sa belle organisation ne se transforme pas en une suite de désastres.

— Le gâteau ne tombera pas dans l'eau, pour la bonne et simple raison que le buffet ne sera pas dressé du côté de la piscine. Et tu oublies, maman, que c'est moi qui suis responsable de cette réception, pas toi.

— Tu es ma fille, rétorqua Celeste, tout ce que tu fais a des répercussions sur moi. C'est comme ça. Et j'espère sincèrement que quand le mariage de Betsy sera passé, tu renonceras à ce caprice absurde de devenir une organisatrice de mariages.

— Il ne s'agit pas d'un caprice, maman, mais de mon métier. Un métier que j'aime beaucoup, du reste.

— Peut-être, mais on ne peut pas toujours faire ce qu'on aime, dans la vie. Tu devrais plutôt te consacrer à ce pour quoi tu es douée, ma chérie.

— C'est-à-dire, maman ?

Lady Ashford garda le silence un instant. Elle devait chercher désespérément un talent à mettre au crédit de sa fille, songea Lauren. Mais qu'aurait-elle pu dire ? Qu'elle savait servir le thé, sourire et s'habiller ? Pourquoi sa mère refusait-elle de comprendre qu'elle avait besoin d'activités un peu plus ambitieuses et gratifiantes ?

Finalement, Celeste décida de passer à l'un de ses sujets préférés : les hommes.

— Gerald Harcourt viendra en avion spécialement pour le mariage de Betsy, déclara-t-elle. Il me demande de tes nouvelles chaque fois que je le vois, tu sais.

— Il est simplement poli, maman.

— Oh, détrompe-toi! Son intérêt va bien au-delà de la politesse. Il est célibataire depuis près d'un an, maintenant, et toi et Leland êtes divorcés depuis... combien de temps, ma chérie? Six ans?

— Huit.

— Huit ans de solitude. Excepté la période où tu étais avec Peter, bien sûr.

— Je suis parfaitement heureuse toute seule.

Sa mère éclata de rire.

— Ne dis pas de bêtises. Je te connais mieux que personne.

« Si seulement c'était vrai ! » songea Lauren. Celeste la connaissait bien mal, en réalité. Sa fille avait beau avoir vingt-neuf ans, elle n'avait jamais passé assez de temps avec elle pour savoir ce qui lui plaisait ou non.

— Bon, ma chérie, il faut que je te laisse. Andrew et moi nous rendons à une réception organisée en l'honneur du Premier ministre, ce soir. J'ai trouvé une ravissante robe à Paris, chez Balenciaga, en début de semaine. Si tu n'étais pas si loin, je t'emprunterais ton collier en rubis. Il serait absolument divin avec ma nouvelle robe. Andrew estime qu'un rang de diamants suffit, mais les hommes n'y connaissent rien, n'est-ce pas?

— Andrew a beaucoup de goût. Tu ne pourrais pas rêver meilleur mari.

— Non... tu as sans doute raison.

Lauren discerna une hésitation dans la voix de sa mère.

— Tout va bien, maman?

— Mais oui, ma chérie. Bon, fais-moi plaisir, réfléchis à ce que je t'ai dit. Renonce à cette ridicule idée d'organiser des réceptions dès que le mariage de Betsy sera terminé. Et quoi que tu fasses, veille à ce que tout se déroule sans accroc samedi.

Lauren entendit sa mère lui envoyer un baiser depuis Londres, puis la tonalité l'avertit que Celeste avait raccroché.

— Je ne baisserai pas les bras, maman, dit-elle à voix haute.

Après cette conversation, elle était plus que jamais décidée à réussir.

Elle venait de reposer le téléphone quand Charles entra dans la pièce.

— M. Wilde est arrivé, annonça-t-il.

La montre de Lauren indiquait 13 h 45. Le traiteur d'*Extravagances* était ponctuel. Un bon point pour lui, songea-t-elle.

— Je l'ai installé dans la bibliothèque, reprit Charles.

Il s'éclaircit la gorge, avant d'ajouter :

— Voulez-vous que je vous accompagne ?

Lauren appréciait la gentillesse de son majordome, mais parfois, elle le trouvait un peu trop protecteur. Son frère Jack était comme lui. Apparemment, ils avaient du mal à la considérer comme une adulte capable de se débrouiller sans l'aide de personne.

— Merci, Charles, mais je suis sûre que je peux recevoir M. Wilde toute seule.

— Très bien, mademoiselle Remington.

La première chose que remarqua Lauren en entrant dans la bibliothèque fut le blouson en cuir jeté sur le dossier d'une chaise tendue de chintz. Une vieille mallette noire, également en cuir, était posée par terre, à côté de la chaise.

Mais M. Wilde n'était nulle part. La porte-fenêtre qui donnait sur la terrasse avec vue sur l'Atlantique était ouverte, et une légère brise agitait les rideaux. Lauren s'avança vers la porte-fenêtre et s'arrêta net en voyant l'homme qui contemplait les vagues de l'océan, les mains sur la balustrade.

Seigneur ! Maintenant, elle comprenait pourquoi Charles lui avait proposé de l'accompagner.

Incapable de s'en empêcher, elle se mit à le fixer. M. Wilde possédait de larges épaules, des biceps bronzés et un dos athlétique. Le vent ébouriffait ses cheveux noirs mi-longs et dévoilait le petit anneau en or qui ornait son oreille droite. Il portait un jean délavé qui laissait deviner la puissance de ses jambes musclées et arborait de grosses bottes de motard.

Lauren envisageait confusément de rappeler Charles quand M. Wilde se retourna. Dès l'instant où il posa sur elle ses yeux noirs au regard intense, elle ne pensa plus à rien.

Cela faisait des années qu'aucun homme n'avait éveillé ses sens, et voilà qu'à cause d'un simple regard elle avait tellement chaud qu'elle se sentait au bord de l'évanouissement. Pourquoi cet inconnu la troublait-il à ce point ?

Elle s'obligea à se ressaisir et traversa la terrasse pour le rejoindre.

— Bonjour, je suis Lauren Remington, se présenta-t-elle en lui tendant la main.

— Max Wilde, répondit-il.

Sa voix au timbre grave et chaud vibra dans tout le corps de Lauren. Sa poignée de main était ferme ; sa paume plus rugueuse que les mains lisses qu'elle avait l'habitude de serrer. Quant à son visage, il n'avait rien de celui d'un homme d'affaires. Son nez était légèrement tordu, comme si on le lui avait cassé au cours d'une bagarre, et une fine cicatrice marquait sa pommette droite. L'ombre d'un sourire dansait sur ses lèvres.

Celeste l'aurait renvoyé aussitôt, se dit Lauren avec un certain amusement. Il lui semblait vaguement familier, mais où aurait-elle pu le rencontrer ? Il était évident qu'elle ne sortait pas dans les mêmes lieux que lui. Les hommes comme Max Wilde fréquentaient des bars de motards, des boîtes de strip-tease… et des salons de tatouage, songea-t-elle en remarquant la queue de poisson qui remuait quand il fléchissait son bras droit.

— C'est une sirène, expliqua-t-il en voyant son regard s'attarder sur la silhouette verte et dorée.

— Vraiment ? Comme c'est... intéressant.

Elle mourait d'envie de remonter la manche de son tee-shirt pour voir le dessin entier, toucher quelques centimètres de sa peau bronzée...

Elle s'ordonna de se reprendre. Cet homme était là pour affaires, et elle avait intérêt à ne pas l'oublier. Elle fit appel à tout son sang-froid, essaya d'ignorer son regard perçant et lui sourit poliment.

— Alors, monsieur Wilde...

— Max.

Seigneur ! Ils n'allaient pas avancer très vite, s'il continuait à parler de façon aussi laconique... et avec cette voix si érotique qui lui semblait étrangement familière.

— Quelque chose ne va pas ? demanda-t-il.

Elle aurait voulu lui dire qu'elle croyait l'avoir déjà vu, mais cela aurait paru grossier, étant donné qu'elle était incapable de se souvenir dans quelles circonstances. Il valait donc mieux éviter le sujet.

— Eh bien, je me demandais si vous aviez apporté une carte pour que je voie vos menus.

— Oui. J'ai des menus et des photos des plats.

Elle allait répondre quelque chose comme « parfait », mais il ne lui en laissa pas le temps. Il passa devant elle et rentra dans la bibliothèque. À sa démarche assurée, presque précipitée, on aurait pu croire qu'il était en colère. Pourquoi ? Mystère.

Lauren pivota sur ses hauts talons et le suivit à l'intérieur. Planté au milieu de cette pièce au décor raffiné, Max Wilde détonnait. Il émanait de lui un charme étrange auquel Lauren, le souffle coupé, se sentait incapable de résister. On eût dit Marlon Brando, en plus grand et plus indompté... un Marlon Brando qui semblait se donner beaucoup de mal pour ne pas remarquer à quel point elle était troublée.

Elle décida qu'il était temps de mettre en pratique un des préceptes que lui avait inculqués sa mère : ne pas se laisser impressionner par les gens qui travaillent pour vous. Dans l'espoir de se calmer, elle prit une profonde inspiration, tandis qu'il ouvrait sa mallette. La manche de son tee-shirt remonta de deux ou trois centimètres, et elle vit jouer ses muscles, qui firent chatoyer les écailles vertes et dorées de la queue de la sirène.

Lorsqu'il lança son dossier sur la table, elle faillit sursauter. Il souleva ensuite la chaise Louis XVI, la retourna comme si elle ne pesait pas plus lourd qu'une plume et s'assit dessus à califourchon.

Lauren s'installa face à lui et déglutit avec peine, tandis que ses yeux se posaient malgré elle sur ses jambes, sur les coutures usées de son jean à l'intérieur des cuisses, puis sur son tee-shirt, tendu sur des pectoraux bien dessinés. « Mon Dieu, mon Dieu, dans quoi me suis-je embarquée ? » songea-t-elle en se sentant rougir comme une adolescente.

— Bien, fit-elle d'une voix qui lui parut affreusement coassante. Par où commençons-nous ?

Sans répondre, il laissa ses yeux noirs descendre jusqu'à sa poitrine, que soulevait sa respiration haletante, puis il observa les doigts de sa main droite, qui tournaient fébrilement le bracelet en diamants qu'elle portait au poignet gauche. C'était la première fois de sa vie qu'un homme la rendait nerveuse. Lorsqu'elle vit un infime sourire éclairer son visage, elle se sentit encore plus mortifiée. De toute évidence, il avait compris à quel point elle était frustrée et névrosée.

Les yeux toujours fixés sur elle, il ouvrit son dossier, qui était rempli de photos de tables couvertes de nourriture.

— Vous envisagez un repas assis ou un buffet ?

Ce n'était pas trop tôt ! Ils allaient enfin parler affaires.

— Un buffet. La cérémonie doit avoir lieu en milieu d'après-midi, si bien qu'on dînera tôt. L'idéal, ce serait un assortiment de hors-d'œuvre assez légers…

— Que diriez-vous de crudités servies avec différentes sauces ?

— Non, c'est trop banal.

— Des courgettes frites et des travers de porc grillés ?

— Je pensais à quelque chose de plus… recherché.

Max tourna les pages en étouffant un petit rire. Est-ce qu'il essayait de la mettre encore plus mal à l'aise ? se demanda Lauren, irritée. Et n'avait-il réellement rien de plus sophistiqué à lui proposer ?

— Je suppose que des ailerons de poulet et des brochettes jambon-gruyère-ananas, ça ne vous tente pas non plus ? demanda-t-il.

Ses yeux pétillaient, comme s'il trouvait tout cela très drôle.

— Non, pas du tout, répondit-elle en s'efforçant de garder son calme.

Cet homme la déstabilisait complètement. À quoi jouait-il ? D'un ton posé, elle expliqua :

— Le gâteau sera décoré d'orchidées blanches qui arriveront de Hawaii par bateau, et la robe de mariée est une création d'Yves Saint Laurent.

Elle crut qu'il allait éclater de rire. Apparemment, il trouvait cette histoire d'orchidées et de robe de mariée follement amusante. Quant à elle, l'humour de la chose lui échappait totalement. Il était impératif qu'elle reprenne le contrôle de la situation.

— Je suis désolée, monsieur Wilde…

— Max.

— Je suis sûre que vous faites des barbecues merveilleux, Max, reprit-elle en insistant délibérément sur son prénom, et la prochaine fois que j'en organiserai un, vous serez le premier traiteur que je contacterai. Mais j'aimerais que vous prépariez quelque chose qui sorte de l'ordinaire pour Betsy Endicott.

— Qui est Betsy Endicott ?

Bonté divine, cet homme allait la rendre folle !

— Vous ne lisez pas les rubriques des mondanités ?

— Jamais. Alors, dites-moi, qui est Betsy Endicott ?

— La mariée.

Il fronça les sourcils.

— Je croyais que c'était vous, la mariée.

— Moi ? Pourquoi voudrais-je épouser Dickie Stribling ?

— Pourquoi vouliez-vous épouser Chip Chasen ? rétorqua-t-il.

Il devait quand même s'intéresser aux mondanités, puisqu'il savait qu'elle avait été mariée à Chip. Mais cela ne lui donnait pas le droit de se montrer grossier.

— Les raisons pour lesquelles j'ai épousé Chip ne vous regardent pas. Quant à Betsy Endicott, c'est une de mes plus vieilles amies. Elle m'a chargée d'organiser son mariage, et je veux qu'il soit parfait.

Il la dévisagea de nouveau.

— Pardonnez-moi, je n'avais pas l'intention de me mêler de vos affaires. Pour en revenir au mariage de votre amie, je peux vous proposer des feuilletés au roquefort, des crevettes roses flambées et des bouchées antillaises.

— Vous avez déjà préparé des bouchées antillaises ? demanda Lauren, surprise par cette énumération alléchante, qui la laissait cependant un peu sceptique.

— Je ne tapisse pas les murs avec mes diplômes et je ne me vante pas à tort et à travers, mais je n'en reste pas moins cuisinier, mademoiselle Remington. J'estime que mes plats parlent pour moi, et jusqu'à présent, personne ne s'en est plaint.

Sur ce, il se leva et retourna sur la terrasse. Après une seconde d'hésitation, Lauren le rejoignit. Il était de nouveau appuyé contre la balustrade. Elle n'avait jamais aimé les gens irascibles, mais elle devait admettre que Max lui avait exposé ses compétences d'une manière plutôt convaincante.

— Il vous faudrait une ou deux sculptures sur glace, déclara-t-il en contemplant la pelouse. Je connais quelqu'un qui pourrait vous sculpter une orchidée parfaite.

— Il ne s'appelle pas Fritz, par hasard ?

Il se retourna vers elle, les sourcils froncés.

— Non, pourquoi ?

— Il y a deux ans environ, pour une soirée, j'ai demandé à Fritz de réaliser une sculpture sur glace représentant deux amants. Malheureusement, il était soûl, et il a ajouté, sans oublier aucun détail, les parties intimes de l'anatomie de l'homme.

Un embryon de sourire voleta sur la bouche de Max.

— Ça a dû mettre de l'ambiance, commenta-t-il.

— Ça aurait pu en mettre, si je n'avais pas découvert avant le début de la soirée que j'avais un certain talent pour manier le pic à glace.

Max éclata d'un rire franc, qui adoucit soudain son expression sévère. Mais, très vite, il revint à un sujet plus sérieux.

— Pour le dessert, je vous suggère un assortiment de petits-fours, gâteaux et tartes. Je préparerai des pâtisseries exotiques, pour aller avec votre décoration, mais je crois qu'il vaudrait mieux prévoir aussi quelques desserts plus classiques, pour satisfaire les amoureux de chocolat et de crème fouettée.

— Henri voulait…

— Je ne suis pas Henri, lui rappela-t-il sèchement.

— Non, certainement pas, approuva-t-elle. Mais vous êtes aussi difficile que lui !

Elle vit ses sourcils se hausser imperceptiblement, mais elle ne se démonta pas et poursuivit :

— J'allais seulement dire que je n'avais jamais beaucoup apprécié les desserts que servait Henri. En revanche, les vôtres me semblent parfaits. Bon, revenons-en aux hors-d'œuvre, enchaîna-t-elle, sans lui laisser le temps de jubiler. Qu'avez-vous d'autre à me proposer ?

— Les champignons farcis au bœuf épicé remportent

toujours beaucoup de succès. Je pourrais également servir d'autres petits-fours salés, des hors-d'œuvre feuilletés, ce genre de choses.

— Parfait, fit Lauren.

Cela avait l'air tout à fait convenable, mais elle ne pouvait pas ne pas lui poser la question.

— Et vos références ? demanda-t-elle.

— Je croyais que vous étiez aux abois ?

Quel culot ! songea Lauren. D'accord, Max Wilde était sa dernière chance, mais il avait beau avoir des biceps époustouflants et un regard noir magnétique, cela ne prouvait pas qu'il savait faire la cuisine.

— Vous êtes un homme d'affaires, dit-elle avec un sourire poli. Je suis sûre que vous comprenez qu'on ait besoin de références avant d'engager quelqu'un, même si on est convaincu de sa bonne foi.

Il la toisa avec mépris, comme si c'était elle qui avait besoin de références, puis, sans ajouter un mot, il rentra dans la bibliothèque. Cet homme avait l'habitude agaçante de ne pas tenir en place, songea Lauren, qui lui emboîta le pas.

Max sortit une feuille de sa mallette et la lui tendit.

— Voilà.

Il semblait irrité mais quelle importance ? Elle parcourut rapidement la liste, en espérant y trouver un nom familier, mais apparemment, Max Wilde n'avait travaillé pour aucun de ses amis ou connaissances.

— Y a-t-il un problème ? demanda-t-il.

— Non, bien sûr que non. J'aimerais néanmoins appeler quelques-unes de ces personnes.

Il prit le téléphone et le lui tendit.

— Faites-le maintenant. Samedi approche. Si vous m'engagez, je vais avoir du pain sur la planche.

Lauren se sentait gênée de téléphoner devant lui, mais elle s'éloigna un peu et composa le premier numéro.

Les deux personnes qu'elle appela ne tarirent pas d'éloges sur Max, sa cuisine et son charme. À l'évidence, il savait comment mettre les femmes dans sa poche. Eh bien, elle, elle ne se laisserait pas embobiner. Ses barbecues étaient appréciés, d'accord, toutefois elle tenait à goûter ses autres préparations avant de l'embaucher.

— Formidables références, admit-elle. Mais...

— Nous n'avons pas de temps à perdre avec des « mais », coupa-t-il en rangeant son dossier dans sa mallette. Je vous ai expliqué au téléphone que j'avais déjà un autre repas samedi. Je vous ai également dit que j'acceptais quand même de vous aider. Si vous décidez de m'embaucher, nous rédigerons un contrat – à mes tarifs ordinaires, malgré votre proposition – et je vous fournirai la meilleure cuisine que vous et vos amis de la haute société ayez jamais mangée.

— Je suis sûre que vous êtes tout à fait compétent, mais...

— S'il vous faut réfléchir un jour ou deux, ou même quelques heures, tant pis pour vous.

Il prit sa mallette et se dirigea vers la porte d'un pas décidé.

— S'il vous plaît, attendez une seconde ! s'écria-t-elle en se précipitant à sa suite.

Il ne ralentit pas.

— Je voulais juste dire que j'aimerais bien avoir un aperçu de votre cuisine avant de signer le contrat.

Il marchait si vite qu'elle était presque obligée de courir pour ne pas se laisser distancer.

— D'accord, répondit-il. Allons-y.

— Où ? demanda-t-elle.

— Chez moi.

Il s'arrêta devant la moto noire rutilante qui trônait face à la maison, au milieu de l'allée circulaire.

— Mais...

— Pas de « mais », Lauren, lui rappela-t-il.

Il sourit, enfourcha sa moto et empoigna le guidon.

— Montez.

Avant de répondre, Lauren contempla l'engin, les chromes étincelants, la sirène à la longue chevelure peinte sur le réservoir. Puis elle regarda la tignasse noire de Max, les muscles puissants de ses bras, son ventre plat et dur… et elle se dit qu'il devait être facile pour une femme sans expérience de succomber au charme de cet homme.

Mais de l'expérience, elle en avait à revendre, et elle avait la ferme intention de garder ses distances.

— Il n'est pas question que je monte sur votre moto, monsieur Wilde.

— Max, fit-il.

Il tapota l'arrière de sa selle et ajouta :

— Comme je vous l'ai dit, je n'ai pas de temps à perdre.

— Oui, je sais, vous avez beaucoup de travail. Moi aussi, d'ailleurs.

Elle n'avait pas envie de monter sur sa moto. Cela dit, elle devait reconnaître qu'il se mettait en quatre pour la satisfaire. Alors, elle pouvait faire un effort.

— Très bien. Donnez-moi une seconde, je vais chercher ma voiture et je vous suis.

— Non, dit-il calmement. Je me faufile entre les voitures, vous ne pourriez jamais me rattraper.

Il sourit.

— Allons, venez, lui enjoignit-il d'une voix soudain charmeuse. Ma moto ne mord pas, et moi non plus.

Sur ces entrefaites, Charles apparut sur le perron et lança :

— Avez-vous besoin d'aide, mademoiselle Remington ?

— Je n'en sais rien…

Elle s'approcha un peu de la moto. C'était sûrement dangereux, un monstre pareil, surtout quand il était piloté par Max Wilde. Mais pourquoi ne vivrait-elle pas dangereusement, pour une fois ?

Elle respira un grand coup et cria à Charles par-dessus son épaule :

— Je pars avec M. Wilde. Pourriez-vous m'apporter mon sac, s'il vous plaît ? Le Prada argenté.

— Vous êtes sûre de vouloir faire ça, mademoiselle Remington ? demanda Charles.

Pendant un instant, Lauren se dit que c'était de la folie douce de partir avec cet inconnu qui changeait d'humeur d'une seconde à l'autre. Mais elle répondit d'une voix ferme :

— Oui, j'en suis certaine.

En entendant Max pouffer, elle se tourna vers lui et constata qu'il affichait un petit sourire moqueur.

— Puis-je savoir ce qu'il y a de drôle ?

Il désigna son pantalon en soie, puis son collier.

— De la soie, des diamants… C'est la première fois que je transporte une femme aussi bien habillée à l'arrière de ma moto.

Lauren réprima une réplique cinglante et répondit simplement :

— Merci.

Elle posa la main sur la selle en cuir, à quelques centimètres des fesses de Max.

— Vous êtes sûr qu'il y a assez de place pour deux ?

Max l'observa des pieds à la tête. Le dernier homme qui l'avait jaugée ainsi était Peter, avant de décréter qu'elle devait perdre cinq ou six kilos avant leur mariage et de l'emmener dans une clinique d'amaigrissement huppée. Le regard de Peter avait toujours été critique, mais celui de Max, sensuel, érotique, la faisait frissonner.

— Grimpez, dit-il en lui prenant la main et en la plaquant sur son ventre. Il y a largement assez de place.

Lauren passa donc la jambe droite par-dessus la selle, s'assit et sentit son corps glisser beaucoup trop près de celui de Max. Ses seins s'écrasèrent contre son dos, ses cuisses effleurèrent son jean, et son cœur se mit à cogner comme un fou dans sa poitrine.

— Qu'est-ce que vous faites ? s'écria-t-elle en repoussant la main qu'il venait de poser sur son genou.

Le vent agitait les cheveux de Max, qui lui chatouillaient le nez.

— Je vous aide à mettre votre pied sur le cale-pied.

— Je peux très bien me débrouiller sans vous, déclara-t-elle.

Il secoua la tête, l'air agacé, mais la laissa placer seule ses sandales argentées à talons hauts sur les cale-pieds étincelants. Elle décida de garder les mains sur ses cuisses. Elle n'allait tout de même pas les passer autour de la taille du propriétaire d'*Extravagances*... C'était bien trop intime, surtout pour un simple petit déplacement professionnel.

Elle jeta un coup d'œil par-dessus l'épaule de Max et le vit prendre son casque posé au centre du guidon.

— Tenez, dit-il.

Il se retourna et le lui mit sans ménagement sur la tête.

— Et vous ? demanda-t-elle d'une voix assourdie. C'est interdit de rouler sans casque, non ?

— Tant pis. Je vais courir le risque.

Il y eut une légère secousse quand Max retira la béquille, et Lauren sentit ses cuisses se rapprocher des siennes. Lorsqu'il mit le moteur en route, l'engin vibra entre ses jambes, vibrations qui s'accentuèrent lorsqu'il tourna la manette de l'accélérateur. Elle ne l'aurait jamais avoué, mais ces sensations étaient scandaleusement délicieuses.

— Voici votre sac, mademoiselle Remington, lui dit Charles, criant pour couvrir le bruit du moteur. Désirez-vous autre chose ?

— Non, merci, Charles, répondit-elle en serrant son sac Prada contre elle, comme si c'était son ultime rempart contre la folie.

Max l'emmenait-il dans un quartier louche ? Conduisait-il prudemment ? Reverrait-elle jamais sa famille et sa maison ? Toutes ces questions lui traversèrent l'esprit, mais elle n'y prêta qu'une vague attention. La seule chose qui comptait, en ce moment, c'était que son corps était terriblement proche de celui de cet inconnu intrépide et fascinant.

— Vous avez le numéro de téléphone de M. Wilde, au cas où vous auriez besoin de me joindre, cria-t-elle à Charles.

— Très bien, mademoiselle Remington... Mais je ferai tout mon possible pour ne pas vous déranger, déclara-t-il avec un petit sourire.

Lauren savait très bien ce qu'insinuait son majordome, et cela ne lui plaisait pas. Mais elle n'eut pas le temps de le réprimander, car Max faisait rugir le moteur.

— Prête ? demanda-t-il en se tournant vers elle.

Elle esquissa un sourire, passa les bras autour de la taille de Max – entre la sécurité et les bonnes manières, il fallait savoir choisir – et répondit aussi courageusement que possible :

— Prête.

Le rire de Max retentit, tandis que la moto commençait à avancer.

— Accrochez-vous ! lança-t-il. C'est parti pour la balade de votre vie.

3

— Qu'est-ce que vous ne comprenez pas, au juste, quand je vous demande de vous pencher avec la moto pour prendre un virage ? s'exclama Max.

Seigneur, fallait-il vraiment qu'elle supporte encore une fois ce sermon ? Lauren se sentait un peu stupide, debout à l'ombre d'un palmier au coin de Coconut Row et de Coconut Walk, coiffée d'un casque de moto qui ne lui procurait qu'un anonymat relatif. Ils étaient beaucoup trop près à son goût de la chambre de commerce et du musée Flagler, et elle savait que des paires d'yeux curieux devaient les épier derrière les fenêtres.

Max, lui, paraissait se moquer de l'endroit où ils se trouvaient. Assis sur sa moto, les bras croisés, l'air sévère, il semblait passablement agacé, sans doute parce qu'ils avaient déjà eu la même conversation au coin de Ocean et de Worth.

— Pourriez-vous parler moins fort, s'il vous plaît ? fit-elle. Je n'ai pas envie que tout Palm Beach sache que vous êtes de mauvaise humeur.

— Je ne suis pas de mauvaise humeur, et je ne parle pas fort. Mais vous n'avez pas écouté un mot de ce que je vous ai dit tout à l'heure. Il ne faut surtout pas essayer de faire contrepoids !

— Si, j'ai écouté, mais je ne trouve pas ça logique. Franchement, Max, il me paraît moins dangereux de me pencher en sens inverse. Si je suis le mouvement de la moto, comme vous dites, je risque de me racler le genou sur le bitume !

Il commençait à lui parler d'équilibre et de pesanteur quand Lauren vit une Lamborghini noire à l'allure désagréablement familière s'approcher d'eux au ralenti. La vitre teintée du conducteur s'abaissa tandis que Chip, son ex-mari, se rangeait contre le trottoir.

— Grands dieux, Lauren, qu'est-ce que tu fabriques dans cet accoutrement ? s'écria-t-il en fronçant les sourcils.

Lauren tapota le casque de moto noir et luisant qui lui ceignait la tête.

— Je sacrifie à la dernière mode. Tu ne sais donc pas que la moto, c'est complètement tendance, en Europe ?

À en juger par son sourire narquois, Chip n'en croyait pas un mot, mais Lauren n'avait aucune envie de se justifier. D'ailleurs, son ex-mari avait déjà reporté son attention sur Max, qui se dirigeait tranquillement vers la Lamborghini.

— Bonjour, je suis Max Wilde, dit-il en tendant la main.

À la grande consternation de Lauren, Chip se montra aussi grossier qu'à l'accoutumée. Il inspecta la main de Max d'un œil suspicieux, comme pour s'assurer qu'elle était digne d'être touchée, avant de la serrer rapidement.

— Chip Chasen, annonça-t-il en observant attentivement Max. On se connaît, non ? Votre visage me dit quelque chose.

L'ombre d'un sourire joua sur les lèvres de Max.

— Nous nous sommes peut-être croisés dans des réceptions, autrefois.

Évidemment ! songea Lauren. Max avait dû organiser quelques-unes des soirées auxquelles elle s'était rendue, ce qui expliquait cette impression de déjà-vu.

— Vous êtes de Palm Beach, alors ? demanda Chip. Ou de Newport, peut-être ?

Le sourire de Max s'accentua, et Lauren remarqua pour la première fois une petite fossette au coin de sa bouche.

— J'habite dans la partie ouest de Palm Beach, déclara-t-il.

Pour Chip, tous ceux qui vivaient dans ces quartiers-là étaient soit des ploucs, soit des voyous.

— Je vois, fit-il avec une grimace.

Son mépris était tellement flagrant que Lauren aurait voulu se recroqueviller tout entière sous son casque et disparaître. Ignorant délibérément Max, Chip s'adressa de nouveau à elle.

— J'ai vu ta mère à Londres, la semaine dernière. On a déjeuné au *Ritz*. Elle m'a dit que tu allais renoncer à cette stupide carrière d'organisatrice de réceptions juste après le mariage de Betsy Endicott.

— C'est ce qu'elle aimerait, mais je n'ai pas l'intention de laisser tomber.

Chip jeta un regard à Max.

— Et Celeste est-elle au courant de ton nouveau... hobby ?

Lauren réprima un soupir. Elle n'avait que dix-neuf ans lorsqu'elle était tombée amoureuse de Chip. Son côté sophistiqué, son charme l'avaient séduite. Il la complimentait et la voulait en permanence à ses côtés, ce qui, inévitablement, avait achevé de la conquérir. Mais, dix ans après leur bref mariage, le Tout-Palm Beach se demandait comment elle pouvait encore lui parler. Lauren reconnaissait qu'il avait été un mari épouvantable ; cependant au fond, elle le plaignait, elle ne le détestait pas. Chip n'était qu'un homme riche et solitaire. En outre, il lui était impossible de l'éviter, étant donné qu'ils évoluaient dans le même milieu. D'ailleurs, il ne l'embêtait que rarement.

En l'occurrence, toutefois, Chip lui cassait les pieds.

— Bon, c'est très gentil à toi de t'être arrêté pour dire bonjour, dit-elle, mais je suis sûre que tu as une course de chevaux ou quelque chose d'important à faire.

— Tu ne crois pas si bien dire. Il faut que je file, sinon je vais tout rater.

— Au revoir, alors, dit-elle en lui envoyant un baiser du bout des doigts, pressée de le voir partir.

— À samedi, au mariage de Betsy, lança-t-il en redémarrant.

— Gentil garçon, commenta Max avec cynisme, lorsque la Lamborghini eut disparu.

— Il a de bons côtés, protesta Lauren, tandis qu'ils remontaient sur la moto. C'est un excellent joueur de tennis, il danse merveilleusement bien…

Max éclata de rire.

— Je m'étais toujours demandé pourquoi vous l'aviez épousé. J'aurais dû me douter que c'était à cause de ses talents de tennisman et de danseur.

— Ce n'est évidemment pas pour cela que je l'ai épousé, répliqua-t-elle.

Soudain, une pensée lui traversa l'esprit. Elle lui tapota l'épaule, et il pencha la tête vers elle.

— C'est la deuxième fois que vous évoquez mon mariage avec Chip. Avez-vous une dent contre lui ?

— Je me demandais juste pourquoi vous lui aviez dit « oui » alors que la veille, vous vouliez vous enfuir.

Lauren se mit à rire à son tour.

— C'est la chose la plus ridicule que j'aie jamais entendue. J'étais amoureuse de lui… Certes, ce mariage a été une erreur, une lamentable erreur, reconnut-elle, un peu embarrassée. Mais je n'ai jamais voulu… voulu…

— Jamais voulu quoi ? demanda-t-il en rivant sur elle ses yeux noirs si intenses.

— Mon Dieu…

— Quelque chose vous tracasse, Lauren ?

Elle le fixa, gênée. Grâce à Dieu, le casque dissimulait en partie son visage et empêchait Max de voir qu'elle avait rougi.

— C'est vous qui avez renversé du champagne sur ma robe, n'est-ce pas ?

— J'en ai peur. C'est aussi moi qui vous ai distinctement entendue dire que vous vouliez vous enfuir... avec moi.

— Je ne pense pas avoir prononcé ces mots-là. Mais il est vrai que je souhaitais sans doute m'enfuir, à cet instant-là.

— Vouloir, souhaiter, c'est la même chose.

Lauren se sentit rougir un peu plus. Pourquoi une chose aussi insignifiante, une chose qui s'était produite dix ans plus tôt, la mettait-elle aussi mal à l'aise ? Puis elle comprit que Max remuait délibérément le couteau dans la plaie et elle rétorqua :

— J'avais dix-neuf ans. J'étais nerveuse, terrifiée. C'était stupide de ma part de dire cela, et je l'ai regretté ensuite. Mais vous... vous étiez plus âgé...

— Je venais d'avoir vingt ans.

— Quoi qu'il en soit, vous étiez assez mûr pour savoir que ce n'était pas sérieux. Vous auriez dû rire de cet incident et l'oublier.

— C'est ce que j'ai fait.

— Ça m'étonnerait ! Vous venez de passer une heure à tourner en rond dans ma maison comme si je vous exaspérais. Vous avez été sec, grossier, et vous avez utilisé votre moto comme instrument de torture. Et maintenant, vous voulez me faire croire que vous n'essayez pas de vous venger ? Que cette stupide petite erreur que j'ai commise il y a dix ans ne vous a pas blessé ?

La mâchoire de Max se crispa; ses yeux se plissèrent. Puis, sans rien ajouter, il détourna la tête et donna un brusque coup de kick.

Elle lui tapota de nouveau l'épaule, mais il ne se retourna pas.

Avait-il réellement cru qu'elle allait partir avec lui ? Elle se remémora soudain le matin de son mariage avec Chip. Elle se rappelait parfaitement Max qui revenait, l'air bravache, et lui disait qu'il n'était pas trop tard pour s'enfuir. Oui, elle l'avait blessé, elle s'en rendait compte… dix ans trop tard. Et cela l'attristait réellement.

Cette fois, quand elle lui tapa sur l'épaule, il se retourna. Elle releva sa visière pour qu'il voie dans ses yeux que ses remords étaient sincères, pour qu'il ne pense pas qu'elle voulait rentrer dans ses bonnes grâces uniquement dans un but intéressé, puis elle dit doucement :

— C'est vrai, ce soir-là, j'avais envie de m'enfuir. Je ne pense pas que vous puissiez comprendre cela, mais je craignais de ne pas être à la hauteur, de ne pouvoir répondre aux attentes de Chip. Je me demandais s'il m'aimait autant que je l'aimais… Mais j'avais beau vouloir m'enfuir, j'en étais incapable.

— Vous ne me devez aucune explication.

— Sans doute que non, mais je vous dois des excuses. Je suis désolée de vous avoir fait de la peine.

Il rit.

— Excuses acceptées. On peut y aller, maintenant ?

— Vous m'emmenez toujours chez vous ?

— C'est ce qui était prévu, non ?

— Très bien. En route, alors.

Elle rabattit sa visière et passa les bras autour de sa taille tandis qu'il démarrait.

— Alors, dit-il en se retournant, vous allez vous pencher avec moi, cette fois ?

— D'accord, répondit-elle à contrecœur. Mais, s'il vous plaît, prévenez-moi chaque fois que vous vous apprêterez à faire quelque chose de fou. Au moins, je fermerai les yeux.

De toute évidence, Max prenait un malin plaisir à trouver des rues qui serpentaient, et rouler dans les nids-de-poule semblait être son passe-temps favori. Toutefois, Lauren en eut vite assez de fermer les yeux, et elle se rendit compte qu'il était beaucoup plus excitant qu'elle ne l'avait imaginé de se pencher avec la moto. Elle ne l'aurait jamais admis, bien sûr, mais il aurait fallu être sourd pour ne pas entendre son rire tandis qu'ils doublaient en trombe voitures et camions. Elle en vint même à regretter de porter un casque et de ne pas pouvoir sentir le vent lui fouetter le visage et agiter ses cheveux. Mais elle était quelqu'un de convenable, et les gens convenables ne font pas ces choses-là.

Puis Max ralentit – trop tôt au goût de Lauren – et pénétra dans une rue bordée de petites maisons toutes plus ou moins délabrées. Elle avait la très nette impression qu'ils ne se trouvaient pas dans le quartier le mieux fréquenté de la ville.

— Max ? cria-t-elle en se penchant vers lui. Vous êtes sûr qu'on ne craint rien, ici ?

En guise de réponse, il tourna la tête vers elle et sourit. Puis il s'engagea dans une autre rue, accéléra, prit un virage sans ralentir, et Lauren, tout à l'exaltation de la vitesse et du danger, oublia son inquiétude.

Lorsqu'ils arrivèrent au bout de la rue, ils se retrouvèrent dans un autre univers. De spacieuses maisons trônaient au bout d'allées bordées de palmiers. Leurs jardins bien entretenus, où pépiaient des oiseaux de paradis au plumage bariolé, étaient ornés de bananiers et de fougères.

Max agita la main à l'adresse d'un vieux monsieur qui arrosait ses plantes… Lauren faillit s'étrangler. Cet homme était entièrement nu ! Peut-être cette rue n'était-elle pas plus fréquentable que celle qu'ils venaient de quitter, finalement.

Le regard choqué mais curieux de Lauren resta fixé sur l'homme nu, jusqu'à ce que Max s'engage dans l'allée voisine et s'arrête à côté de ce qui semblait être la plus grande maison du quartier. La façade de brique était peinte en blanc, les encadrements des fenêtres étaient vert foncé, et le soleil se reflétait sur les vitres. La végétation, soigneusement disciplinée dans les autres jardins, était ici luxuriante et sauvage. Les bananiers, les fougères, les oiseaux de paradis paraissaient plus grands que partout ailleurs. Des frangipaniers roses, lavande, jaunes et blancs fleurissaient ici et là, et le parfum suave des gardénias embaumait l'air.

Elle n'aurait jamais imaginé que Max Wilde vivait dans un tel jardin d'Éden. Mais, à la réflexion, cette jungle était le cadre idéal pour cet homme à l'air farouche, avec sa cicatrice et sa boucle d'oreille de voyou.

Décidément, ils venaient de deux mondes bien différents.

Max stabilisa la moto et mit pied à terre. En descendant à son tour, Lauren sentit ses jambes trembler et eut l'horrible impression qu'elles allaient se dérober sous elle, lorsque deux mains solides lui prirent les bras.

— La prochaine fois, tâchez de vous détendre, lui dit Max avec un petit sourire.

Se détendre ? Impossible, avec ses deux mains sur elle.

— J'étais complètement détendue, mentit-elle.

— Faux. Tous vos muscles se raidissaient quand j'accélérais. Vous étiez contre moi, vous vous rappelez ?

Oh, oui, elle se rappelait ! Elle avait perçu la chaleur de sa peau, les coutures de son jean contre ses cuisses, sa ceinture en cuir contre son ventre, son dos contre ses seins. C'était à cause de tout cela qu'elle avait été incapable de se détendre, même après que son appréhension fut retombée. Mais mieux valait garder cela pour elle.

— D'accord, j'étais peut-être un peu crispée. J'avais peur de tomber.

Les doigts de Max remontèrent doucement le long de ses bras, puis sur ses épaules, et Lauren eut soudain terriblement chaud. Que comptait-il faire ensuite ? se demanda-t-elle, le cœur battant.

Il défit la bride du casque et le lui ôta. Ses yeux d'un noir intense s'adoucirent légèrement lorsqu'il déclara :

— Croyez-moi, vous ne risquiez pas de tomber.

Puis, sans prévenir, il la lâcha, et elle eut l'impression qu'elle allait s'écrouler. Mais elle retrouva l'équilibre, lissa son pantalon et passa nonchalamment les doigts dans ses cheveux pour remettre un semblant d'ordre dans sa coiffure, tout en se répétant : « Je suis ici pour affaires, point final. »

— Quelle belle maison ! commenta-t-elle en suivant Max.

Elle s'efforça de paraître calme et maîtresse d'elle-même tandis qu'elle admirait le jardin de derrière, où une piscine creusée dans la roche émergeait d'un enchevêtrement de bougainvillées en fleurs, de lauriers-roses et de fougères.

— Votre propriété ne ressemble pas beaucoup aux autres maisons du quartier. Cela dit, je dois admettre que vous avez un voisin intéressant.

— M. Hansen a quatre-vingt-treize ans, déclara-t-il en ouvrant la porte. Son fils unique est mort il y a un an, sa femme cette année, et il perd peu à peu contact avec la réalité.

Max parlait d'un ton si détaché qu'on aurait pu croire que cela n'avait guère d'importance. Mais Lauren l'écoutait attentivement, et elle perçut une note de tristesse dans sa voix, surprenante chez cet homme qui semblait s'appliquer à se montrer brutal et revêche avec elle.

— Il n'y a rien à faire pour l'aider ? demanda-t-elle. Un traitement, une thérapie ?

— D'après les médecins, non. Ils pensent qu'il faudrait le mettre dans une maison de repos.

Max eut un petit rire inattendu et poursuivit :

— M. Hansen ne veut pas en entendre parler. Il adore son jardin et ses voisins, et nous nous relayons pour garder un œil sur lui. Le quartier ne serait plus le même, sans lui.

Max Wilde, un gentil saint-bernard ? Voilà qui était étonnant, de la part d'un homme qui semblait vivre pour le plaisir et le danger. Mais Lauren commençait à comprendre que Max n'entrait dans aucun moule. Il ne ressemblait en rien aux hommes qu'elle avait l'habitude de fréquenter. Bien peu de ceux qu'elle connaissait auraient accepté de s'occuper d'un vieux monsieur de quatre-vingt-treize ans. Quels autres secrets Max cachait-il encore sous ses airs rustres ?

Il lui tint la porte de derrière ouverte, et elle entra dans une buanderie où s'entassaient tee-shirts, affaires de gymnastique, jeans, sous-vêtements, serviettes et draps.

— Ne faites pas attention au désordre, lança-t-il en passant devant elle.

En slalomant entre les paniers de linge sale, Lauren se dit qu'il aurait bien eu besoin d'une femme de ménage… ou d'une femme tout court.

Il en avait peut-être une, du reste. Une jolie petite blonde qui travaillait comme réceptionniste chez un dentiste. Une femme qui mettait des pantalons en cuir et qui n'avait pas le temps de s'occuper du linge sale, parce qu'elle avait un mari sexy et un peu sauvage qui l'entraînait dans des aventures bien plus excitantes.

Bizarrement, cette idée l'agaça.

La buanderie débouchait sur la cuisine. Après le chaos qu'elle venait de traverser, Lauren fut surprise de découvrir une pièce impeccable, équipée de machines en acier inoxydable qui étincelaient. Sur les murs blancs étaient accrochés des posters de motos et de voitures. D'innombrables casseroles et marmites étaient suspendues au plafond, en compagnie de paniers en osier pleins de tomates, de pommes et de bananes. Un fourneau massif occupait tout un mur. Contre les autres s'alignaient plusieurs immenses réfrigérateurs recouverts d'aimants et de notes, ainsi qu'une rangée de fours. Un bocal en forme de moto noire et rouge rempli de cookies était posé sur le bar, à l'extrémité duquel s'ouvrait une véranda.

— Ma cuisinière me quitterait immédiatement si elle voyait cette cuisine, déclara Lauren en s'asseyant sur un tabouret de bar. Elle m'a convaincue d'installer un troisième four il y a quelques années, et il ne se passe pas une semaine sans qu'elle rentre avec un nouveau gadget. Personnellement, j'avoue que je ne fais pas la différence... Quoi qu'il en soit, Mme Fisk est une cuisinière extraordinaire, et je crois qu'il vaut mieux que je ne lui parle pas de votre cuisine.

Max aimait bien l'entendre discuter ainsi de tout et de rien. En fait, il aimait beaucoup trop de choses, chez elle. Quel imbécile il faisait ! « Quand on touche quelque chose de brûlant, on se brûle », avait-il rappelé à Jed le matin même. Tant qu'il aurait affaire à Lauren Remington, il garderait cette maxime à l'esprit, décida-t-il.

Mais il ne pouvait s'empêcher d'apprécier sa voix, douce et féminine. Quant à son corps, il faisait bien plus que l'apprécier. Grande, sensuelle, ravissante, Lauren avait des courbes généreuses qu'il avait adoré sentir contre lui sur la moto. Elle semblait d'ailleurs aussi gentille qu'elle était jolie, et il avait peut-être été un peu trop bourru avec elle. Mais il y avait quelque chose qui le hérissait, chez ces femmes qui étaient nées avec une cuillère en argent dans la bouche, même quand elles étaient incroyablement charmantes.

Mais Lauren était-elle aussi charmante qu'elle le paraissait ? Regrettait-elle sincèrement ce qu'elle lui avait fait dix ans plus tôt ? Max songea soudain à sa mère, qui s'était servie de sa beauté afin d'obtenir ce qu'elle voulait et qui avait papillonné d'un homme à l'autre, avant de finir par abandonner ses enfants... Quant à Lauren Remington, elle s'était mariée et avait divorcé plusieurs fois.

Il était peut-être temps que quelqu'un lui inculque une ou deux leçons sur les hommes. Il fallait qu'elle comprenne qu'il ne lui suffisait pas de décocher un joli sourire ou de sortir son portefeuille pour tout avoir. Elle avait besoin de lui ? Eh bien, si elle voulait qu'il l'aide, elle allait devoir le mériter.

Il tourna le dos à sa jolie compagne, qui continuait à lui parler de sa cuisinière, de son majordome et de sa cuisine en marbre rose, et ouvrit la porte d'un des réfrigérateurs. Tout en cherchant un bol de sauce barbecue, il sourit. Éduquer Lauren allait sans aucun doute se révéler très intéressant. Il avait la nette impression qu'il en retirerait lui-même certaines satisfactions.

— Il y avait aussi le *Bad Bubba's Barbecue*, dit-elle, tandis qu'il versait la sauce dans une casserole et allumait le gaz. Le nom me plaisait, mais franchement, j'hésitais un peu à m'adresser à un traiteur spécialisé dans les barbecues.

— C'est mon cas, lui rappela-t-il.

— Je l'ignorais quand je vous ai appelé. Tant mieux, d'ailleurs, sinon je ne vous aurais sans doute pas téléphoné. Et vous seriez encore furieux à cause de cet incident d'il y a dix ans.

— Vous vous croyez donc inoubliable ? demanda-t-il en remuant la sauce.

— Euh... non, bien sûr. Mais je suis vraiment désolée pour cette histoire. J'espère que nous allons tirer un trait dessus.

Il éteignit le gaz et la regarda droit dans les yeux.

— En ce qui me concerne, c'est déjà fait.

Elle prit une profonde inspiration, ce qui eut pour effet – un effet particulièrement troublant aux yeux de Max – de tendre la soie de son tee-shirt sur ses seins.

— Tant mieux. Pendant un moment, j'ai cru que vous aviez l'intention de me punir jusqu'à samedi.

Max eut du mal à cacher son sourire.

— Ne dites pas de bêtises, répondit-il en sortant une cuillère à café d'un tiroir. Vous avez déjà mangé des travers de porc ?

— Mme Fisk en prépare parfois, et j'en mange toujours quand je vais voir mon frère dans son ranch du Wyoming. Mais Crosby, son cuisinier, n'est pas vraiment un cordon-bleu, même si c'est un vieux monsieur tout à fait adorable.

Max ne put s'empêcher de la fixer tandis qu'elle portait la cuillère à sa bouche, puis la glissait lentement, gracieusement, entre ses lèvres. Lorsqu'elle la ressortit de sa bouche, toute propre, il avait le cœur qui battait la chamade.

— Délicieux, commenta-t-elle en se léchant les lèvres. Comment appelez-vous cette sauce ?

— La sauce barbecue épicée, tout simplement, répondit-il.

— Je n'ai jamais rien goûté qui ressemble à cela. C'est vous qui l'avez inventée ?

Il hocha la tête et la regarda plonger la cuillère dans la casserole de sauce, puis la porter de nouveau à ses lèvres sensuelles... Bon sang, cette femme allait le rendre fou !

— Ce n'est pas vous qui faites toute la cuisine, quand même ?

— Cela dépend. J'embauche parfois d'autres cuisiniers, et j'ai du personnel qui m'aide à mi-temps pour les réceptions. Vendredi et samedi, ça va être de la folie dans cette cuisine, avec tous les préparatifs.

— Quand vais-je pouvoir goûter une de vos créations ?

— Vous venez de le faire.

— C'était exquis, mais pour le mariage de Betsy, j'aimerais quelque chose de plus... sophistiqué.

Quelle enfant gâtée ! songea Max, irrité. Eh bien, avec lui, elle n'aurait pas systématiquement ce qu'elle voulait.

— Étant donné votre situation, vous n'avez pas d'autre choix que de me faire confiance, répliqua-t-il. Vous devriez même vous estimer heureuse.

Elle croisa les bras sur le bar et se pencha en avant, ses beaux yeux verts fixés sur lui.

— Si vous essayez de m'intimider, c'est raté, dit-elle en souriant. Je vois très bien quel genre d'homme vous êtes.

— Vous ne savez absolument rien de moi.

— Vous faites peut-être le gros dur sur votre moto, mais je crois que c'est de l'esbroufe. La façon dont vous parlez de votre vieux voisin prouve que vous n'hésitez pas à vous porter au secours des gens en détresse. Or j'ai beau être riche, monsieur Wilde, j'ai désespérément besoin de votre aide. Peu importe ce que cela me coûtera, mais d'une façon ou d'une autre, vous allez me préparer quelque chose qui ressemble à des bouchées antillaises pour samedi, et non des travers de porc à la sauce épicée.

— Vous aurez vos bouchées, mademoiselle Remington, mais à deux conditions.

Elle plissa les yeux.

— Je suis sûre qu'une seule suffirait... Bon, allez-y, je vous écoute.

— D'abord, vous ne goûterez pas mes plats. Je vous servirai la meilleure cuisine que vous ayez jamais dégustée, vous pouvez me croire, mais il va falloir me faire confiance.

— Mais...

— C'est la première condition, coupa-t-il d'un ton ferme.

— Je n'ai pas l'habitude de conduire mes affaires comme ça...

— Eh bien, il y a un début à tout.

Il s'approcha d'elle, assez près pour sentir les effluves délicieux de son parfum et distinguer les paillettes d'or dans ses yeux verts.

— Je voudrais également que vous dansiez avec moi au mariage de Betsy Endicott.

Lauren fronça les sourcils.

— C'est impossible, voyons, répondit-elle après une hésitation. Vous êtes le traiteur.

— Et autrefois, je n'étais que serveur. Il faut croire que vous n'étiez pas si snob, à l'époque.

— Je ne suis pas snob et...

— Et vous danserez avec moi samedi prochain.

— Hors de question.

— Alors, je vous souhaite bonne chance. C'est difficile de trouver un traiteur à la dernière minute.

— Est-ce une menace ?

— À votre avis ?

— Vous bluffez.

Max réprima un sourire. Depuis quand était-ce si amusant de se disputer avec une femme ?

— C'est vrai, je ne vais pas vous laisser tomber. Mais je tiens à danser avec vous. Considérez cela comme une prime pour les bouchées doubles que je vais devoir mettre afin de vous dépanner.

Il vit sa mâchoire se crisper.

— Je n'ai guère le choix, n'est-ce pas ?

— En effet.

Sans réfléchir, il passa la main sur l'épaule de Lauren pour balayer un grain de poussière. À ce contact pourtant anodin, il sentit des myriades d'étincelles crépiter dans tout son corps. Avait-elle ressenti la même chose ? se demanda-t-il, troublé.

— Les gens vont jaser, reprit-elle d'une voix étrangement faible.

— Et cela vous ennuie ?

— Je n'aime pas les commérages, surtout quand ils me concernent. J'ai lu et entendu trop de mensonges sur mon compte.

— Alors, dites la vérité à tout le monde.

— La vérité ? Vous voulez que j'avoue que vous m'avez obligée à danser avec vous ? Pas question. Mais j'accepte.

Il s'approcha encore un peu. À présent, leurs visages n'étaient plus qu'à quelques centimètres l'un de l'autre.

Lauren ne bougea pas. Elle semblait s'être arrêtée de respirer et le dévisageait sans rien dire, l'air perplexe. Sans doute tentait-elle de comprendre la vraie raison qui l'avait poussée à accepter de danser avec lui, songea Max. Était-il possible qu'après tout il plût à Mlle Remington ?

Soudain, elle se leva, s'éloigna du bar et se rendit dans la véranda, où il faisait pousser ses herbes aromatiques.

— Je vais danser avec vous, mais uniquement parce que je veux que vous vous occupiez du mariage de Betsy.

Elle se tourna vers lui et croisa les bras sur sa poitrine.

— Si vous vous imaginez que j'accepte parce que je vous trouve sympathique et séduisant, détrompez-vous. Vous êtes quelqu'un d'exigeant et de difficile. Sinon, c'est peut-être moi qui vous aurais invité à danser avec moi.

— Et le qu'en-dira-t-on ? demanda-t-il en s'avançant vers elle.

— Je n'ai pas dit que je l'aurais fait durant la réception.

— Où, alors ? s'enquit-il en s'arrêtant juste devant elle. Dans un endroit où nous aurions pu être seuls ?

— Peu importe. Puisque vous avez tellement envie de vous venger, nous danserons au mariage de Betsy, et tout le monde en fera des gorges chaudes.

— Vous pensez qu'il s'agit de vengeance ?

Il tendit la main et lui mit une mèche de cheveux derrière l'oreille.

— Bien sûr, répondit machinalement Lauren, pétrifiée. Quelle autre raison pourriez-vous avoir ? Écoutez, passons à autre chose, ajouta-t-elle précipitamment. Je suis venue parler du menu, du prix, du nombre de serveurs, des smokings qu'ils mettront…

— Les serveurs ?

— Des hommes qui portent des plateaux en argent chargés de coupes de champagne et de petits-fours, expliqua-t-elle d'un ton ironique. Ça vous rappelle peut-être quelque chose ?

Elle s'assombrit soudain et plissa les yeux.

— Vous fournissez aussi les serveurs, n'est-ce pas ?

— D'ordinaire, oui, mais…

Il poussa un soupir. Comment avait-il pu oublier ce détail ?

— Ils seront tous à l'anniversaire de M. Fabiano.

Lauren jeta les mains en l'air et fit quelques pas agacés.

— Pourquoi ne l'avez-vous pas dit plus tôt ? Vous n'avez pas pensé une seconde qu'il fallait des serveurs pour un mariage ? Mais quel genre de traiteur êtes-vous donc ?

— Je suis le traiteur qui vous sauve la mise.

— Ah, oui ? J'aimerais bien savoir comment, si vous n'avez pas de serveurs !

— J'improviserai.

— Vous plaisantez ? Il s'agit du mariage de Betsy Endicott, on ne peut pas prendre le premier quidam venu et lui mettre un plateau dans les mains !

— Venez, dit-il tout à coup. Je sais où trouver des serveurs.

Il se dirigea à grands pas vers la porte de la cuisine et entendit les hauts talons de Lauren cliqueter rapidement derrière lui.

— Vous voulez faire appel à des étudiants ? Des intérimaires ? demanda-t-elle.

— Quelque chose comme ça.

Max se mordit les lèvres pour ne pas rire. Il savait parfaitement que son idée n'allait pas du tout lui plaire.

4

Lauren était incapable de penser à autre chose qu'à l'homme dont elle entourait la taille. Il était farouche, dangereux, et elle trouvait sa compagnie pour le moins... vivifiante. Peut-être parce qu'il refusait de céder à ses requêtes. Peut-être même parce qu'il s'efforçait de lui imposer sa propre volonté. Certes, beaucoup de gens dans la vie de Lauren lui avaient imposé des règles, lui avaient ordonné de se tenir comme ceci, de marcher comme cela, mais là, cela n'avait rien à voir. Max l'obligeait à faire des choses qui allaient à l'encontre de ce qu'elle avait toujours connu.

Et pour l'instant, elle n'était pas morte. En fait, elle s'amusait comme une folle. Pourtant, sa joie n'était pas totale. Elle avait l'impression que quelque chose tracassait Max, que ses sentiments pour elle balançaient entre l'estime et le mépris.

Sa belle-sœur, Sam, aurait immédiatement cerné le personnage. La femme de son frère était la personne la plus sensée que Lauren eût jamais rencontrée. Sam avait connu la misère, vécu dans le dénuement le plus complet. Elle ne manquait pas de ressources, et il en fallait beaucoup pour l'impressionner.

Tandis que le moteur rugissait, Lauren songea à sa promesse. Elle avait le très agréable pressentiment que Max saurait se montrer lent et sensuel sur la piste, qu'il l'entraînerait dans le genre de danse torride dont elle avait rêvé à seize ans, quand on l'obligeait à valser avec grâce dans une succession de bals ennuyeux et guindés.

Elle doutait sérieusement que Max danse avec l'élégance de Chip ou qu'il lui tienne la taille aussi légèrement que son ex-mari. Oh, non... Max placerait fermement ses deux mains dans le bas de son dos et la plaquerait contre lui, avant d'onduler lentement avec elle.

Assise tout contre lui sur la moto, elle réalisa qu'elle avait très envie de danser avec lui, de coller ses seins contre son torse plutôt que contre son dos, de plonger son regard dans ses yeux noirs, au lieu de contempler sa tignasse sombre...

Seigneur, quelles pensées ridicules ! Il était temps qu'elle redescende sur terre.

Max s'arrêta brusquement à côté d'une rangée de motos, coupa le moteur et se tourna vers elle. Lauren se sentit rougir de nouveau et se traita mentalement d'imbécile. Elle devait absolument combattre cette étrange attirance qu'il exerçait sur elle.

— Pourquoi vous garez-vous dans cette ruelle déserte ?

— Vous voulez des serveurs, oui ou non ?

Elle contempla les motos, puis les gigantesques entrepôts couverts de graffitis qui les entouraient.

— Et quel genre de serveurs espérez-vous trouver ici ? demanda-t-elle en éclatant de rire. Dites-moi, Max, où sommes-nous ?

— Au Hangar.

— Le Hangar ? C'est un bar de motards, non ?

— On peut dire que c'est un bar, oui. Je viens souvent ici.

— Cela ne m'étonne pas, mais pourquoi m'y avez-vous amenée ?

— Je viens de vous le dire. Vous restez là ou vous m'accompagnez à l'intérieur ?

Elle ne voyait absolument pas par quel miracle il pourrait trouver des serveurs dans un endroit pareil.

Elle ôta son casque et considéra un instant les motos aux réservoirs ornés de serpents, d'éclairs et de dragons qui crachaient des flammes.

— Je vais vous attendre ici.

— Comme vous voudrez, fit Max avec un soupir.

Il avait mis la béquille, mais elle posa les pieds sur le sol avec appréhension, en priant pour que la moto ne tombe pas. Elle mesurait un mètre soixante-seize, elle avait quelques kilos en trop – c'était du moins ce qu'avait affirmé son ex-fiancé – et pourtant, elle avait l'impression d'être minuscule sur la massive Harley.

Elle se glissa jusqu'à la place de Max, mit les mains sur le guidon, et soudain, elle ne se sentit plus petite du tout, mais puissante, bien que la moto fût à l'arrêt.

— C'est agréable, hein ?

La voix de Max la tira de sa rêverie. Toute à son excitation, elle n'avait pas remarqué qu'il n'était pas encore entré dans le bar.

— Je suppose que je pourrais m'y faire, répondit-elle.

Un lent sourire se dessina sur les lèvres de Max.

— Gardez-la-moi précieusement. Je n'en ai pas pour longtemps.

Il pénétra dans l'entrepôt, et un flot de musique bruyante assourdit momentanément Lauren, avant que la lourde porte métallique ne se referme derrière lui.

Toute sensation de puissance s'évanouit lorsqu'elle s'aperçut qu'elle se retrouvait seule avec une demi-douzaine de motos chromées. La solitude n'était pourtant pas une chose nouvelle pour elle. Durant son enfance, sa mère l'avait souvent laissée seule, parfois pendant plusieurs mois, avec Charles et sa nounou pour unique compagnie.

Mais dans ce quartier, elle se sentait en terre étrangère, loin de tous ses repères familiers. Elle regarda sa montre. 16 h 32. Si Max n'était pas ressorti dans dix minutes, elle irait le rejoindre. Elle se mit à pianoter sur le réservoir, juste à côté de la sirène.

D'où venait à Max cette fascination pour les sirènes? se demanda-t-elle. Depuis quand s'intéressait-il aux motos? Comment était-il devenu cuisinier? Pourquoi avait-il les cheveux longs? Pourquoi portait-il une boucle d'oreille?

Et surtout, pourquoi se posait-elle toutes ces questions sur lui? Et pourquoi mettait-il si longtemps à revenir?

Elle tourna le rétroviseur pour vérifier son maquillage, se remit une discrète touche de rouge à lèvres et redonna un peu de volume à ses cheveux.

— Bon, j'y vais, murmura-t-elle.

Elle descendit précautionneusement de la moto et lissa son pantalon.

Soudain, un bruit de moteur résonna dans la rue. Elle se retourna vivement et vit un énorme engin rouge se diriger vers elle. Sur la moto était assise une véritable montagne de muscles. L'homme arborait un large torse poilu, que dissimulait à peine un blouson en cuir noir.

Seigneur! songea-t-elle en observant l'inconnu. Dans quel piège s'était-elle encore fourrée?

L'homme mit pied à terre et retira son casque. Il avait un bandana rouge sur la tête et était aussi grand qu'un géant de conte de fées. Les yeux fixés sur elle, il croisa les bras et lui décocha un sourire éclatant, révélant des dents étonnamment blanches et bien rangées.

— Vous devez être une amie de Max, dit-il.

— Une connaissance, corrigea-t-elle en esquissant un sourire.

Il lui tendit la main. Instinctivement, Lauren regarda ses ongles, mais à sa grande surprise, ils étaient propres, même impeccables.

— Je m'appelle Vince Domingo, annonça-t-il, mais tout le monde me surnomme Nounours.

Après une hésitation, Lauren lui tendit la main, qu'il serra fermement.

— Bonjour… Nounours. Je suis Lauren Remington, dit-elle en essayant de paraître cordiale, malgré son appréhension. Vous venez souvent ici ?

— Aussi souvent que possible, mais pas assez à mon goût.

Il retira le bandana de son crâne complètement rasé et le mit dans son casque.

— Il fait plus frais à l'intérieur, dit-il en essuyant une goutte de transpiration qui perlait sur sa tempe. Venez donc boire un verre avec moi. Je vous présenterai quelques personnes.

— C'est gentil, mais j'ai dit à Max que je l'attendais ici. Il ne va pas tarder, ajouta-t-elle en jetant un coup d'œil nerveux à sa montre.

Le rire de Nounours retentit dans la ruelle.

— Alors, vous connaissez mal Max. S'il se retrouve embringué dans un jeu quelconque, il ne ressortira pas avant des heures.

— Un jeu ? Je ne savais pas qu'on jouait, là-dedans.

Un grand sourire illumina le visage de Nounours.

— Allons, venez, je vais vous faire visiter le Hangar.

Sans lui laisser le temps de protester, il la prit par le bras et l'entraîna vers la porte.

Prise de court, Lauren céda. Comment avait-elle pu se fourrer dans un guêpier pareil ? La seule chose qu'elle voulait, c'était trouver un traiteur pour le mariage de son amie ! Mais depuis que ce pauvre Henri avait quitté ce monde, tout allait de travers.

Nounours ouvrit la porte du Hangar, et aussitôt la musique emplit les oreilles de Lauren. Les basses étaient si fortes qu'elle sentit vibrer tout son corps. Elle posa un pied tremblant sur le sol en béton, les yeux baissés, mais constata avec étonnement qu'aucun nuage de fumée ne flottait dans la salle. Tout ce que son nez pouvait discerner, c'était une vague odeur de transpiration. Alors, lentement, elle leva les yeux. À l'extrémité de l'entrepôt, une bonne douzaine de préadolescents lançaient des cerceaux ou jouaient au

basket. À côté de l'entrée étaient alignés des distributeurs de sodas, de café et de sucreries. Dans un coin, des enfants sagement assis étaient penchés sur des livres d'école.

Où étaient les hommes qui jouaient aux dés ? Les combats de coqs ? Les parties de cartes ? Les filles dévergondées aux cheveux décolorés ?

Lauren sentit une vague de honte l'envahir. Pourquoi Max ne lui avait-il pas dit qu'il s'agissait d'un endroit pour les enfants ? Visiblement, elle les avait mal jugés, lui, Nounours et le Hangar. Quand apprendrait-elle enfin à ne pas se fier aux apparences et à laisser ses préjugés de côté ?

Un ballon de basket roula à ses pieds, et un adorable blondinet se précipita vers elle pour le ramasser.

— Salut, Nounours ! s'exclama-t-il en sautant en l'air pour taper sa paume contre celle du motard.

La plupart des garçons et des filles qui se trouvaient là avaient les cheveux teints – il y avait même du rose et du vert – et arboraient divers styles vestimentaires pour le moins surprenants. Mais ce garçon qui faisait dribbler son ballon autour d'elle avait une allure plutôt correcte, malgré son bermuda trop large et son tee-shirt blanc qui avait l'air d'appartenir à son père.

Lorsqu'il fit rebondir le ballon près de ses sandales, elle lança :

— Bonjour.

— Salut, répondit-il, avec un sourire qui dévoila une rangée de bagues. Vous n'allez pas travailler ici, si ?

— Euh... non.

— Je m'en doutais.

— Pourquoi ?

— Il n'y a pas tellement de gens qui portent des diamants, dans le coin.

— Si je reviens, je laisserai mes bijoux à la maison, alors.

— C'est plus prudent, oui, approuva-t-il en faisant tourner le ballon sur le bout de son index, l'air faussement nonchalant. Hé, Nounours, ajouta-t-il, tu es au courant, pour Rob ? Il s'est fait choper, hier soir.

— Il paraît, oui, dit Nounours d'une voix où perçait la déception.

— Max dit qu'on ne peut plus faire grand-chose pour lui.

— Il est allé trop loin, cette fois, commenta Nounours. Je veux bien aider un gosse qui a fait une ou deux conneries, mais un cambriolage, ce n'est pas le genre de la maison.

Ce n'était pas le genre de Lauren non plus. Cette conversation la déroutait complètement.

— Ces enfants ne sont pas des... délinquants, si ? demanda-t-elle à Nounours, lorsque le garçon se fut éloigné.

— Certains oui, d'autres non. Malheureusement, nous ne pouvons pas transformer tous ces gamins en citoyens modèles.

— C'est ce que vous faites, ici ? Vous aidez les gosses à problèmes à se réinsérer ?

— Oui, quand c'est nécessaire. Parfois, on essaie de trouver un job aux plus vieux, ou on leur en donne un nous-mêmes.

Il désigna un adolescent maigrichon en salopette graisseuse, qui tripatouillait des pièces détachées de moto.

— Jusqu'à ce matin, Jed travaillait pour Max, expliqua-t-il. Comme cuistot, il est nul, mais avec les moteurs, c'est un vrai pro, et j'avais justement une moto à remonter.

— Et les plus jeunes ?

— La plupart n'ont plus qu'un parent, qui n'est en général pas un exemple à suivre ou qui est trop occupé à essayer de payer le loyer pour s'intéresser de près à eux. On les aide à faire leurs devoirs, on les écoute... Parfois, ils ont simplement besoin d'un endroit où traîner, surtout quand ça chauffe à la maison. Voilà à quoi on sert.

— J'étais loin d'imaginer ça...

Lauren balaya l'entrepôt du regard et aperçut Max en compagnie de deux jeunes garçons. Penché par-dessus l'épaule de l'un d'eux, il lui montrait quelque chose dans un livre.

— Et Max est aussi impliqué que vous dans tout ça ?

Nounours rit.

— C'est lui qui en a eu l'idée, et c'est grâce à son argent qu'on a pu réaliser ce projet.

Stupéfaite, Lauren regarda Max une nouvelle fois et le vit paré d'une armure étincelante. Dire qu'une demi-heure plus tôt elle le prenait pratiquement pour un voyou !

— Et ce garçon blond qui est venu vous parler, qui est-ce ? demanda-t-elle.

— Vous voulez dire que Max ne vous a pas présentée ?

— Non. Pourquoi ? Il aurait dû le faire ?

Nounours se gratta la tête.

— Je croyais que vous étiez amis.

— J'ai fait appel à lui pour une réception, c'est tout.

— Oh, je vois... Dans ce cas, il n'avait aucune raison de vous parler de son fils.

— Vous voulez dire que ce garçon avec le ballon de basket...

— Oui. C'est Ryan.

Lauren était estomaquée. Si Max n'avait pas mentionné son fils, rien ne disait qu'il n'y avait pas aussi une Mme Wilde. C'était même probable.

— Et voilà Jamie, là-bas.

Lauren regarda dans la direction que lui indiquait Nounours et vit une fillette vêtue d'un jean ample, d'un tee-shirt rose et d'une casquette de base-ball d'où sortait une queue-de-cheval blonde toute bouclée.

— C'est la petite sœur de Ryan, ajouta Nounours.

Grands dieux ! Max avait aussi une fille !

— A-t-il d'autres enfants ? s'enquit-elle d'une voix hésitante.

— Pas à ma connaissance, répondit Nounours en riant. Mais vous n'avez qu'à lui poser la question, il arrive.

— Quelle question ?

Lauren se retourna en entendant la voix de Max.

— Lauren voudrait savoir si tu as des gosses dispersés aux quatre coins du pays.

— Ce n'est pas ce que j'ai demandé, répliqua Lauren, agacée de les voir sourire tous les deux. J'ai rencontré Ryan, Nounours m'a montré Jamie, et puisque j'ignorais que vous aviez des enfants, je me demandais seulement s'il y en avait d'autres.

— Pas encore.

— Est-ce prévu ?

Max éclata de rire.

— Pas pour l'instant. Mais l'avenir me réserve peut-être des surprises.

Lauren détestait ce genre de réponse évasive, et pour quelque raison obscure, il fallait qu'elle sache à quoi s'en tenir sur la situation matrimoniale de Max.

— Alors, vous n'êtes pas sûrs d'en vouloir un troisième, votre femme et vous ? lança-t-elle.

— Je ne suis pas marié. Je ne l'ai jamais été.

Elle fronça les sourcils.

— Mais... Jamie et Ryan ?

— Je les ai adoptés, déclara-t-il.

Apparemment, il ne désirait pas s'étendre sur le sujet, car il se tourna vers Nounours et reprit :

— Rico a un examen d'algèbre demain. Il faut absolument qu'il ait une bonne note, s'il veut remonter un peu sa moyenne. L'algèbre, c'est ta spécialité, pas la mienne. Et Gina menace de fuguer encore. Je n'arrive pas à la raisonner.

— Je vais aller les voir, promit Nounours.

— Et j'ai également besoin d'aide à titre personnel, ajouta Max. Tu crois que tu pourrais épousseter ton smoking et faire le barman samedi ?

— Qu'est-ce qui se passe, samedi ?
— Un mariage.
Lauren n'en croyait pas ses oreilles. Elle posa la main sur le bras de Max.
— Excusez-moi, Max. Pourrais-je vous dire un mot en privé ?
— Une petite seconde, répondit-il. Alors, tu es libre ? interrogea-t-il en se tournant de nouveau vers Nounours.
— J'ai un rallye, samedi. On doit passer le week-end dans les Keys.
Nounours semblait être un homme très gentil, il faisait du bénévolat et avait un sourire digne d'une publicité pour du dentifrice, mais il ne correspondait absolument pas à l'image que Lauren se faisait d'un barman pour une réception huppée. Son refus la soulagea.
Malheureusement, Max ne s'avouait pas vaincu.
— Tu te souviens de cette Indian que tu voulais me racheter ? demanda-t-il en passant un bras autour des épaules de Nounours.
Le visage du motard chauve s'éclaira.
— La Scout 1929 ?
— Exactement. Dépanne-moi samedi, et je te laisserai la conduire de temps en temps.
— Deux semaines par mois, et je joue les barmen à ton mariage, proposa Nounours en souriant de toutes ses dents. On fera une garde alternée, en quelque sorte.
— D'accord, soupira Max.
— Où et quand, ce mariage ?
— Je t'appellerai demain pour te donner les détails.
— N'oublie pas de me passer ton deuxième trousseau de clés. J'ai l'intention de rapporter la Scout chez moi après la réception.
— Et toi, entraîne-toi à servir des verres. Le moindre faux pas, et tu peux dire adieu à la Scout !
— Je n'ai jamais fait un seul faux pas de ma vie, répliqua Nounours en allant rejoindre un garçon et une fille

entièrement rasée, à l'exception d'une queue-de-cheval.

— Qu'est-ce que c'est que cette histoire ? demanda Lauren à mi-voix, de peur de laisser éclater sa colère. Nounours ne peut pas faire le barman au mariage de Betsy !

— Pourquoi ?

— Il ressemble à Monsieur Propre !

— Et alors ?

— Oh, ne faites pas l'idiot ! Vous me comprenez très bien.

— Vous préférez qu'on demande à un de vos amis ? À Chip, par exemple ?

Elle le fusilla du regard, et il conclut :

— Dans ce cas, il faudra vous contenter de mes amis. Alors, que pensez-vous du Hangar ?

— Je trouve cet endroit formidable, et je suis persuadée que vous et vos copains motards faites un boulot admirable pour remettre ces jeunes dans le droit chemin. Mais, pour l'heure, ce qui m'intéresse, ce sont les barmen et les serveurs.

Max croisa les bras sur sa poitrine.

— Soit Nounours tient le bar samedi, soit vous vous passez de moi.

— C'est un ultimatum ?

— Oui. Je n'ai pas de temps à perdre, je vous le répète.

Elle serra les dents et regarda Nounours. Son sourire était contagieux, son rire aussi. Il lui faisait l'effet d'un homme intelligent et facile à vivre. Un soupir lui échappa, et elle déclara :

— D'accord, mais à une condition : qu'il ne dise à personne qu'on le surnomme Nounours. Maintenant que la question du barman est réglée, il reste le problème des serveurs. Qu'est-ce que vous suggérez ?

Les traits de Max se durcirent, comme s'il pressentait une nouvelle dispute. Il se tourna vers le coin de la salle dédié au basket, et Lauren suivit son regard.

— Voilà Gabe, dit-il en lui montrant un petit homme au crâne chauve affublé d'une longue queue-de-cheval grise.

Le futur serveur de Lauren arborait une bedaine impressionnante et portait un tee-shirt noir sur lequel était écrit son prénom. Dans le dos, Lauren lut : « C'est moi le type contre lequel vos mamans vous ont mises en garde ! »

— Il est libre samedi et veut bien nous donner un coup de main.

— Ça n'ira pas, déclara Lauren.

Sans se soucier de sa protestation, Max désigna une femme blond platine en bustier rouge et jean moulant. Ses bras et même sa gorge étaient couverts de tatouages.

— Voilà Jazz. Gabe et elle m'ont déjà dépanné pour des repas.

— Je ne veux pas de serveurs de deuxième classe pour le mariage de Betsy. J'ai besoin de gens qualifiés. Et il m'en faut largement plus de deux.

— Avec Jamie et Ryan, ça fait quatre.

Pendant un long moment, Lauren le contempla, muette. Deux enfants et deux énergumènes anticonformistes pour un mariage chic…

— Je suis sûre que vos amis et vos enfants sont des gens charmants et qu'ils sont très compétents pour servir des brochettes. Mais vous semblez oublier qu'il ne s'agit pas d'un barbecue, samedi.

— C'est vous qui semblez oublier une ou deux choses.

— Par exemple ?

— Pour quelqu'un qui prétend ne pas être snob, je trouve votre attitude franchement sectaire.

— Et vous, vous semblez oublier qui est l'employé, ici.

Max lui adressa un regard furibond.

— Je vous rappelle que je n'ai encore signé aucun contrat. Conclusion, mademoiselle Remington : vous pouvez vous chercher un autre traiteur. Quant à moi, je n'ai plus à me soucier de préparer deux repas le même jour.

— Si c'est votre dernier mot, très bien, déclara-t-elle sèchement.

Elle refusait de céder. Il l'avait traitée de snob, et ça, c'était quelque chose qu'elle ne pouvait pas supporter. Elle sentit des larmes lui picoter les yeux, mais il n'était pas question de les laisser couler et de trahir son désespoir. Elle redressa les épaules.

— Avez-vous un téléphone que je pourrais utiliser ?

— Pourquoi ?

— Il faut que j'appelle un taxi.

— Je vous ai amenée ici, je vais vous raccompagner, dit-il en se dirigeant vers la sortie.

— Je préfère prendre un taxi.

Max s'arrêta net, et elle vit ses épaules se raidir. Il se retourna lentement vers elle, l'air franchement excédé.

— De toute ma vie, je n'ai jamais eu affaire à une personne aussi têtue, difficile, gâtée…

— Je me contenterai de trois adjectifs, merci, coupa-t-elle. Et maintenant, s'il vous plaît, pourriez-vous m'indiquer le téléphone ?

Il traversa l'entrepôt d'un pas furieux, Lauren sur ses talons.

— Ici ! lança-t-il en lui tendant le combiné d'un téléphone à pièces.

— Vous voulez bien me le tenir un moment ?

Si les regards avaient pu tuer, celui que lui décochait Max en ce moment l'aurait pulvérisée instantanément. Il inspira un bon coup et s'adossa au mur tandis qu'elle cherchait de la monnaie, tout en se maudissant de ne pas avoir pris son téléphone portable. Mais elle eut beau fouiller dans son sac, elle ne trouva pas la moindre pièce.

— Tenez, grommela Max en lui donnant une pièce.

— Merci.

Elle lui adressa un faible sourire. Les doigts tremblants, elle la glissa dans la fente, puis pencha la tête et lui sourit de nouveau.

— Vous n'auriez pas un annuaire ?

— Non.

— Vous ne connaîtriez pas le numéro d'une compagnie de taxis dans le quartier, par hasard ?

— Non.

Elle fixa ses pieds et poussa un soupir. Puis, lentement, elle releva la tête.

— Alors, je crois que je vais accepter votre proposition de me raccompagner.

Avec un sourire narquois parfaitement exaspérant, il répondit :

— Oui, c'est aussi ce que je crois.

Les bottes de Max résonnèrent dans la salle tandis qu'il retournait vers la porte. Depuis quand la musique avait-elle cessé de mugir ? se demanda Lauren, terriblement gênée. Et depuis quand tous les regards étaient-ils tournés vers eux ?

Max monta sur sa moto et démarra presque aussitôt, lui laissant tout juste le temps de grimper derrière lui. Quelques instants plus tard, la Harley quittait la ruelle.

Cette fois, Lauren garda ses mains sur ses cuisses. Le mariage de Betsy Endicott allait rester dans les annales comme le plus beau désastre de l'histoire de Palm Beach.

Elle avait peut-être réagi un peu trop vivement quand Max lui avait suggéré d'employer ses amis comme serveurs. En tout cas, elle avait besoin de lui pour le buffet, et il fallait absolument qu'elle le fasse changer d'avis.

Mais comment ?

Lorsqu'il s'arrêta devant sa maison en marbre rose, elle descendit lentement de la moto et prit son temps pour retirer le casque. Puis elle se plaça devant la moto, pour l'empêcher de s'en aller sans l'avoir écoutée.

— Dans beaucoup de domaines, nous ne partageons pas le même point de vue… commença-t-elle.

— Dans tous les domaines, corrigea-t-il.

— Quoi qu'il en soit, puisque nous avons déjà discuté du menu et que j'ai gracieusement accepté vos conditions, vous voulez bien vous occuper du mariage de Betsy… si je me charge de trouver les serveurs ?

Il secoua lentement la tête et lâcha un « non » laconique. Ce n'était pas la réponse qu'elle espérait.

— Pourquoi ?

— Parce que vous êtes trop exigeante. Parce que rien ni personne n'arrivera jamais à vous satisfaire.

— C'est faux.

Il tourna le guidon et avança légèrement. Il était assez près d'elle à présent pour qu'elle puisse voir son regard froid et amer.

— La vie vous a gâtée, Lauren. Vous êtes riche et belle. Et je me suis surpris à désirer plus qu'une relation professionnelle avec vous. Mais vous savez quoi ? Votre arrogance m'a fait changer d'avis.

— Très bien, dit-elle. Nous prendrons vos serveurs.

— Trop tard. Je vais me consacrer à l'anniversaire de M. Fabiano, répliqua-t-il en faisant rugir le moteur.

Une nouvelle fois, Lauren sentit les larmes lui monter aux yeux, mais elle les ravala. Et son amour-propre avec.

— Vous représentez mon dernier espoir, Max. Si vous me laissez tomber, que vais-je devenir ?

Il rit.

— Pour être honnête, je me fiche du mariage prétentieux de Betsy Endicott. Toutefois… je ne vais pas vous laisser tomber complètement.

— Ah, non ? fit-elle d'une voix tremblante.

— Non, répondit-il en souriant. Il y a un magasin de produits surgelés à West Palm Beach. Ils font des quiches et des plateaux de crevettes qui ne sont pas mauvais. Essayez.

— Mais…

— Cette fois, je n'ai plus de temps du tout pour les « mais », Lauren.

— S'il vous plaît.

— Non.

Déjà, sa moto vrombissait et s'ébranlait.

Lauren regarda Max s'éloigner, effondrée, l'esprit assailli par une série de scénarios catastrophiques. Puis elle songea à Betsy, au bonheur de son amie et se redressa.

Elle allait lui montrer, à Max ! Le mariage de Betsy serait le plus réussi de l'année. Et elle se chargerait de le lui faire savoir !

5

Un objet blanc non identifié vola devant les yeux de Max, distrayant son attention des papiers qu'il avait étalés sur le bar. La paire de chaussettes volante glissa sur le comptoir carrelé et s'arrêta brutalement contre le bocal de cookies.

— Arrête de me jeter des trucs, Ryan ! cria Jamie entre deux éclats de rire.

— Ce sont tes chaussettes ! répliqua son frère. Tu ne peux pas les porter au moins deux jours avant de les mettre au sale ?

Max prit la télécommande, la braqua vers le lecteur de CD et monta le son de *Purple Haze*, mais Jimi Hendrix ne pouvait rivaliser avec les cris des deux enfants. Ils passaient presque un quart d'heure chaque soir à se chamailler pour savoir qui laverait la vaisselle et qui ferait la lessive, et ils s'efforçaient régulièrement d'entraîner Max dans la dispute. Mais il avait compris depuis longtemps que ses enfants étaient assez grands et assez malins pour résoudre ce genre de problèmes tout seuls.

Lorsque le dernier écho de guitare résonna dans la pièce, Ryan se dirigea vers la buanderie, Jamie traîna les pieds vers l'évier, et Max se remit à son travail.

Heureusement qu'il avait définitivement dit adieu à Lauren Remington, songea-t-il en notant quelques changements sur sa recette de pâté en croûte maison. Il s'efforçait de mener une vie simple et de ne pas se surcharger de travail, car il désirait consacrer le plus de temps possible à Jamie et Ryan. Alors, il n'avait vraiment pas besoin qu'une bourgeoise pourrie gâtée, qui prenait les hommes et les recrachait comme du vulgaire chewing-gum, vienne lui voler son temps précieux.

D'ailleurs, elle n'avait que faire d'un homme comme lui, qui ne cessait de se demander s'il devait la mépriser ou la désirer. Il ne comprenait pas lui-même comment il avait pu se montrer si versatile. Et pourquoi avait-il été si cruel avec elle ? Il aurait très bien pu lui dire plus tôt qu'il comptait engager Jazz et Gabe comme serveurs, la rassurer en lui expliquant qu'ils avaient travaillé pour son père adoptif et qu'ils connaissaient le métier. Mais non, il avait eu envie de la provoquer, il s'était arrangé pour faire ressortir son côté élitiste, afin de pouvoir la prendre en défaut. Et cela s'était retourné contre lui. S'il avait surpris Jamie ou Ryan en train de se conduire comme il l'avait fait avec Lauren, il leur aurait botté le train.

Mais cela l'exaspérait d'être attiré par une femme comme elle.

Une femme comme elle ? Voilà que c'était lui qui devenait snob, maintenant. Il la jugeait et la condamnait alors qu'il la connaissait à peine. Après tout, ce n'était pas parce qu'elle avait divorcé deux fois qu'elle était forcément volage.

Il avait beau essayer de penser à autre chose, elle était toujours là, dans un coin de son cerveau. Enfin, dans un coin… En plein milieu, oui.

Et s'il l'appelait demain matin ? Est-ce que cela représenterait une trop grosse surcharge de travail de s'occuper de sa fichue réception ? Pas vraiment. Il se rappela la douceur de Lauren, sa persévérance… Il devait reconnaître qu'elle se donnait du mal pour trouver des solutions. Bon sang, il mourait d'envie de la revoir !

Mais si elle lui raccrochait au nez, que ferait-il ?

Un bruit assourdissant le fit sursauter. Il leva les yeux. Jamie tenait une poêle savonneuse dans une main, une casserole en aluminium dans l'autre. Avec un grand sourire espiègle, elle dit :

— Je savais que ça allait attirer ton attention.

— « Hé, Max ! » aurait très bien marché aussi.

Il posa son stylo, referma son cahier et croisa les bras sur le bar.

— Bon, je t'écoute

— C'est qui, cette dame qui est venue avec toi au Hangar, tout à l'heure ?

— Lauren Remington.

— Ce n'est pas une nouvelle petite copine, si ?

Pas pour l'instant, songea Max.

— Non. Il est possible que je m'occupe d'un mariage pour elle.

Jamie se mordit la lèvre inférieure. Max savait qu'elle avait envie de lui poser d'autres questions, mais elle n'ajouta rien. Elle rinça ses casseroles, les posa sur l'égouttoir, puis frotta une spatule. Enfin, lentement, elle releva les yeux et demanda :

— Tu vas la revoir, même si tu ne t'occupes pas de ce mariage ?

— Je ne sais pas.

— Ça veut dire : « Peu probable » ou : « Oui, je crois » ?

Max rit.

— Ça veut dire : « Je ne sais pas », c'est tout. Mais je te tiendrai au courant si la situation évolue.

— J'espère que c'est : « Peu probable », commenta Jamie en enfonçant son éponge dans l'eau.

À onze ans, elle se considérait comme la petite femme de la maison et n'avait aucune envie qu'on empiète sur son territoire.

Il n'y avait pas eu beaucoup de femmes dans la vie de Max, et encore moins depuis cinq ans. Avant que son père adoptif ne tombe malade, il avait vécu à Hollywood et dans bien d'autres endroits, où il avait travaillé et effectué des recherches pour retrouver sa sœur et son frère. Puis, après la mort de son père adoptif, il avait décidé de reprendre son affaire, et il avait été trop occupé pour avoir des aventures. Philip lui avait tout laissé. Sa maison, ses biens et une entreprise de restauration à la limite du dépôt de bilan. Max l'avait transformée en *Extravagances* et s'était mis à organiser des barbecues, des fêtes ambiancc années 1960, avec voitures et motos restaurées et musique d'époque. C'était sans doute moins haut de gamme que ce que faisait son père, mais bien plus rentable. Au début, il travaillait sept jours sur sept.

Mais il aspirait à d'autres choses dans la vie. Il tenait par-dessus tout à réaliser le rêve de Philip : créer un endroit où les enfants démunis ou mal aimés pourraient passer du temps. Max devait tout à Philip. C'est pourquoi il avait consacré toute son énergie et tout son temps à *Extravagances*, jusqu'à ce qu'il ait les moyens d'ouvrir le Hangar. Depuis, cet endroit faisait sa fierté et sa joie, mais lorsque Jamie et Ryan étaient entrés dans sa vie, deux ans plus tôt, ses priorités avaient changé. Heureusement, ses amis étaient venus l'aider à assurer la gestion du Hangar.

Tout cela expliquait qu'il n'ait jamais eu de relation amoureuse stable, songea-t-il. Mais s'il continuait à traiter les femmes comme il avait traité Lauren Remington, les choses ne risquaient pas de s'arranger.

Le téléphone de la cuisine sonna, et Max décrocha précipitamment, tout en attrapant la télécommande pour baisser le volume de la chaîne.

— *Extravagances*, répondit-il.

— Bonjour, Max. Comment allez-vous ?

Il réprima un soupir déçu. Ce n'était pas le timbre mélodieux et sensuel de Lauren, mais la voix indubitablement masculine du détective qu'il avait engagé pour retrouver Charlotte et Zack.

— Bien, merci… Il y a du nouveau ? demanda-t-il avec une certaine réticence.

La dernière fois que Harry lui avait dit qu'il avait « du nouveau », c'était juste avant de lui annoncer que son frère avait trouvé la mort dans un accident de voiture.

— J'ai peut-être retrouvé Charlotte, annonça-t-il. Mais ne vous emballez pas. Pour l'instant, tout ce que je peux vous dire, c'est qu'il s'agit d'une femme appelée Charlotte Wilde. Il est possible que ce ne soit pas votre sœur.

— Où habite-t-elle ?

— À Phoenix. J'y vais mardi pour vérifier.

— Vous lui avez téléphoné ?

Harry ne répondit pas tout de suite. Puis, avec un soupir, il déclara :

— J'ai parlé à la femme chez laquelle elle vit.

— Et alors ? fit Max avec impatience.

— Elle m'a dit que Charlotte souffrait d'un retard mental.

— C'est impossible ! Elle allait parfaitement bien, la dernière fois que je l'ai vue.

— Elle avait quatre ans, à l'époque. Je me suis renseigné, on ne détecte pas si tôt les retards psychologiques. Mais ce n'est peut-être pas votre sœur, répéta-t-il.

Il y avait vingt ans que Max n'avait pas revu sa petite sœur, depuis que leur mère l'avait confié à un de ses anciens petits copains et avait disparu avec Zack et Charlotte... qu'elle avait fini par abandonner quelque part en Californie. Max souhaitait désespérément retrouver Charlotte, mais il n'avait jamais envisagé ce genre de situation.

— Parlez-moi d'elle, dit-il en passant nerveusement ses doigts dans ses cheveux. Comment est-elle ?

— Elle a vingt-quatre ans. Elle est brune et a les yeux marron.

— Que savez-vous d'autre ?

Aimait-elle toujours chanter et danser ? Était-elle toujours aussi jolie ?

— Rien. La femme s'est montrée plutôt évasive.

C'est pour cela que j'ai décidé d'y aller. Je vous en dirai plus quand j'aurai vu cette Charlotte Wilde et parlé avec elle.

— Je veux à tout prix retrouver Charlotte, peu importe dans quel état psychologique. Si cette fille est ma sœur, je tiens à le savoir, même si vous pensez qu'il vaut mieux me cacher la vérité.

— Ne vous inquiétez pas, Max. Je vous appellerai mardi soir, quelles que soient les nouvelles.

Après avoir raccroché, Max appuya ses doigts sur ses tempes. Il avait passé des années à chercher sa famille et n'avait retrouvé que sa mère, qui avait refusé de le voir. Elle avait refait sa vie des années plus tôt et ne voulait pas qu'il en fasse partie. Cela lui convenait parfaitement, d'ailleurs, car il ne s'intéressait pas à elle non plus. La seule chose qu'il lui avait demandée, c'étaient des renseignements sur son frère et sa sœur, mais elle avait effacé Charlotte et Zack de son esprit aussi facilement qu'elle avait écarté Max de sa vie.

— Ça va ? demanda Jamie.

Ses petits doigts pleins d'eau savonneuse touchèrent sa main. Max hocha la tête et se rapprocha d'elle, puis il se pencha jusqu'à ce que ses yeux soient à la même hauteur que ceux de sa petite fille.

— Est-ce que je t'ai déjà dit à quel point j'étais content de vous avoir, Ryan et toi ? demanda-t-il en lui caressant la joue.

— Une fois ou deux.

Elle se mordit encore la lèvre inférieure, et il vit son front se plisser.

— Tu voudras encore de nous quand tu auras retrouvé ta sœur ?

— Bien sûr ! s'exclama Max en riant. Je voudrai de vous toute la vie !

— Alors, tu pourrais nous adopter, non ?

Il prit Jamie dans ses bras, la souleva et la posa sur le bar. Puis il se dirigea vers l'évier pour finir la vaisselle.

— Vous avez un père, lui rappela-t-il.

— Il est en prison. Je ne me souviens même pas de lui.

— Mais lui se souvient de vous. Et il ne veut pas renoncer à vous.

— Ryan trouve que tu devrais parler à notre père. Il dit que tu pourrais le convaincre de te laisser nous adopter.

— Qu'est-ce que tu en penses, toi ?

— Que tu es le seul papa que j'aie vraiment connu.

Max se sécha les mains et vint s'appuyer contre le bar, à côté d'elle.

— C'est si important pour toi, que je vous adopte légalement ?

— Oui, fit Jamie d'une toute petite voix, en glissant sa main dans la sienne.

— Pour moi aussi, c'est important, si ça t'intéresse de le savoir, lança Ryan, qui revenait dans la cuisine. Quelquefois, j'ai l'impression que tu n'as pas envie de nous adopter.

— Ce n'est pas que je n'en ai pas envie. Simplement, je n'y ai pas vraiment réfléchi.

— Pourquoi ? Tu ne voulais pas que Philip t'adopte, toi ?

Max s'efforça de rassembler ses souvenirs. Philip Bernard avait été un bien meilleur père que son père biologique. Son amour lui avait toujours suffi.

— Nous n'en avons jamais parlé, répondit-il enfin. Il était toujours là quand j'avais besoin de lui, et je savais qu'il m'aimait. Je ne désirais rien de plus.

Il sourit à Ryan et Jamie.

— Vous savez que je vous aime, n'est-ce pas ?

Jamie hocha la tête, mais Ryan haussa les épaules et baissa les yeux. Comme tous les garçons de quatorze ans, les démonstrations d'émotion le mettaient mal à l'aise.

— Oui, sans doute, marmonna-t-il.

Quand Max avait ramené Ryan chez lui, celui-ci venait d'avoir douze ans. Il était furieux contre Max, furieux contre le monde entier, et il passait son temps assis dans un coin, à bouder. Cela n'avait pas étonné Max. Il comprenait parfaitement ce que Ryan ressentait, pour l'avoir lui-même vécu. Puis, deux mois plus tard, il avait réussi à récupérer Jamie, et dès le premier soir, elle était montée sur ses genoux. Elle l'avait regardé avec ses doux yeux bleus pleins de larmes et lui avait dit qu'elle espérait qu'il ne se débarrasserait pas trop vite de Ryan ou d'elle, parce qu'elle en avait assez de passer d'une famille d'accueil à une autre, assez d'être séparée de son frère, assez d'apprendre de nouvelles règles partout où elle allait.

Le père des enfants ne les avait jamais contactés. Il avait demandé la mise en liberté conditionnelle, mais on la lui avait refusée. Il risquait fort de finir ses jours en prison.

Mais s'il sortait ? S'il reprenait Jamie et Ryan ? S'il buvait encore et que ses enfants trouvaient la mort en voiture, comme ça avait été le cas pour sa femme et deux de ses amis ?

Cette pensée le torturait.

— Je vais contacter dès demain un avocat spécialisé dans les adoptions, déclara-t-il avant d'embrasser Jamie.

Il laissa la fillette l'enlacer. Ryan, lui, contemplait toujours le sol. Quand il releva la tête, ses yeux étaient humides. Max tendit la main et serra son fils contre lui, la gorge nouée.

Dès le lendemain, il s'assurerait que personne ne les séparerait jamais, Jamie, Ryan et lui. Il savait d'expérience à quel point c'était douloureux de perdre ceux qu'on aimait et refusait de connaître de nouveau cette souffrance.

6

Lauren n'avait pas pour habitude de descendre en catimini dans la cuisine, surtout à minuit, mais elle faisait une fixation sur les cartons de mini-quiches que Charles et elle avaient achetées la veille. Une quiche surgelée pouvait-elle être autre chose qu'insipide ? Elle se posait le même genre de question au sujet du gâteau au chocolat en tranches, sans parler des plateaux de crevettes et des petits-fours qu'elle devait récupérer chez l'épicier le samedi matin. Pourvu que Betsy et Bunny Endicott n'apprennent jamais où elle s'était procuré la nourriture de la réception ! Mais que diraient-elles quand elles sauraient qu'il n'y avait pas de serveurs, que les invités devraient se servir tout seuls au buffet et ouvrir eux-mêmes les bouteilles de champagne ?

Tout ça, c'était la faute de Max Wilde. Mais elle préférait ne plus y penser. Elle s'était formellement interdit de le rappeler et de le supplier de changer d'avis. Elle montrerait à tout le monde qu'on pouvait parfaitement s'en sortir sans l'aide d'un traiteur professionnel.

Elle alluma la lumière et entra dans le domaine de Mme Fisk. Cette cuisine noire et blanche n'avait jamais eu un aspect très accueillant. Pourtant, avant de connaître celle de Max, elle lui convenait parfaitement… Ah, non, elle n'allait pas encore penser à lui !

Elle sortit des moules à tarte du placard, prit dans le congélateur un paquet de mini-quiches et lut rapidement les instructions imprimées sur le côté. « Faire cuire au four à 160 °C pendant dix minutes », lut-elle. Cela lui parut incroyablement long. Avec près de deux cents invités et des dizaines de plateaux à remplir d'amuse-gueule appétissants, elle allait devoir faire beaucoup plus vite que cela. Elle régla la température à 190 °C, posa précautionneusement les quiches sur un moule et referma la porte du four.

Elle regarda sa montre. Elle ne laisserait les quiches que cinq minutes, et il faudrait que cela suffise.

Elle arpenta le sol de la cuisine, puis vérifia sa montre, mais seulement quinze secondes s'étaient écoulées. Les grands chefs passaient-ils leur temps à attendre et à s'ennuyer ?

Elle prit un des livres de cuisine sur l'étagère, l'ouvrit et le feuilleta. Son estomac grogna devant les photos des préparations raffinées. Elle consulta de nouveau sa montre. Une minute trente s'était écoulée. Restaient trois minutes trente de cuisson. Le temps d'un rapide coup de fil.

Elle décrocha le téléphone mural et composa le numéro de son frère. Il n'était que 22 h 30, dans le Wyoming. Jack et Sam ne dormaient sûrement pas, et elle pourrait parler à sa belle-sœur du mariage de Betsy, lui demander des conseils. Après tout, c'était Sam qui lui avait suggéré de se lancer dans cette carrière d'organisatrice de mariages.

— Allô ? fit la voix ensommeillée de Jack, après trois sonneries.

— Je ne te réveille pas, j'espère ?

— Il est 22 h 30, Lauren, grommela-t-il. Qu'est-ce qui ne va pas ?

— Quelle drôle de question ! Tout va bien, merveilleusement bien... Et vous, ça va ?

— Oui, sauf que j'étais dans les bras de Morphée et que tu viens également de tirer Sam du sommeil, alors qu'elle a du mal à s'endormir en ce moment, qu'elle n'a pas eu de vraie nuit depuis des semaines et que…

— Elle est réveillée, Dieu soit loué, coupa Lauren.

Tel qu'elle connaissait son frère, il aurait pu se plaindre encore longtemps, et c'était à Sam qu'elle voulait parler.

— Tu peux me la passer ?

— Une seconde.

Elle entendit le lit grincer, Jack marmonner, Sam rire et gronder gentiment son mari de se montrer aussi grognon. Lauren sourit. Si son frère et sa belle-sœur n'avaient pas choisi d'aller vivre au diable, elle aurait fait construire une maison juste à côté de la leur, pour pouvoir passer toutes ses journées en compagnie de Sam.

— Salut, Lauren, dit sa belle-sœur d'une voix légèrement haletante.

— Oh, Sam, je suis désolée de t'avoir réveillée, répondit Lauren. Je sais qu'il est tard, que tu es enceinte et… Mon Dieu, je suis tellement absorbée par mon petit nombril en ce moment que je n'ai même plus pensé que tu attendais des jumeaux et que tu devais être claquée !

— Tout va bien, assura Sam, sauf que ton neveu et ta nièce ont déjà commencé à se disputer. L'un des deux appuie constamment sur ma vessie, l'autre a un hoquet chronique, et ils sont tous les deux insomniaques. Je me demande ce que ça va donner quand ils seront là en vrai !

Sans réfléchir, Lauren posa une main sur son ventre. Et elle, connaîtrait-elle un jour la joie de mettre un bébé au monde ? Compte tenu de sa propension à bousiller toutes les relations amoureuses qu'elle pouvait avoir, cela semblait fort peu probable, hélas. Mais ce n'était pas le moment de penser à ses désirs inassouvis. Sam était là, au bout du fil, et c'était elle qui était enceinte.

— Maman m'a dit qu'elle t'avait recommandé d'engager une nounou et que tu avais catégoriquement refusé d'en prendre une.

— Ta mère est pleine de bonnes intentions, mais je n'ai pas besoin d'une nounou. Je suis parfaitement capable d'élever seule mes enfants. En plus, Jack a juré de m'aider. Quant à Beau, il attend avec impatience l'arrivée de son frère et de sa sœur. Le pasteur Mike organise déjà le baptême, et Crosby ronchonne parce qu'il va avoir deux bouches de plus à nourrir. Mais il a beau râler, je sais que l'idée d'avoir bientôt plein d'enfants dans la maison le comble de joie. Je n'ai pas eu le courage de lui dire que je comptais allaiter les bébés pendant au moins un an. Mais assez parlé de moi. Dis-moi plutôt où tu en es avec le mariage de Betsy Endicott. C'est dans deux jours, c'est ça ?

— Samedi, acquiesça Lauren.

L'espace d'un instant, pourtant, elle oublia ce mariage et les tracas qu'il lui causait. Elle songeait avec envie à cette grande famille heureuse que Sam et son frère s'apprêtaient à fonder. Elle pensait aussi à Max, qui avait la chance d'avoir deux enfants.

— Il y a un problème ? s'inquiéta Sam.

Lauren revint à la réalité et refoula les images de bébés et de parents émerveillés qui encombraient son esprit. Ce n'était pas le moment d'embêter Sam avec ses soucis existentiels.

— Non, non, pas du tout, répondit-elle. Je voulais juste entendre ta voix et te parler des petits vêtements de bébé adorables que j'ai achetés l'autre jour. Chez Baby Gap, ils ont des fringues complètement craquantes. Je ne t'en dis pas trop, tu auras la surprise quand ça arrivera au courrier.

— Je t'appellerai dès que j'aurai reçu le paquet, promit Sam. Maintenant, raconte-moi ce qui te tracasse.

— Rien.

— Je te connais. Crache le morceau.

Lauren hésita un instant, puis elle répondit :

— Aujourd'hui, quelqu'un m'a traitée de snob. Tu trouves que c'est vrai ? Que je suis snob ?

— Eh bien…

— Sois franche, Sam, s'il te plaît, n'aie pas peur de me vexer. Je suis capable d'entendre la vérité.

— Tu n'es pas snob.

— Merci ! s'écria aussitôt Lauren, soulagée. Ça m'aurait étonnée, aussi, que tu me trouves élitiste ou intolérante.

— Tu ne m'as pas laissée terminer. Tu n'es pas snob, tu es même la personne la plus adorable que j'aie jamais rencontrée, mais quelquefois…

Sam poussa un soupir qui remplit Lauren d'appréhension.

— Quelquefois, tu es un peu égocentrique.

— Je ne m'étais jamais rendu compte que j'étais narcissique, dit Lauren après un instant de réflexion.

— Ce n'est pas ce que j'ai dit. Et tu n'es pas égoïste non plus. Au contraire, tu es formidablement généreuse et affectueuse. C'est juste que parfois, tu te laisses emporter par ce que tu décides de faire – partir pour une journée de shopping, organiser un mariage ou… téléphoner à quelqu'un tard le soir – et tu oublies d'avoir des égards pour les autres, de prendre en compte leurs désirs ou leurs besoins.

Lauren émit un rire léger. Cela valait toujours mieux que de pleurer, non ?

— En tout cas, je pense que je n'ai jamais délibérément voulu faire du mal à quelqu'un, sauf quand j'ai poussé Peter Leighton dans cet étang en espérant secrètement qu'il était infesté d'alligators.

Sam se mit à rire à son tour.

— Peter n'a eu que ce qu'il méritait… Au fait, pourquoi t'a-t-on traitée de snob ?

« Parce que je le suis », songea Lauren. Elle avait examiné les ongles de Nounours avec suspicion, elle avait décrété que Jazz et Gabe feraient des serveurs lamentables, elle s'était convaincue que ses amis se moqueraient d'elle si elle les engageait… Oui, tout ceci faisait d'elle une minable petite snob.

Mais elle ne pouvait pas l'avouer, même à Sam. C'était beaucoup trop embarrassant. À elle de se corriger, maintenant qu'elle avait mis le doigt sur ses défauts.

— Peu importe, dit-elle à Sam. Je vais te laisser, il est tard. Excuse-moi encore de t'avoir dérangée.

— Tu ne me déranges jamais.

— C'est une longue histoire, tu sais, mais un de ces jours, quand tu auras le temps, je te parlerai de Max.

— Qui est Max ?

— Tu es sûre que tu veux que je te raconte ça maintenant ?

— Sûre et certaine.

Lauren s'assit devant la table de la cuisine, croisa les jambes et rassembla sur ses genoux les pans de son peignoir en soie turquoise.

— Max est le traiteur qui devait s'occuper du mariage de Betsy.

— Tu n'avais pas fait appel à Henri ?

— Le pauvre a succombé à une crise cardiaque hier. On l'enterre samedi.

— Qui est Max, alors ?

— Le traiteur que j'avais trouvé pour le remplacer. Malheureusement, il voulait embaucher une bande de motards en guise de serveurs. C'est lui qui m'a traitée de snob, parce que... Eh bien, comme ça. Bref, il m'a laissée tomber avant même qu'on ait signé un contrat, et ce soir, j'ai emmené Charles au supermarché de la congélation, vu qu'il ne me reste plus qu'à préparer moi-même le buffet de ce satané mariage.

— Quoi ?

— S'il te plaît, ne dis rien à Jack. Il va se faire du souci et vouloir m'aider, et je sais que je peux me débrouiller toute seule. C'est vrai, confectionner quelques petits-fours, ce n'est quand même pas la mer à boire.

— Ce n'est pas aussi simple que ça. Laisse-nous t'aider, Lauren.

— Il n'en est pas question. Tu vas bientôt accoucher.

— Pas avant plusieurs mois !

— Peu importe. Tu as besoin de te reposer, et il faut que Jack reste à tes côtés. Je maîtrise parfaitement la situation, Sam. Ne t'inquiète pas.

Comme elle prononçait ces mots, un nuage de fumée noire sortit soudain du four.

— Mon Dieu ! s'exclama-t-elle en bondissant sur ses pieds. Les quiches ont pris feu !

Les pompiers repartirent à 2 h 20, en emportant les derniers cookies au chocolat et aux noix de pécan de Mme Fisk. Lauren avait espéré en manger quelques-uns avant de se coucher, mais elle avait eu la nette impression que les gentils messieurs en uniforme en avaient plus besoin qu'elle. D'ailleurs, leur humeur s'était considérablement améliorée lorsqu'elle leur avait donné la boîte entière.

Certes, lorsqu'elle les avait appelés, elle n'aurait peut-être pas dû dire que sa cuisine brûlait, alors qu'il n'y avait qu'une petite flamme dans sa cuisinière. Mais, pendant un instant, elle avait réellement craint que ce plat de mini-quiches ne réduise sa maison en cendres. Heureusement, Charles avait réussi à éteindre les flammes quelques minutes avant l'arrivée des pompiers.

Cher Charles ! Que serait-elle devenue sans lui ?

— Puis-je faire quelque chose d'autre pour vous ? lui demanda-t-il, lorsqu'ils eurent fini de nettoyer la cuisine.

— Je ne crois pas. Merci, Charles.

— Très bien. Hum... je me demandais juste une chose, mademoiselle Remington.

— Oui ?

— Pensez-vous que M. Wilde changerait d'avis si c'était moi qui lui demandais de s'occuper du mariage de Mlle Endicott ?

— Inutile, Charles. J'ai l'intention de le faire moi-même.

Un lent sourire éclaira le visage du vieux majordome.

— Très bien, mademoiselle Remington.

Après ce qui venait de se passer, elle n'avait pas vraiment le choix. Elle allait de nouveau faire appel au bon cœur de Max et, s'il le fallait, elle ramperait à ses pieds.

7

Les coups incessants frappés à sa porte obligèrent Max à sortir précipitamment du lit. Il ne voulait pas que le malade qui s'acharnait sur sa porte réveille Jamie et Ryan.

Il courut dans le couloir, se cogna le pied contre une paire de rollers et continua à avancer jusqu'à la porte en boitant.

Lauren Remington était bien la dernière personne qu'il s'attendait à voir quand il regarda dans le judas. Il entrouvrit la porte et demanda en se frottant les yeux :

— Vous avez une idée de l'heure qu'il est ?

Elle lui adressa un sourire malicieux.

— Il est 3 h 30, et je m'excuse platement de vous réveiller.

D'accord, elle était sublime, mais que fabriquait-elle ici au milieu de la nuit ? se demanda Max. Il ouvrit davantage la porte. Autant en profiter pour respirer un peu d'air frais, après tout.

— Bon, j'accepte vos excuses. Et maintenant, puis-je savoir ce que vous voulez à cette heure de la nuit ?

— Vous.

Il faillit se pincer pour s'assurer qu'il n'était pas en train de rêver. Cette divine créature ne pouvait pas lui avoir dit qu'elle le voulait, lui ! Pourtant, il n'avait encore jamais souffert d'hallucinations auditives, et Lauren Remington était bien là, sur le pas de sa

porte, éblouissante dans sa petite robe verte qui mettait ses jambes magnifiques en valeur.

— Joli, votre pyjama, remarqua-t-elle d'une voix incroyablement sexy.

Jolis, son tee-shirt blanc et son caleçon noir orné de petits cœurs rouges ? Cette fille devait avoir bu.

— Ce n'est pas un pyjama, grommela-t-il.

— D'accord, dit-elle, sans se départir de son sourire. Joli caleçon, alors.

— Jamie et Ryan me l'ont offert pour la Saint-Valentin. Bon, vous me dites ce que vous faites ici, ou il faut que je vous torture pour vous soutirer la vérité ?

Le sourire de Lauren se fit hésitant.

— J'ai besoin de vous.

Si elle ne cessait pas immédiatement ces petites phrases à double sens, elle allait au-devant de sérieux ennuis.

— Pour quoi faire ?

Jusqu'à présent, elle avait gardé une main derrière son dos, mais à sa question, elle la sortit et exhiba une assiette en porcelaine sur laquelle trônait un petit tas de restes carbonisés.

— Vous voulez une mini-quiche ? Je pense qu'elles sont toutes décongelées, maintenant.

Max éclata de rire, puis il croisa les bras sur sa poitrine et s'appuya nonchalamment contre le chambranle de la porte. Il savourait d'avance la suite de son récit.

— Que s'est-il passé ?

— Je ne suis pas traiteur, répondit-elle, l'air un peu penaud.

— Pas possible !

— Vous n'êtes pas obligé d'être aussi sec.

— Et vous, vous n'étiez pas obligée de venir cogner à ma porte à 3 h 30 du matin.

— Si je l'ai fait, c'est parce que je ne sais pas vers qui d'autre me tourner. Les quiches ont brûlé, j'ai failli mettre le feu à la maison, et j'ai dû appeler les pompiers. Alors, je vous répète ce que vous savez déjà : j'ai désespérément besoin d'aide. De votre aide. Je suis désolée pour tout ce que j'ai dit aujourd'hui. J'ai été égocentrique, pleine de préjugés et… eh bien, je suppose qu'il y avait de quoi me trouver snob. Mais je ne le suis pas. Pas vraiment.

Elle lui tendit l'assiette. Poliment, il la lui prit des mains.

— J'ai besoin de vous, Max, répéta-t-elle doucement. Betsy est l'une de mes plus proches amies. Elle est amoureuse, Dickie aussi, et je voudrais que leur mariage soit le plus beau jour de leur vie.

Elle poussa un lourd soupir.

— Je vous en prie… poursuivit-elle. Vous ne pouvez pas savoir à quel point c'est important pour moi. J'ai raté trop de choses dans ma vie et… et je ne veux pas échouer encore une fois.

Des larmes perlèrent au coin de ses yeux, et sa lèvre inférieure se mit à trembler quand elle ajouta :

— S'il vous plaît.

Lauren Remington avait peur de l'échec ? Voilà qui était plutôt déconcertant. D'accord, elle avait des défauts. Elle était terriblement bavarde, et il était évident qu'elle ne ferait jamais carrière comme chef, mais elle avait plus de courage que la plupart des gens qu'il connaissait.

Et cela faisait longtemps qu'il n'avait pas eu autant envie d'embrasser quelqu'un. Mais le moment n'était pas encore venu d'attirer Lauren à lui et de la serrer dans ses bras. Il leur fallait d'abord régler certains détails.

— C'est d'accord. Vous pouvez compter sur moi.

— Malgré tout ce que je vous ai dit ?

— Oui. Mais d'abord, on va mettre quelques petites choses au point, à commencer par ce qui se passe entre nous deux.

— C'est exactement ce que je me disais avant de faire brûler les quiches. Je me rends compte que je vous exaspère, et j'aimerais bien comprendre pourquoi. Cela dit, il est horriblement tard, vos enfants dorment, et vous risquez de les réveiller si vous vous mettez encore en colère contre moi.

— Nous n'allons pas réveiller les enfants, car nous n'allons pas discuter maintenant.

— Tant mieux, parce que je suis affreusement fatiguée. Vous pourriez peut-être passer à la maison demain après-midi ?

— Je serai là demain matin à 7 heures. J'apporterai le contrat, et nous établirons le menu définitif.

— 7 heures ! Mais c'est beaucoup trop tôt !

— Pour moi, c'est déjà tard. Bonne nuit, Lauren, ajouta-t-il en réprimant un éclat de rire.

Elle appuya une main contre le chambranle avant qu'il n'ait eu le temps de refermer la porte.

— Vous ne pourriez pas plutôt passer à 9 heures ?

— 7 heures. Bonne nuit.

Max referma la porte et entendit les talons de Lauren cliqueter sur le sentier en brique. La portière de sa voiture s'ouvrit, puis se referma. Il guetta le bruit du moteur, mais rien ne vint, et il constata avec surprise que le cliquetis de talons revenait vers la maison.

Il entrouvrit la porte.

— Vous avez oublié ceci chez moi, hier, dit Lauren en lui tendant son blouson en cuir.

— Merci.

— Comment aimez-vous votre café ? Noir ou avec du lait et du sucre ?

— Je ne bois pas de café au petit déjeuner. En revanche, je cours tous les matins. Nous n'aurons qu'à courir ensemble sur la plage, tout en discutant des modalités de la réception.

— Mais...

Il ferma la porte, coupant court à ses protestations. Cette fois, elle ne revint pas. Par la fenêtre, il regarda sa Mercedes rouge décapotable s'éloigner dans l'allée, puis dans la rue. Lauren était probablement soulagée, mais il imaginait d'ici la moue agacée que devaient former ses lèvres sensuelles.

Mlle Remington avait besoin de lui... Pensée fort réjouissante, songea-t-il en souriant.

Mais son sourire disparut quand, quelque part au fond de lui, une petite voix lui souffla qu'il avait peut-être bien besoin d'elle, lui aussi.

8

Lauren émergea des profondeurs de la piscine en marbre rose. Ses cheveux auburn tirés en arrière luisaient sous les premiers rayons du soleil. Une sirène, se dit Max, ébloui. Une créature de rêve. Il regarda les filets d'eau dégouliner sur sa peau légèrement cuivrée, sur ses cuisses, ses genoux, ses mollets, avant de former une petite mare à ses jolis pieds.

Tandis qu'elle prenait une serviette blanche moelleuse sur une chaise longue et qu'elle la pressait contre son visage, il examina la coupe échancrée de son maillot de bain jaune, qui ne cachait pas grand-chose de ses formes. Lauren Remington n'était pas un sac d'os sec et décharné. Elle avait le corps d'une déesse, et ses courbes voluptueuses le rendaient fou.

Bon sang, jamais il ne se contenterait d'une simple danse avec elle !

Il sortit de l'ombre de la porte d'où, depuis cinq minutes, il contemplait la femme dont le visage, le sourire et les larmes lui avaient valu une nuit affreusement courte – hanté par son image, il ne s'était endormi que peu de temps avant que son réveil ne sonne.

Enfin, elle le vit. Leurs regards se croisèrent, et elle lui adressa un petit sourire enchanteur.

— Bonjour, dit-elle en nouant un paréo à fleurs autour de sa taille.

Puis elle s'approcha de lui en ondulant des hanches. Si elle avait voulu l'hypnotiser, elle ne s'y serait pas prise autrement. Mais si elle croyait qu'il allait en oublier le jogging, elle se trompait.

— Prête à courir ?

Ignorant la question, elle s'assit dans l'un des fauteuils en osier, croisa ses jambes interminables et sourit.

— Vous avez claqué la porte si vite, hier soir...

— Ce matin, corrigea-t-il.

— Soit. Vous avez claqué la porte si vite, ce matin, que je n'ai pas pu vous dire que je n'aimais pas courir. En revanche, je nage tous les matins, et après avoir nagé, je prends mon petit déjeuner, en commençant par une orange pressée.

Elle souleva la cruche posée sur la table recouverte d'un plateau, remplit deux verres en cristal et en tendit un à Max.

— Vous en voulez ?

Il hocha lentement la tête et s'approcha de la table. Le jus d'orange semblait délicieux... et Lauren encore plus. Mais son corps extrêmement désirable était bien trop dénudé et bien trop tentant. Alors, il était hors de question de laisser tomber le jogging. Il fallait qu'il se défoule, qu'il dépense cette énergie qui bouillait en lui.

Lauren, elle, sentait les battements de son cœur s'accélérer sous son regard de braise. Personne ne l'avait jamais dévisagée comme ça. Pour dissiper un peu la tension, elle reprit :

— J'ai demandé à Charles de nous servir des fruits et des brioches. Je... euh... j'aimerais qu'on discute de toutes ces choses qui nous ont opposés hier. Mais si vous préférez, nous pouvons d'abord régler la question du menu et de vos honoraires.

Avec un imperceptible sourire, il acquiesça :

— Très bien.

Il y avait dans sa voix une note légère, détachée, comme s'il n'avait pas envie de parler affaires, ni de leurs chamailleries... comme s'il pensait à tout autre chose, qui n'avait rien à voir avec le travail.

— De quoi voulez-vous qu'on discute ? Du vin ? Du caviar que je préfère ? Du fait que vous n'êtes pas bavard de bon matin ?

Sans rien dire, il retira son tee-shirt. À la vue de son torse plat et musclé, le cœur de Lauren chavira. Franchement, est-ce qu'elle avait besoin qu'il lui fasse un strip-tease, alors qu'elle essayait justement de ne pas succomber à son charme ?

Il empoigna une chaise, qu'il approcha de la table. Lauren vit le tatouage remuer sur son bras droit, et un frisson la parcourut. Elle but une petite gorgée de jus d'orange et continua à l'observer par-dessus le rebord de son verre, tout en cherchant désespérément quelque chose d'anodin à dire.

— Vous avez vu le journal, ce matin ? On ne parle que du yacht que Dickie a loué pour le voyage de noces.

— Je ne lis pas ce genre de rubrique, répondit-il en s'asseyant en face d'elle.

Il prit son verre et but la moitié de son jus d'orange. Lauren aurait voulu détourner les yeux, mais elle ne pouvait s'empêcher de le regarder. Elle n'avait jamais vu un homme aussi beau.

— Que lisez-vous, alors ? demanda-t-elle, tandis qu'il ôtait ses chaussures et ses chaussettes.

— La page des sports, essentiellement.

Il se leva et entreprit de défaire la boucle de son jean. La gorgée de jus d'orange que Lauren essayait d'avaler resta coincée dans sa gorge.

— Il y avait un article sur le jogging, ce matin, ajouta-t-il en ouvrant le premier bouton de son jean. D'après les scientifiques, c'est très bon pour le moral.

En le voyant défaire le deuxième bouton de sa braguette, puis le troisième, Lauren faillit s'étrangler. Elle articula avec peine :

— Ah bon ?

— Oui.

Elle releva les yeux, croisa son regard et mentit :

— Mon moral est excellent.
— J'aimerais pouvoir en dire autant.
Il se débarrassa de son jean et se planta devant elle, vêtu en tout et pour tout d'un short de jogging gris. Lauren aurait voulu répondre quelque chose, mais elle avait la gorge trop sèche pour prononcer le moindre mot.
— Mais un bon jogging, et ça ira mieux, ajouta-t-il.
Lauren toussota et parvint à retrouver l'usage de ses cordes vocales.
— Je me sens trop faible, après avoir couru. C'est pour cela que je nage. C'est plus rafraîchissant, moins agressif pour les articulations, et je peux le faire tranquillement chez moi.
Il lui prit son verre des mains, le reposa sur la table et l'obligea à se lever.
— Allons-y avant qu'il ne fasse trop chaud.
— Il fait déjà trop chaud, protesta-t-elle, tandis qu'il la tirait à travers le patio. Et franchement, Max, quand je transpire, je suis affreuse.
— Laissez-moi en juger, d'accord ?
Il éclata de rire et partit à petites foulées. Lauren sentit l'herbe fraîche sous ses pieds, puis le sable déjà chaud, et bientôt, ils couraient vers la mer.
Comment avait-elle pu se retrouver à faire du jogging, elle qui détestait cela ? Et maintenant, ses seins et ses fesses rebondissaient joyeusement sous les yeux de Max, chose qu'elle avait à tout prix voulu éviter. Mais il ne semblait pas s'en soucier. Sans lui lâcher la main, il l'entraîna dans les vaguelettes, tandis qu'elle ahanait à côté de lui.
— J'ai engagé un autre serveur, dit-il d'une voix parfaitement posée, comme s'ils étaient en train de discuter tranquillement autour d'une table.
— Bien. Un professionnel, j'espère ?
— En fait, il s'agit d'un des gamins du Hangar.
Elle s'efforça de reprendre son souffle et demanda calmement :

— Il a de l'expérience ?

— Oui.

Ouf.

— Il a déjà servi dans des réceptions ?

— Jamais. Son expérience est purement mécanique, répondit Max avec un grand sourire.

— Oh, non ! Vous voulez parler du garçon qui portait la salopette pleine de graisse ?

— Exact. Jed.

— Mais il a une tête de voyou !

Max rit et l'entraîna un peu plus loin dans la mer.

— Il a une bien meilleure tête quand il est propre. Et, au cas où cela vous inquiéterait, son casier judiciaire est vierge.

— Mais ça ne veut pas dire qu'il n'a jamais fait de bêtises, n'est-ce pas ? demanda Lauren d'une voix haletante.

Elle avait à présent de l'eau jusqu'aux genoux, et chaque mouvement de ses jambes devenait de plus en plus difficile.

— Son père le battait, et il adore les vieilles voitures. Quand vous réunissez ces deux caractéristiques, ça peut vous conduire à faire des bêtises.

S'il y avait une chose que Lauren ne supportait pas, c'était qu'on batte un enfant. Mais pourquoi Max s'intéressait-il autant au sort de ces gamins ? se demanda-t-elle soudain. Elle hésita une seconde, puis se jeta à l'eau :

— Votre père vous battait ?

— Oui. Mais c'est de l'histoire ancienne, et je n'aime pas en parler. La vie est dure, ajouta-t-il en souriant. Certains réussissent à s'en sortir, d'autres pas. Jed va y arriver, mais il a besoin qu'on s'occupe un peu de lui.

Il la fit remonter sur le sable humide. Son paréo trempé lui collait aux cuisses. Elle était hors d'haleine et aurait bien aimé arrêter de courir, mais Max, qui ne paraissait pas souffrir du tout de l'exercice, semblait décidé à continuer.

— Je suis désolée d'avoir mal jugé vos amis, dit-elle. Je sais que ce n'est pas une excuse, mais je n'avais jamais rencontré de motards avant. Je ne les connaissais que de réputation.

— Je suppose que vous les voyiez comme des fêtards et des ivrognes ?

— Oui, entre autres.

— Et dans votre monde, personne ne boit ni ne fait la java ?

Elle réfléchit un moment, avant de répondre, à bout de souffle :

— Si, mais de façon plus distinguée, disons.

— C'est bien ce que je pensais.

La main de Max était chaude et ferme autour de la sienne. C'était une sensation très agréable. Ce qui l'était moins, en revanche, c'était cette douleur dans ses jambes et cette impression que sa cage thoracique était trop serrée pour la laisser respirer correctement.

Enfin, Max lui lâcha la main. Il se plaça devant elle et continua à courir à reculons, sans même ralentir l'allure.

— Vous en avez assez ?

Une gerbe d'eau salée éclaboussa les chevilles et les mollets de Lauren lorsqu'elle s'arrêta brusquement.

— Ça fait vingt minutes que j'en ai assez, marmonna-t-elle.

Elle remonta sur la plage, s'effondra sur le sable et ramena ses genoux contre sa poitrine.

— Vous avez meilleur moral, maintenant ? demanda-t-elle.

— Oui, merci, répondit-il en s'asseyant à côté d'elle. Et vous ?

— J'allais très bien avant que vous ne m'obligiez à courir. Vous traitez toujours vos affaires comme ça ?

— Rarement.

— Dans ce cas, pourquoi m'avez-vous traînée ici, alors qu'il y a tant de choses à organiser pour la réception ?

— Parce que je vous trouve terriblement sexy.

Lauren déglutit avec peine. Personne ne l'avait jamais trouvée « terriblement sexy ». Ou alors, on ne le lui avait pas dit.

— Merci, dit-elle. Mais franchement, Max, je ne vois pas le rapport.

— Je voulais vous éloigner de cette monstruosité dans laquelle vous vivez.

— Vous n'aimez pas ma maison ?

— Je la déteste.

— Pourquoi ?

— Elle est trop grande, trop impersonnelle...

Il prit du sable dans sa main et le laissa retomber en pluie sur les orteils de Lauren.

— Et elle me rappelle que vous avez été mariée à Chip Chasen.

— Pourquoi cela vous dérange-t-il ?

— Parce que vous méritez mieux.

C'était touchant, mais Lauren restait sceptique.

— Vous trouvez ? fit-elle en s'allongeant et en contemplant les petits nuages dans le ciel bleu. Sincèrement, je ne crois pas que je mérite mieux. J'ai réussi à gâcher toutes les relations que j'ai eues.

Max s'étendit à côté d'elle, s'appuya sur un coude et scruta son visage. Sa vulnérabilité l'étonnait. Elle semblait si peu sûre d'elle, alors qu'elle pouvait avoir le monde entier à ses pieds !

— Vous vous jugez trop durement, commenta-t-il.

— Non, c'est la pure vérité. Mes deux mariages ont été des échecs. Sans parler de cette escapade en Angleterre avec Peter Leighton.

— Quand vous l'avez jeté dans un lac ?

— C'était un étang couvert de nénuphars et infesté de grenouilles, protesta-t-elle. Et je croyais que vous ne lisiez pas ce genre de rubrique.

— C'est difficile d'éviter les gros titres quand on fait la queue à l'épicerie. Pourquoi l'avez-vous poussé à l'eau ?

— Je n'aimais pas le cadeau de fiançailles qu'il venait de m'offrir, expliqua-t-elle avec une moue boudeuse.

— Qu'est-ce que c'était ? demanda-t-il en s'interdisant de sourire.

— Un séjour d'une semaine dans une clinique d'amaigrissement.

Max étudia ostensiblement son corps, centimètre par centimètre.

— Ce Peter Leighton m'a l'air d'être un sacré imbécile, décréta-t-il, ce qui lui valut un sourire reconnaissant.

— En réalité, c'est moi, l'imbécile, reprit Lauren. Je choisis toujours des hommes qui ne sont pas faits pour moi. Mais je ne suis pas près de recommencer.

Max la dévisagea de nouveau. Elle était si proche de lui... Mais au lieu de l'embrasser, comme il en mourait d'envie, il lui caressa la joue et laissa simplement son pouce frôler ses lèvres.

— En êtes-vous sûre ?

L'ombre d'un doute se peignit sur son visage, mais disparut aussitôt.

— Sûre et certaine, affirma-t-elle en se redressant. De toute façon, je suis trop occupée par cette entreprise que j'essaie de monter pour avoir le temps de penser à autre chose.

— Vous faites ça parce que vous avez besoin d'argent ?

— Grands dieux, non ! Ma grand-mère m'a laissé une petite fortune, et j'ai un conseiller financier qui est un vrai magicien.

— Alors, pourquoi vous êtes-vous lancée dans ce projet ?

— Parce que c'est nouveau et que cela me change de tout ce que j'ai fait jusqu'à présent. Je n'ai jamais travaillé, jamais personne ne s'en est remis à moi pour rien, et c'est agréable de se sentir utile. Et puis, tout ce que je gagne va à une caisse spéciale fondée par ma belle-sœur en faveur des sans-abri. C'est mon frère qui la gère, et pour chaque dollar que je touche, il en ajoute un.

— Voilà un garçon sympathique.

— Il n'a pas toujours été comme ça, mais il a commencé à changer quand il a rencontré Sam et découvert qu'elle vivait dans une Volkswagen, expliqua Lauren en riant. Imaginez un peu la colère de notre mère lorsqu'il lui a annoncé qu'il allait épouser une fille des rues ! Et quand elle a appris que c'était Sam qui avait suggéré que je me lance dans l'organisation de mariages, elle est devenue folle.

— Elle n'approuve pas votre initiative ?

— Non. Mais j'essaie de garder le moral. Je sais que je fais bien ce que je fais, et ça me satisfait pleinement. J'ai l'intention de continuer… sauf si tous les traiteurs que j'engage se mettent à mourir, évidemment.

— Je n'ai pas l'intention de mourir.

— Tant mieux… Mon Dieu ! ajouta-t-elle en souriant. Je n'arrête pas de parler de moi. Vous allez croire que je ne m'intéresse pas à vous, ce qui est faux.

— Alors, allez-y, posez-moi des questions, dit-il en lui prenant le bras pour qu'elle se rallonge à côté de lui.

Incapable de résister, Lauren se laissa faire. Mais ils étaient beaucoup trop près l'un de l'autre, et elle était beaucoup trop attirée par lui. Si elle s'embarquait dans une histoire avec lui, elle ne ferait que compliquer davantage sa vie.

— J'aimerais que vous me parliez de vos enfants et que vous me racontiez pourquoi vous êtes devenu cuisinier.

Et elle aurait aussi voulu connaître le goût de ses lèvres, la sensation de ses mains sur son corps…

Il tendit la main pour écarter une mèche auburn de son visage, et elle sentit son ventre se nouer.

— La plus belle chose qui me soit jamais arrivée, c'est d'avoir rencontré Jamie et Ryan. Je pourrais parler d'eux pendant des jours et des jours, mais je ne veux pas vous ennuyer.

— Vous ne m'ennuyez pas. Votre vie est à des années-lumière de la mienne. Quand je vous regarde, je vois un aventurier, un cow-boy solitaire, et pourtant, vous avez adopté des enfants et vous vivez dans une ravissante maison. Vous avez l'air d'un rebelle, mais vous êtes cuisinier et vous dirigez une entreprise. Vous me déroutez complètement.

— Je fais de la moto parce que j'adore sentir vibrer la machine entre mes jambes, j'ai recueilli Jamie et Ryan parce que j'aime les enfants, je vis dans une belle maison parce que je veux que mes enfants aient les choses que je n'ai pas eues, et je suis cuisinier parce que mon père adoptif l'était.

— Ce n'est pas seulement à cause de lui que vous êtes devenu chef, je suppose ?

Il secoua la tête.

— Philip était un homme merveilleux. J'ai toujours pu compter sur lui, même quand j'avais des ennuis. Il n'a jamais crié ni levé la main sur moi. Au début, je trouvais que faire la cuisine, c'était bon pour les femmelettes, mais j'étais déterminé à réussir parce que je voulais prouver à Philip qu'il avait eu raison de me prendre sous son aile. Puis, au fil du temps, j'ai fini par aimer cuisiner, créer de nouveaux plats. Et je continue à aimer ce que je fais.

— Vous avez de la chance.

— C'est vrai.

Elle roula sur le dos, et le silence s'installa. Au bout d'un moment, il toucha doucement son visage et lui demanda :

— À quoi pensez-vous ?

Elle ne pouvait pas lui dire qu'elle enviait sa vie, qu'elle aimait beaucoup trop de choses en lui.

— Je me demandais quels desserts vous comptiez préparer pour le mariage.

— Vous n'avez pas vraiment envie de parler de ça, hein ? demanda-t-il en faisant glisser son pouce un peu rugueux sur sa lèvre inférieure.

— Pas vraiment, admit-elle. Mais il faut que je me concentre sur le mariage de Betsy.

— D'accord, dit-il en lui caressant toujours les lèvres. J'ai prévu des tartelettes à la mangue, des paniers en chocolat noir et blanc fourrés de crème au citron et des opéras au chocolat.

— J'en ai l'eau à la bouche, répondit-elle d'une voix un peu altérée, tandis que ses doigts glissaient le long de son cou. Et pour les smokings des serveurs ? Cela va poser un problème ?

— Je ne pense pas.

Sa main descendit lentement vers sa poitrine, et elle frissonna en sentant un de ses doigts caresser le contour de son maillot de bain.

— Nounours a un smoking Armani, et Gabe va en emprunter un. Ils ne seront peut-être pas exactement assortis, mais…

Lauren se redressa brutalement.

— Comment cela, pas assortis ?

Il s'étendit sur le dos en riant et croisa les bras sous sa tête.

— Ça n'a aucune importance, Lauren. Personne ne s'en rendra compte, parce que personne ne prête jamais la moindre attention aux serveurs.

— Moi, je le remarquerai. Et Bunny Endicott aussi.

Il s'assit, la prit par les épaules et l'attira tout contre sa poitrine. Elle sentit son regard brûlant sur elle, puis la chaleur de sa peau tandis que son corps se collait contre le sien.

— Bunny Endicott va aussi remarquer les boucles d'oreilles de Nounours, lui dit-il, sans parler de la queue-de-cheval de Gabe et des tatouages de Jazz.

— Je ne peux pas y changer grand-chose, admit-elle en s'écartant de lui à contrecœur. Mais pour les smokings, je peux essayer.

Le prétexte était parfait pour s'échapper de ses bras... et fuir ces sentiments étranges qui l'envahissaient et menaçaient de lui faire tourner la tête.

Elle se leva et partit d'un pas vif vers l'autre bout de la plage. Max la rejoignit à petites foulées.

— Nous sommes jeudi, lui rappela-t-il. Vous ne trouverez jamais six smokings assortis pour samedi.

— Vous seriez surpris de voir ce que je peux faire en deux jours.

— Je ne pense pas que je serais surpris, non.

— Flatteur, fit-elle, avant de se mettre à courir.

Une fois arrivée dans le jardin d'hiver, elle prit l'annuaire et le feuilleta jusqu'aux pages des agences de location de costumes, tandis que Max allait récupérer ses vêtements. Lorsqu'il revint et commença à se rhabiller, elle ne put s'empêcher de laisser son regard s'attarder une fois de plus sur son corps parfait.

En l'espace de deux minutes, elle trouva non seulement six smokings pour son « gala de charité en faveur des sans-abri », mais convainquit également son interlocuteur de les lui donner.

Lorsqu'elle eut raccroché, Max lui sourit et dit :

— Décidément, vous ne reculez devant rien pour arriver à vos fins.

— Je connais ce bonhomme et je le déteste, déclara Lauren. Ma belle-sœur a bossé pour lui, autrefois, et il l'a renvoyée parce qu'elle s'était endormie au travail. Il mérite que le ciel lui tombe sur la tête !

Max rit.

— Ces smokings vont lui coûter une fortune. Ça me gêne un peu de profiter de lui comme ça...

— Alors, donnez une partie de ce que je vous paierai à la caisse de Sam, suggéra Lauren.

— D'accord.

Il avait accepté sans hésiter un instant, mais cela ne surprit pas Lauren. Max Wilde semblait avoir le cœur sur la main, trait de caractère qu'elle trouvait particulièrement séduisant... Malheureusement pour elle.

Il ouvrit sa mallette et en sortit deux contrats.

— Nous n'avons pas encore parlé du montant de mes prestations.

— Je suis certaine que vous me ferez un prix honnête.

— C'est un contrat standard, mais j'y ai ajouté une clause. Notre danse de samedi.

— Pourquoi ?

— Je veux être sûr que vous n'allez pas vous défiler.

— Je tiens toujours mes promesses.

— Tant mieux, dit-il.

Il posa les contrats sur la table, sortit un stylo et entreprit de rayer certaines rubriques.

— Que faites-vous ?

— Je peux convaincre mes amis de travailler pour rien. Vous donnerez leurs salaires à votre cause. Ainsi que le mien.

— Mais cela représente beaucoup d'argent !

— Ne vous en faites pas. Je suis loin d'être pauvre ; et la seule chose qui m'intéresse, c'est notre danse de samedi. Signez.

Lauren déglutit avec peine, et une décharge électrique la parcourut quand il lui donna le stylo et que leurs doigts se frôlèrent. Le cœur battant, elle apposa une signature un peu tremblée au bas des contrats, puis les lui rendit :

— Je vais faire transférer l'argent sur le compte de l'association de Sam dès aujourd'hui, annonça-t-elle. Aurez-vous besoin de revenir d'ici samedi ?

— Je vous appellerai, le cas échéant, mais ça va être le chaos chez moi pendant les deux jours qui viennent.

Lauren fit de son mieux pour masquer sa déception, puis elle raccompagna Max à la porte d'entrée… et faillit pousser un cri en voyant sa mère. Celle-ci montait les marches du perron, vêtue d'un tailleur kaki parfaitement coupé et coiffée d'un chapeau ivoire orné de petites roses couleur crème.

— Lauren chérie !

Celeste offrit sa joue à sa fille pour le baiser rituel, et Lauren effleura la peau fraîche et lisse de sa mère.

— Je ne m'attendais pas à te voir, dit-elle en maudissant le hasard qui avait fait se croiser sa mère et Max.

— Chip m'a appelée pour me dire qu'il y avait un nouvel homme dans ta vie, alors j'ai décidé de te rendre une petite visite. Il fallait absolument que je rencontre l'heureux élu, ajouta-t-elle.

Elle toisait l'intéressé d'un regard froid, comme l'avait craint Lauren.

— Bonjour, dit-elle en tendant une main délicate à Max. Je suis Celeste Ashford. Lady Ashford.

Max lui serra fermement la main. Celeste aurait sans doute préféré un baisemain, mais elle s'abstint de tout commentaire. C'était une femme belle et intelligente, capable de réduire quelqu'un en miettes d'un simple regard. Heureusement, elle ne se montrait pas trop cruelle avec Max.

— Je suis Max Wilde, annonça-t-il.

Après une légère pause, il ajouta :

— Le traiteur.

Celeste l'examina des pieds à la tête, lui adressa un sourire pincé et se tourna de nouveau vers Lauren. Au grand soulagement de sa fille, elle n'exprima pas son opinion à voix haute.

— Tu restes un peu ? demanda Lauren.

Mais elle espérait que sa mère ne ferait que passer, comme toujours – chose que, d'ordinaire, elle regrettait.

— Un petit moment. Je suis venue te parler du mariage de Betsy. Quelle charmante jeune fille, et quelle chance elle a d'épouser Dickie Stribling ! D'après Bunny, ils sont très amoureux l'un de l'autre, poursuivit-elle avec un petit rire. Dommage que ces choses-là ne durent pas.

— Je prenais congé de M. Wilde. Tu m'excuses un instant ?

— Bien sûr, ma chérie. Je vais demander à Charles de nous apporter du thé dans la bibliothèque. Rejoins-moi dès que M. Wilde sera parti. Je suis sûre que tu n'en as pas pour longtemps, n'est-ce pas ? conclut elle d'un ton impérieux.

— Enchanté de vous avoir rencontrée, dit Max.

— Moi de même, monsieur Wilde.

Sur ce, elle passa devant eux de sa démarche altière et pénétra dans la maison.

Lauren réprima un soupir et accompagna Max jusqu'à sa moto.

— Apparemment, je ne plais pas à votre mère, commenta-t-il.

Lauren rit.

— Sans doute que non, mais ne voyez là rien de personnel. C'est juste que... enfin... c'est parce que vous êtes traiteur.

— Et qu'elle est snob.

— Je crains que ce ne soit un de ces méchants gènes qui se transmettent dans ma famille de mère en fille.

— Alors, ça ne va pas lui plaire non plus de vous voir danser avec moi, samedi.

— Oh, non ! Je n'ai pas fini d'en entendre parler, soupira Lauren.

— Je suppose que je pourrais vous épargner cette partie du contrat, mais malheureusement pour vous, je ne le ferai pas, dit-il en effleurant ses lèvres de son pouce. Et vous savez d'ailleurs que j'ai envie de beaucoup plus que cela... Mais j'attendrai que le mariage soit passé.

Lauren continua à trembler tandis qu'il montait sur sa moto et s'éloignait dans l'allée. Puis elle fit volte-face, s'efforça de recouvrer son sang-froid et partit rejoindre sa mère.

Dès qu'elle entra dans la bibliothèque, Celeste s'exclama :

— Quelle mouche t'a piquée d'engager un traiteur pareil ?

— Tu sais que Henri est mort, je suppose, répondit Lauren en s'asseyant en face de sa mère et en se servant une tasse de thé. J'ai fait tout ce que j'ai pu pour trouver un traiteur que je connaissais, mais aucun de ceux que j'ai appelés n'était libre. Alors, je remercie le Ciel que Max ait accepté de me dépanner.

— Chip m'a dit qu'il était spécialisé dans les barbecues.

— Il propose aussi beaucoup d'autres plats.

— Sans doute, sans doute… Il a peut-être un corps de rêve, Lauren, mais il n'est pas de notre milieu. Que va dire Betsy ? Et Bunny, et les parents de Dickie ?

Lauren porta sa tasse à ses lèvres et observa sa mère. À cinquante-cinq ans, elle était toujours ravissante, et sa beauté ne devait pas grand-chose à la chirurgie esthétique. Elle s'était mariée pour la cinquième fois quelques années plus tôt et semblait avoir enfin trouvé l'homme de sa vie. Lord Ashford l'adorait, et ils se quittaient rarement.

— Comment va Andrew ? demanda Lauren, décidée à changer de sujet.

— Très bien, ma chérie.

Lauren vit la main de sa mère trembler légèrement tandis que celle-ci buvait une gorgée de thé. Quelque chose n'allait pas, mais Celeste, comme à son habitude, essayait de le cacher. Lauren lui toucha le bras.

— Il y a un problème, ma chérie ? demanda sa mère en souriant machinalement.

— Non, maman. En fait, c'est pour toi que je m'inquiète. Dis-moi ce qui ne va pas.

Celeste fixa le journal posé sur le guéridon à côté d'elle.

— Andrew passe beaucoup trop de temps à travailler, ce qui lui en laisse très peu à me consacrer, répondit-elle après un silence.

Elle émit un petit rire léger, comme si cela n'avait aucune importance.

— J'avais envie d'aller à Cannes, mais il a voulu rester à Londres. Et quand j'ai suggéré que nous allions à Rio pour Pâques, il m'a répondu qu'il préférait passer les vacances dans notre maison de campagne. C'est vrai qu'il pourra plus facilement travailler là-bas qu'à Rio. Tu vois, ce n'est rien de grave, ma chérie. Ne t'inquiète pas pour ça.

— Je m'inquiète quand même, maman. Mais tu sais qu'Andrew t'aime, n'est-ce pas ?

Celeste haussa ses épaules graciles, puis tourna une page du journal.

— Tu as vu cela ? demanda-t-elle d'un ton outré en montrant la photo d'un couple de jeunes mariés. Comment Erica Brantford a-t-elle osé porter une robe aussi transparente le jour de son mariage ? J'espère que Betsy ne commettra pas la même erreur. Tu lui as expliqué qu'une jeune mariée se devait d'arborer une tenue décente, j'espère ?

— Bunny s'en est chargée.

— Tant mieux. On peut faire confiance à Bunny pour ce genre de chose, déclara Celeste, avant de retomber dans un silence inhabituel.

— Andrew sait-il que tu es ici ? demanda Lauren.

— Je lui ai dit que je venais te voir, mais j'ignore s'il m'a entendue. Apparemment, cela ne lui faisait ni chaud ni froid. S'il te plaît, Lauren, parlons d'autre chose.

Cette conversation avait été brève, mais c'était la plus longue, la plus intime, que la mère et la fille aient eue depuis des années.

— Je suis contente que tu sois venue, maman.

Celeste leva les yeux de son journal et sourit.

— T'ai-je dit que j'avais vu Peter à Londres, la semaine dernière ? Nous avons déjeuné ensemble.

— Vous vous êtes bien amusés ?

— Naturellement. Peter est un garçon charmant. Sincèrement, ma chérie, je ne comprends toujours pas comment tu as pu rompre tes fiançailles.

— Je ne l'aimais pas. Quant à lui, il voulait me transformer en mannequin. Autant dire que c'était mission impossible. En outre, il refusait d'avoir des enfants.

— Oui, oui, je comprends tes motivations, mais le pousser dans cet étang, c'était exagéré, tu ne trouves pas ? Il s'est quand même cassé le bras. Tu aurais pu gâcher sa carrière.

— Et il aurait pu gâcher ma vie.

— Il t'aime toujours.

— Peter ignore le sens du mot « aimer ».

Lauren se leva et alla déposer un rapide baiser sur la joue de sa mère.

— Je vais être très occupée toute la journée, mais veux-tu que je réserve une table chez *Bice* pour ce soir ?

— Tu es adorable, mais j'ai déjà prévu de dîner avec Gerald Harcourt.

— Demain, alors ?

— Pamela et Jim Carrington m'ont invitée à passer la journée en bateau avec eux. Mais ne t'inquiète pas, ma chérie, je serai là au mariage de Betsy, pour veiller à ce qu'il n'y ait pas de faux pas.

Lauren sentit une vague de découragement l'envahir. Elle aimait sa mère, mais elle aurait de loin préféré que celle-ci n'assiste pas au mariage de Betsy. Comment réagirait Celeste quand elle verrait les serveurs… et quand elle verrait sa fille danser avec un motard tatoué et affublé d'une boucle d'oreille ? Seigneur, cette journée promettait d'être la pire de sa vie !

9

Le samedi matin, d'épais nuages gris ardoise assombrissaient le ciel. Lauren avait prié ardemment pour que le soleil brille le jour du mariage de Betsy Endicott, mais apparemment, ses prières n'avaient pas été entendues. Enfin, cela ne servait à rien de se lamenter, se dit-elle. Personne ne pouvait rien changer à la météo. Elle reporta son attention sur les fleurs, que M. Friedrichs et ses assistants disposaient dans la maison, les patios et le jardin.

Elle supervisa ensuite l'agencement des chaises et des tables, puis la construction de l'estrade réservée aux quinze musiciens de l'orchestre, tout en essayant de ne pas guetter sans cesse Max ou ses amis, qui surgissaient de temps en temps, chargés de plats, de piles de linge, de cartons de verres ou d'argenterie. Chaque fois qu'elle apercevait Max, elle éprouvait un étrange pincement au cœur. Mieux valait qu'ils gardent leurs distances, décida-t-elle.

À 14 heures, les nuages menaçants s'étaient dispersés, laissant place à un ciel bleu merveilleusement dégagé. L'odeur sucrée du gingembre embaumait toute la maison, tandis que résonnaient dans les jardins les discrètes notes d'une harpe. Sous une voûte d'orchidées blanches, Betsy et Dickie prononcèrent les vœux qu'ils avaient écrits. C'étaient des mots pleins de passion, d'espoir, de projets et de rêves pour cette vie qu'ils allaient bâtir.

Lorsque les jeunes mariés se retournèrent, Lauren vit que Betsy avait les larmes aux yeux. Dickie, lui, arborait une expression radieuse. Main dans la main, ils remontèrent l'allée au milieu des applaudissements. Autour d'eux voletaient des centaines de papillons, qu'on avait lâchés au moment où ils s'étaient embrassés.

Lauren fut la première à les féliciter. Elle les serra dans ses bras et leur souhaita tout le bonheur du monde, puis elle s'éloigna en hâte et alla s'assurer que tout était prêt pour la suite des événements.

L'orchestre entonna le morceau prévu, et le son harmonieux des violons s'éleva dans les airs. La sculpture de glace, qui étincelait au soleil, fondait lentement. Des gouttelettes d'eau tombaient sur les orchidées roses et blanches qui l'entouraient. Les serveurs en smoking, leur plateau à la main, se tenaient prêts à accueillir les invités. Gabe et Jazz semblaient très à l'aise, mais Ryan avait l'air nerveux. Jamie, elle, mâchait un chewing-gum. Lauren la vit faire une bulle rose, qui éclata sur ses lèvres. Quant à Jed, il fallait reconnaître qu'il était tout à fait éblouissant dans son smoking Armani.

Lauren scruta le patio, dans l'espoir d'apercevoir Max, mais ses yeux se posèrent sur Nounours. Avec sa taille, on pouvait difficilement le rater. Le soleil faisait briller son crâne chauve et les diamants qui ornaient ses oreilles. Il lui adressa un grand sourire, et Lauren ressentit un élan d'affection pour les amis de Max. La perspective de cette réception lui avait donné des cauchemars, mais pour l'instant, tout se déroulait parfaitement bien.

Enfin, elle aperçut Max, debout derrière le buffet des desserts, fort et viril, diaboliquement séduisant dans son smoking blanc. Ils ne s'étaient pas reparlé depuis le jeudi matin. Elle avait voulu l'appeler et avait même composé son numéro à deux reprises, mais avait raccroché en entendant sa voix.

Elle devait se rendre à l'évidence : elle était en train de tomber amoureuse de Max Wilde. Encore un homme qui n'était pas fait pour elle, songea-t-elle. Soudain, il leva la tête et la regarda droit dans les yeux, comme s'il avait senti qu'elle l'observait. Lorsqu'il sourit et que les minuscules rides au coin de ses yeux se plissèrent, le cœur de Lauren s'emballa.

Il se dirigea vers elle d'un pas assuré. S'il n'avait pas porté de boucle d'oreille, il aurait aisément pu passer pour un invité. Et, quelque part au fond d'elle-même, elle regrettait que ce ne soit pas le cas. Personne ne se serait demandé pourquoi elle lui souriait, pourquoi elle se forçait à respirer calmement à mesure que la distance entre eux diminuait. Mais elle avait beau essayer de se convaincre que l'opinion de ses amis et de sa famille ne comptait pas, une petite voix lui soufflait qu'elle aurait toujours besoin de leur approbation.

— Bonjour, lui dit Max en glissant le bras sous le sien et en l'entraînant dans le jardin.

Ils passèrent devant des tables décorées d'orchidées et de fleurs de frangipanier. Des plateaux en argent couverts de friandises colorées s'offraient à la gourmandise des invités.

— Je n'ai pas eu l'occasion de savourer votre cuisine, mais tout a l'air délicieux, dit-elle.

— Tout est délicieux, affirma-t-il.

— Vous êtes toujours aussi sûr de vous ?

— La plupart du temps, oui.

Il prit sur un plateau un petit-four merveilleusement appétissant.

— Goûtez cela.

Lauren mordit dans le feuilleté qu'il présentait devant sa bouche.

— Mmm, c'est un régal.

— Bouchée exotique, recette spéciale concoctée pour le mariage de Betsy, déclara-t-il.

— Il ne fallait pas vous donner tant de mal.

Leurs yeux se croisèrent, et Lauren se mit à trembler quand elle remarqua que le regard de Max était plus intense que jamais.

— Je fais rarement deux fois la même chose, dit-il lentement. J'aime que mes plats soient chaque fois un peu différents, plus épicés, plus sucrés ou plus acidulés.

— Henri était un traiteur fabuleux, mais d'après ce que je viens de goûter, vous l'égalez sans problème.

Il sourit.

— Je crois même que dans certains domaines, je le surpasse.

Elle n'avait pas besoin de lui demander ce qu'il insinuait. Il parlait d'une chose qui n'avait rien à voir avec l'art culinaire... et elle adorait le tour que prenait leur conversation.

Il attrapa une coupe de champagne sur le plateau que leur présentait Gabe et l'emmena dans un coin tranquille, à l'ombre d'un palmier.

— Je crois que vous avez besoin d'un petit remontant.

Lauren hésita. Elle disait des bêtises quand elle buvait trop de champagne, mais quelques gorgées ne pouvaient pas lui faire de mal. L'homme qui se tenait à ses côtés était sûrement beaucoup plus dangereux que n'importe quel alcool.

— Quel rôle jouez-vous, en ce moment ? Le serviteur zélé ou l'ami ?

— Est-ce que cela change quelque chose ?

— Je mentirais si je disais que non. Je mentirais aussi si je prétendais que je n'ai pas envie de danser avec vous ou que je me fiche de ce que pense ma mère.

Elle poussa un profond soupir.

— Vous avez complètement bouleversé ma vie.

— Qu'est-ce qui est si bouleversant ?

Elle lui prit la coupe des mains et but une gorgée de champagne.

— Mes sentiments pour vous.

Il s'approcha d'elle, si près qu'elle dut s'adosser au palmier, puis il posa la main contre le tronc et se pencha vers elle.

— Vous en éprouvez ?
— Bien sûr, et ils sont totalement contradictoires. Premièrement, nous n'avons rien en commun, mais j'adore discuter avec vous.
Il lui embrassa le front, et Lauren ne put réprimer un petit sursaut.
— Deuxièmement, vous ne ressemblez pas du tout aux hommes qui m'attirent d'habitude, or je vous trouve très séduisant.
Les lèvres de Max effleurèrent le bout de son nez, et elle sentit ses jambes faiblir.
— Cela signifie-t-il que vous m'accorderez plus que la danse prévue dans le contrat ?
L'ardeur qu'elle lisait dans ses yeux noirs la paralysait. Sa voix grave et sensuelle la laissait muette, mais pour lui répondre, les mots étaient inutiles. Elle ferma les yeux et attendit que ses lèvres se posent sur les siennes.
Un toussotement interrompit soudain ce qui allait se transformer en baiser.
— Excusez-moi, mademoiselle Remington, fit une voix familière.
Lauren rouvrit brutalement les paupières et ne vit que le grand sourire de Max. Charles, toujours extraordinairement discret, demeurait invisible, mais elle savait qu'il n'était pas loin. Elle regarda de l'autre côté du palmier et sourit à son majordome.
— Que se passe-t-il, Charles ?
— Je voulais prévenir M. Wilde que le jeune garçon qui sert les invités…
— Ryan ? Qu'a-t-il fait ? s'inquiéta Max.
— Oh, rien… C'est-à-dire, rien d'autre qu'admirer les… hum… colliers de diverses personnes de sexe féminin.
— Bon sang !
Lauren toucha le bras de Max. Elle ne comprenait pas pourquoi cela l'alarmait autant.
— Ce n'est pas grave, Max, il a bien le droit.

— Ce ne sont pas les bijoux qui l'intéressent.

— Quoi, alors ?

— Ryan a quatorze ans, et il a récemment découvert l'anatomie féminine. Ce ne sont pas les colliers qu'il admire, c'est ce qu'il y a dessous.

Charles pouffa, chose rarissime, mais il reprit aussitôt son sérieux.

— Je garderai volontiers un œil sur lui si vous le désirez, monsieur.

— C'est inutile, je vais aller lui parler.

Max s'éloigna avant que Lauren ait pu ajouter un mot. Mais c'était mieux ainsi, après tout, songea-t-elle. Elle lui en avait déjà beaucoup trop dit. Comment cet homme s'y prenait-il pour lui faire révéler ses sentiments et ses secrets les plus intimes ? Décidément, Max Wilde la plongeait dans des abîmes de confusion.

Elle but une nouvelle gorgée de champagne, tout en regardant Max se fondre dans la foule des invités.

— Le mariage de Mlle Endicott se déroule remarquablement bien, commenta Charles, et j'ai entendu plusieurs invités faire l'éloge des canapés. Je crois que vous avez eu raison de vous adresser à M. Wilde.

— C'est vrai, admit-elle. Dites-moi, Charles, j'aimerais savoir : avez-vous jamais souhaité être autre chose que majordome ?

— Je ne pense pas, non. Mon père était majordome, comme l'étaient mon grand-père et mon arrière-grand-père avant lui. C'était mon destin, en quelque sorte. Pourquoi cette question ?

— Oh, je ne sais pas, dit Lauren en buvant une nouvelle gorgée de champagne. Moi, mon destin, c'est d'évoluer dans cet univers ; mais parfois… parfois, j'aimerais bien pouvoir me laisser un peu aller.

Charles croisa les mains dans le dos.

— Vous savez, mademoiselle Remington, mon métier me plaît, mais durant mes jours de congé, je ne suis pas en uniforme et je ne me mets pas au service des gens.

— Et que faites-vous de vos loisirs, Charles ? Seigneur, faut-il que je sois égoïste pour ne pas le savoir, au bout de vingt-huit ans !

— J'observe les oiseaux, je pêche, et il arrive que je joue du piano dans des orchestres de jazz. J'aime beaucoup cela.

Lauren était stupéfaite. Jamais elle n'avait imaginé Charles autrement qu'en majordome.

— Vous n'avez jamais songé à en faire votre métier ?

— Je l'ai fait, autrefois. Mais j'ai fini par choisir ce qui me rendait le plus heureux : m'occuper de vous. Cela ne m'empêche pas de continuer à jouer du piano. De cette façon, je gagne sur les deux tableaux.

Elle sourit.

— Croyez-vous que je puisse gagner sur les deux tableaux, moi aussi ?

Charles hocha la tête.

— Je pense que vous avez les moyens d'obtenir tout ce que vous souhaitez.

— Merci, dit-elle en l'embrassant rapidement sur la joue, ce qu'elle n'avait jamais fait auparavant.

— Je vous en prie, mademoiselle Remington, répondit Charles en rosissant. Maintenant, si vous le permettez, je vais aller m'occuper des invités.

Quand Charles eut disparu, Lauren se répéta une fois de plus qu'elle avait bien de la chance de l'avoir auprès d'elle. Elle retourna ensuite se mêler à la foule. Sa mère était en grande conversation avec Chip, les serveurs s'affairaient avec une diligence toute professionnelle, et Max entraînait discrètement Ryan à l'écart de Bunny Endicott, qui serrait son collier entre ses mains crispées.

Oh, non ! gémit Lauren en silence. Pourquoi avait-il fallu que cela tombe sur Bunny ? Elle se fraya un chemin parmi les invités, et après avoir salué les uns et les autres, remercié les dames qui la complimentaient sur son fourreau en crêpe de soie griffé Valentino, elle atteignit enfin la mère de la mariée.

— Bonjour, Bunny.

— Il vient de m'arriver une chose étonnante, chuchota celle-ci, dont le visage exprimait l'incrédulité la plus totale. Il y avait là un jeune garçon qui me posait toutes sortes de questions sur mon collier. Croyez-vous qu'il puisse être ici en repérage ?

— Comment cela, en repérage ?

— Vous savez, ces gens dans les réceptions qui repèrent les objets de valeur, pour les voler ensuite avec leurs complices.

Lauren se mit à rire.

— Oh, non, rassurez-vous, Bunny. Votre collier est magnifique, je suis sûre qu'il s'y intéressait réellement et qu'il n'avait aucune arrière-pensée.

— C'est vrai, c'est un beau collier, reprit Bunny, mais cet enfant semblait absolument obsédé. Et… je vais peut-être vous paraître idiote, mais je me demande s'il ne regardait pas mes… mes seins, murmura-t-elle, comme si le mot était tabou.

Malgré elle, Lauren sourit. Bunny Endicott, par le miracle du bistouri, était passée d'un 90A à un 95C et se donnait du mal pour qu'on le remarque. Comment Ryan aurait-il pu rater l'occasion de loucher sur le décolleté d'une femme qui projetait son 95C comme une paire d'obus ?

Bunny plaqua la main sur les objets du délit.

— Croyez-vous que quelqu'un d'autre ait pu fixer ma… ma poitrine ?

— Oh, non, je ne pense pas.

Bunny bomba le torse, ce qui eut pour effet de faire passer son 95C pour un 95D.

— Mon Dieu, comme c'est gênant ! Vous garderez cette petite conversation pour vous, n'est-ce pas ?

— Vous pouvez compter sur ma discrétion.

— Vous êtes un amour, déclara Bunny.

Sur ces mots, elle s'éloigna, probablement à la recherche de son amie lady Ashford, avec qui elle adorait échanger les derniers ragots.

À l'autre bout du jardin, à côté de la piscine, Lauren vit la fille de Max chiper un petit-four, chose qu'elle avait elle-même faite à son âge, dans toutes les réceptions où on la traînait. Elle n'avait pas encore parlé à Jamie et se demandait si la fillette était aussi précoce que son frère. En se dirigeant vers elle, elle prit une nouvelle coupe de champagne sur le plateau de Jazz, qu'elle félicita pour son travail.

— Merci, dit Jazz.

Lauren crut déceler une pointe d'animosité dans sa voix. En voyant la jeune femme au Hangar, tout ce qu'elle avait remarqué, c'étaient ses cheveux platine et ses tatouages. Elle se rendait compte à présent que Jazz avait de grands yeux bleus, un long cou gracieux et des mains délicates.

Après avoir bu une petite gorgée de Dom Pérignon, elle décida d'essayer de se faire pardonner ses horribles préjugés.

— Max a dû vous dire que je n'étais pas très chaude à l'idée que Gabe et vous veniez travailler ici aujourd'hui.

— Il nous l'a dit, oui.

— Je suppose que vous me méprisez, maintenant.

Jazz haussa les épaules.

— Je croise toutes sortes de gens dans mon travail, et j'ai l'habitude qu'on m'insulte.

Lauren fronça les sourcils.

— Quel genre de travail exercez-vous ?

— Je reste debout au coin des rues et je racole les inconnus sans méfiance.

Lauren chancela. Jamais elle n'avait côtoyé de prostituée. Elle vida sa coupe d'un trait, la posa sur le plateau de Jazz et en prit une autre.

— Et votre travail vous convient ?

— Je ne vois pas ce que je pourrais faire d'autre, répondit Jazz en souriant. Ça rapporte bien, et c'est un boulot stimulant, même si c'est parfois un peu fatigant. Vous savez, je m'occupe en moyenne de deux ou trois gaillards par soir.

— Deux ou trois hommes en une seule soirée ? demanda Lauren, stupéfaite.

— Mon record, c'est six, mais dans le lot, il y en a trois que j'ai pris ensemble.

Lauren éprouva un vertige

— Vous n'avez jamais peur ?

— Rarement. Je pratique les arts martiaux et j'ai un revolver.

— Ce n'est pas contraire à la loi ?

Jazz lui prit sa coupe vide des mains, lui en tendit une autre et lui adressa un grand sourire.

— Pas quand on est flic.

Lauren mit une demi-seconde à réagir.

— Ô mon Dieu ! C'est terrible, j'ai la fâcheuse habitude de tirer des conclusions hâtives. Je suis vraiment, vraiment désolée.

Le regard bleu de Jazz s'adoucit, et elle tapota gentiment l'épaule de Lauren.

— C'est plutôt à moi de m'excuser, cette fois. Je vous ai fait marcher.

— Je le méritais, je suppose.

— Considérons que nous sommes quittes, dans ce cas, dit Jazz. D'accord ?

Elle lui tendit la main ; et Lauren la serra fermement.

— J'envisage d'apprendre aux filles du Hangar à repérer les dragueurs et les baratineurs, dit Jazz. Beaucoup d'entre elles vivent dans des quartiers malfamés et risquent de faire de mauvaises rencontres. Vous pourriez peut-être me donner un coup de main.

— Moi ? Malheureusement, je ne connais rien aux adolescents. La seule chose que je pourrais leur apprendre, c'est à servir le thé et à proposer gracieusement des sandwiches au cresson.

— Ça ne ferait pas de mal aux filles de fréquenter quelqu'un qui leur inculquerait un peu les bonnes manières. On pourrait démarrer lentement, à raison d'une ou deux heures par semaine.

Lauren ne savait que répondre. L'idée de travailler avec tous ces enfants lui paraissait... intéressante. Mais elle ne se connaissait aucun talent de pédagogue et n'avait jamais été très brillante à l'école. Alors, en quoi pourrait-elle être utile à ces gamins ?

— Je peux y réfléchir ? J'ai beaucoup de travail, entre mon entreprise et...

— Bien sûr, coupa Jazz. Pensez-y. Ce sont des gosses difficiles, même les filles. Ils emploient un langage qui vous ferait rougir. Parfois, ils peuvent même être intimidants. Mais ils ont besoin de modèles, de repères. Évidemment, ce n'est pas à la portée de n'importe qui, comme boulot.

— Pourquoi vous occupez-vous de ces enfants ?

— J'ai grandi dans la rue, et Gabe aussi. Mais nous avions la volonté de nous en sortir. Nous sommes allés à l'école, nous avons bossé. Je suis devenue flic, et Gabe travailleur social. Nous avons tous les deux fini par revenir vers la rue, mais pour essayer d'aider les autres.

— Et Max et Nounours ?

— Max a grandi dans la rue, lui aussi, jusqu'à ce que son père adoptif, Philip, le recueille. Quant à Nounours, c'était un gosse de riches rebelle. Il a fugué et s'est retrouvé dans la rue à son tour. À une époque, il a plus ou moins vécu avec Philip et Max, mais en fin de compte, il a compris qu'il n'avait pas envie d'être fauché toute sa vie. Il est rentré chez lui, a repris ses études et est devenu dentiste.

Lauren hocha la tête. À présent, elle comprenait mieux pourquoi Nounours arborait un sourire aussi éblouissant.

Quelques instants plus tard, Jazz retourna à son travail. Lauren finit avidement sa coupe de champagne, comme si l'alcool pouvait chasser son embarras. Elle s'en voulait d'avoir jugé ces gens si vite. Mais rencontrer Max et ses amis, découvrir un monde aussi éloigné du sien lui avait ouvert les yeux.

Sa coupe vide à la main, elle se dirigea vers la table derrière laquelle se tenait Jamie. La fillette avait de beaux yeux bleus pétillants, des taches de rousseur sur le nez et une masse de boucles blondes retenues par un ruban sur la nuque. Elle était déjà adorable, mais dans quelques années, elle serait d'une beauté renversante, et Max risquait d'en voir de toutes les couleurs avec elle.

Lauren posa sa coupe près de Jamie et examina les tartelettes et les gâteaux miniatures.

— J'adore le chocolat, lui dit-elle pour engager la conversation. Et toi, qu'est-ce que tu aimes ?

— Les paniers en chocolat garnis de crème au citron.

— Tu les as goûtés ?

— Je n'ai pas le droit d'en manger. Max dit qu'ils sont pour les invités et qu'il en fera spécialement pour nous demain ou après-demain.

— Chez moi, quand j'étais petite, il n'y avait jamais de bonbons, dit Lauren avec désinvolture. Et quand on allait à des réceptions, je n'avais pas le droit de toucher aux petits-fours non plus.

— C'est vrai ?

— Oui.

Lauren pencha la tête vers Jamie et lui avoua en souriant :

— Mais ça ne m'a jamais empêchée de le faire.

— Comment vous vous y preniez ?

— Je vais te montrer.

Lauren plongea l'index dans la crème au citron d'un panier en chocolat et suça rapidement son doigt. Jamie gloussa.

— Max me tuerait s'il me voyait faire ça.

— Moi aussi, ma mère me tuerait, et elle est là. Alors, autant se servir correctement.

Lauren prit une assiette à dessert sur la table, plaça deux paniers au chocolat dessus, attrapa deux cuillères, des serviettes, puis elle s'assit sur un banc en fer forgé au bout de la table.

— Mon Dieu ! s'exclama-t-elle. Je ne pourrai jamais manger tout ça ! Tu veux bien m'aider, Jamie ?

— Vous êtes sûre ?

— Tout à fait sûre.

Jamie s'assit à son tour sur le banc, prit la cuillère que lui tendait Lauren et l'enfonça dans le gâteau. Lauren l'imita, porta la cuillère à sa bouche et résista à la tentation de fermer les yeux. C'était un vrai délice.

— Je suis Lauren Remington, annonça-t-elle en se resservant.

— Je sais, fit Jamie en léchant ses lèvres barbouillées de crème. Je connais les noms de toutes les femmes auxquelles Max s'intéresse, même quand il ne sort pas encore avec elles.

— Et il y en a beaucoup ?

— Des centaines.

La fillette était jalouse, c'était évident. Lauren comprenait parfaitement ce qu'elle éprouvait. Elle avait eu autrefois le même genre de conversation avec l'une des nombreuses blondes oxygénées que son père fréquentait. Reece Remington continuait d'ailleurs à sortir avec des midinettes blondes, et généralement, elles étaient au moins deux à se disputer ses faveurs en même temps.

— Laquelle des petites amies de Max préfères-tu ? demanda-t-elle d'un ton innocent.

— Je ne sais pas. Peut-être la strip-teaseuse.

Lauren s'étrangla.

— Une strip-teaseuse ?

— Oui. Max dit qu'il aime bien la façon dont elle se déhanche quand elle danse.

Jamie se leva.

— Bon, il faut que je retourne à la cuisine. Si Max me surprend à discuter alors que je suis censée travailler, ça va être ma fête.

Et elle s'éloigna, laissant Lauren seule avec sa crème au citron et des images de femme à moitié nue en train d'enlacer lascivement un poteau.

— Je vous cherchais.

Lauren virevolta brusquement, ce qui lui fit tourner la tête. Elle ferma les yeux un instant, en se maudissant d'avoir bu tant de champagne, puis les rouvrit lentement.

— Ah, c'est vous, Gerald…

— Je me réjouis que vous ne m'ayez pas complètement oublié.

— Quelle idée !

Elle ne risquait pas de l'oublier. Le nom de Gerald Harcourt revenait systématiquement dans toutes les conversations qu'elle avait avec sa mère, ces derniers temps. Elle se leva en vacillant et accueillit avec gratitude la main de Gerald.

— Merci.

— Je vous en prie.

Gerald était l'un des gentlemen les plus distingués qu'elle connût. Grand, mince, les tempes argentées, il était d'une élégance extraordinaire. Son smoking blanc faisait ressortir son bronzage, probablement dû à des dizaines d'heures passées dans une chaise longue sur l'île qu'il avait achetée aux Fidji.

— M'accorderez-vous cette danse ? demanda-t-il. Cela fait bien longtemps que nous n'avons pas dansé ensemble.

Lauren regarda autour d'elle et réalisa qu'elle n'avait même pas remarqué que les gens avaient commencé à danser, ni entendu l'orchestre, ni aperçu Max, qui se tenait debout à côté de la porte de la cuisine… Max, qui les fusillait du regard, Gerald et elle.

— Il faut vraiment que j'aille m'occuper des invités, répondit-elle en essayant de se libérer de son étreinte.

Mais Gerald garda sa main dans la sienne et l'attira contre son torse.

— Allons donc, chuchota-t-il, la bouche contre son oreille. Les invités se débrouillent très bien tout seuls.

Lorsqu'elle regarda de nouveau vers la cuisine, Max avait disparu. La déception lui serra le cœur. Elle aurait voulu danser avec lui, mais elle devait tenir compagnie aux invités, et lui devait les servir.

— Vous ne semblez pas dans votre assiette, déclara Gerald. Le meilleur des remèdes, c'est de danser.

Il la conduisit de l'autre côté de la piscine, où une douzaine de couples ondulaient au rythme de la musique. Il plaqua la main sur ses reins et l'attira un peu plus près de lui, trop près au goût de Lauren. Mais elle se laissa faire. Ce n'était qu'une danse, se dit-elle, et il était tout de même son hôte.

— Vous êtes ravissante, Lauren, lui dit Gerald en la faisant tourbillonner. Je pense souvent à vous, vous savez...

— Comment pouvez-vous trouver le temps de penser à moi ? Maman dit que vous êtes extrêmement occupé.

— Acheter une maison à Martha's Vineyard ou une île aux Fidji ne demande pas de temps, seulement de l'argent. Mais ces deux endroits sont plutôt solitaires.

— Alors, pourquoi vous y être installé ?

— J'espérais y vivre avec ma femme.

Ou une de ses nombreuses conquêtes, corrigea Lauren en silence.

— Je suis désolée que les choses aient mal tourné entre Jessica et vous.

— Il y a des mariages qui marchent, d'autres non. Jessica était une très jolie femme, et j'appréciais sa compagnie. Malheureusement, elle avait la phobie de l'avion et n'aimait pas m'accompagner dans mes voyages à travers le monde.

— Vous auriez pu devenir sédentaire pour elle.

— C'est ce que j'ai fait, au début. Je lui ai donné tout ce que je pouvais, maisons, bijoux... Mais les voyages me manquaient, ainsi que mes amis à l'étranger.

Sa bouche s'approcha de nouveau de l'oreille de Lauren. Son haleine était chaude. Trop chaude.

— Nous sommes de la même race, tous les deux. Vous vous en rendez compte, n'est-ce pas ?

— Champagne ?

Lauren tourna la tête en entendant la voix de Max.

— Avec plaisir.

Sauvée par le gong, songea-t-elle, soulagée. Elle prit une coupe sur le plateau de Max et lui sourit, mais son regard noir était froid.

— Et vous, monsieur ? proposa Max.

L'espace d'une seconde, une expression hargneuse passa sur le visage de Gerald, puis il sourit poliment et prit une coupe en remerciant Max. Ce dernier se tourna vers Lauren, l'air toujours aussi distant.

— Avez-vous besoin d'autre chose ?

Qu'avait-elle encore bien pu faire pour l'agacer ?

— Il me semble qu'une danse figurait dans notre contrat, dit-elle.

Contre toute attente, il fronça les sourcils.

— En effet, répondit-il. Mais soyez sans crainte, je ne vous demanderai pas d'honorer cette clause.

— Mais...

— Si vous voulez bien m'excuser, j'ai du travail.

Max s'éloigna, laissant Lauren vexée et perplexe.

— Je crains d'avoir mal compris, fit Gerald. Vous avez l'habitude de danser avec les traiteurs ?

— Max est un ami. Je l'apprécie énormément.

Voilà. Elle l'avait dit.

— En effet, votre mère m'a appris que vous vous étiez prise d'une affection étrange pour un traiteur. Il s'agit de ce Max, je suppose ?

— Je vous l'ai dit, c'est un ami.

— Un ami plutôt jaloux, ma foi.

Max était-il jaloux ? Elle n'avait fait que danser avec Gerald Harcourt, un type imbu de sa personne qu'elle trouvait d'un ennui mortel. Elle se promit de mettre les choses au point dès qu'elle reverrait Max.

Mais elle ne le revit pas. Il était devenu invisible. Gerald, en revanche, ne la lâcha pas d'une semelle. Pour oublier, elle but, papillonna d'une connaissance à une autre, bavarda avec les invités en essayant de trouver un moyen de se débarrasser de Gerald autrement qu'en l'assommant.

Mais il avait de la suite dans les idées, et il était encore à ses côtés lorsque la foule jeta des pétales de fleurs aux jeunes mariés qui partaient pour leur tour du monde.

La douceur de l'air, les monologues de Gerald et le champagne qu'elle avait ingurgité lui donnaient envie de dormir. Elle appuya sa tête contre l'épaule de son cavalier, en regrettant qu'il ne soit pas Max.

Enfin, elle s'écarta.

— Il faut que j'aille dire au revoir aux invités qui commencent à prendre congé, dit-elle. Vous avez été un compagnon charmant tout l'après-midi, Gerald. À bientôt.

— Ce soir, peut-être...

— J'ai des projets.

— Je vous appellerai demain.

Elle lui sourit gentiment. Elle n'osait pas lui dire qu'elle n'était pas intéressée. Ces dernières heures, son attitude avait dû l'induire en erreur. L'orchestre continuait à jouer, et quelques couples s'enlaçaient encore. Lauren chercha des yeux le seul homme avec lequel elle avait envie de danser.

— Avez-vous vu Max ? demanda-t-elle à Nounours, toujours debout derrière le bar.

— Il y a eu un petit problème à l'anniversaire de M. Fabiano, et il m'a demandé de le remplacer ici.

— Il est parti ? s'écria-t-elle avec une palpitation d'angoisse.

— Il y a une ou deux minutes.

En courant presque, Lauren se fraya un chemin entre les amis et les gens qu'elle connaissait à peine, passa en trombe devant sa mère et se précipita de l'autre côté du jardin, dans l'espoir de rattraper Max. Une camionnette noire sur laquelle étaient peintes une moto rutilante et l'inscription *Extravagances* faisait marche arrière dans l'allée.

— Stop ! Attendez, Max ! cria-t-elle en continuant à courir.

La camionnette manœuvrait lentement entre une Rolls et une Bentley.

— Max ! hurla-t-elle.

Lauren ne s'arrêta que lorsque le véhicule arriva au bout de l'allée circulaire. Hors d'haleine, elle se campa devant la vitre ouverte. Max avait retiré son nœud papillon et sa veste, et il avait défait le premier bouton de sa chemise. Il était splendide. Elle n'avait qu'une envie : grimper à ses côtés et s'en aller avec lui.

— J'ai cru que je n'allais pas réussir à vous rejoindre, dit-elle, haletante. Max, il faut qu'on parle.

— Je n'ai pas le temps, répondit-il sèchement.

— Je sais. Nounours m'a dit, pour les Fabiano. Mais nous pourrons peut-être parler ensuite. Vous n'avez qu'à revenir plus tard, et nous l'aurons, notre danse...

Il éclata de rire.

— Je laisse ma place à Gerald Harcourt. Apparemment, vous préférez danser avec lui.

— Je vous aurais volontiers accordé une douzaine de danses si vous n'aviez pas disparu ! D'ailleurs, quand je vous ai proposé de danser, vous avez refusé.

— Vous aviez mieux à faire.

— Je m'occupais de mes invités.

— De votre invité !

Elle posa ses mains sur la portière et se pencha vers lui.

— Vous êtes jaloux, ma parole !

— Oui, et alors ?

— Mais pourquoi ? Gerald est un parfait raseur !

— Chip aussi, et pourtant, vous l'avez épousé. Puis il y a eu Leland, Peter, et Dieu sait combien d'autres. Bon sang, Lauren, vous vous lassez de vos maris et de vos amants plus vite que je ne me lasse de mes motos ! Et j'en ai eu pas mal, vous pouvez me croire.

— De quel droit me jetez-vous mon passé à la figure ?

— Je n'ai pas besoin de vous le jeter à la figure, c'est lui qui vous rattrape. Vous le portez en permanence avec vous. Votre premier mari est toujours dans les parages, vous vivez dans la maison qu'il vous a achetée...

— Ce n'est qu'une maison, Max, une grande propriété vide qui n'a aucune valeur sentimentale pour moi. C'est là que j'habite, c'est là que je reçois, point final. Mon univers est peut-être à l'opposé du vôtre, vous n'aimez peut-être pas la façon dont je distrais mes invités, vous n'appréciez peut-être pas mes amis ni mon style de vie, mais c'est ma vie, et je ne vais pas tout renier pour vous, même si j'ai désespérément envie de vous !

Elle se tut brusquement, et il la regarda sans rien dire. Leurs différences formaient comme un mur entre eux. Un mur invisible, certes, mais aux yeux de Lauren, infranchissable.

Elle laissa tomber ses mains et prit une profonde inspiration. Cet homme était inflexible, stupide et jaloux, et elle ne voulait surtout pas qu'il comprenne à quel point il l'avait blessée.

— Merci d'avoir tout fait pour que le mariage de Betsy soit une réussite, dit-elle.

Sans attendre, elle tourna les talons et repartit vers la maison, loin du seul homme qui avait fait chavirer son cœur et lui avait laissé entrevoir ce que pouvait être le bonheur.

10

Lauren marchait lentement dans les allées du jardin d'hiver. Elle plongeait les doigts dans les pots d'orchidées pour vérifier que la terre était suffisamment humide et arrosait les plantes trop sèches. Le jardinage avait toujours été une thérapie efficace quand elle se sentait déprimée, mais ce soir, il parvenait difficilement à effacer sa migraine et sa tristesse.

Elle leva les yeux en entendant sa mère parler à Charles dans la pièce voisine. Bientôt, Celeste vint la rejoindre, ragaillardie par deux heures de sieste et quelques soins prodigués par la masseuse de Lauren.

— Ce mariage était une réussite, ma chérie, déclara-t-elle en prenant place dans un fauteuil en osier blanc et en croisant ses jambes fines. Les fleurs étaient magnifiques, la musique parfaite et la robe de Betsy superbe.

Lauren s'essuya les mains avec un torchon et referma le placard dans lequel elle rangeait ses outils de jardin.

— Betsy m'a dit qu'elle n'avait jamais été aussi heureuse, répondit-elle en s'asseyant en face de sa mère.

Un sourire désabusé flotta sur les lèvres de Celeste.

— Dickie et Betsy ont tout pour eux. Espérons que leur mariage durera.

— Je suis prête à parier que oui.

— Il paraît que c'est ce qu'a fait Chip. Parier sur la réussite de ce mariage.

Lauren fronça les sourcils en prenant sa tasse de thé tiède.

— Il avait aussi lancé des paris sur le nôtre, dit-elle.

— Voyons, ce n'était qu'une rumeur qui circulait à l'époque, objecta sa mère.

— Non, malheureusement. Il nous donnait six mois, pas un jour de plus. Il aurait gagné beaucoup d'argent si quelqu'un avait relevé le pari, mais personne ne pensait que notre mariage tiendrait aussi longtemps.

— Je suis désolée, ma chérie. Je l'ignorais.

— Bah, c'est du passé. Crois-moi si tu veux, mais depuis, nous en avons ri une fois ou deux, Chip et moi. Il s'est même excusé.

Celeste eut un sourire guindé et prit un exemplaire de *Maisons et Jardins* sur la table. Elle le feuilleta distraitement, visiblement aussi gênée que Lauren par le tour qu'avait pris la conversation. Une mère et sa fille auraient dû pouvoir bavarder facilement, se dit Lauren. Pourtant, Celeste et elle étaient aussi distantes que deux étrangères.

— Tout le monde a apprécié le repas, reprit Celeste.

— C'est à Max Wilde qu'en revient tout le mérite. Je lui écrirai un mot pour lui dire que les invités étaient ravis.

Celeste jeta un coup d'œil à sa fille, puis reporta son attention sur son magazine, comme si elle avait perçu la note de détresse dans la voix de Lauren, mais ne savait comment réagir.

— As-tu goûté les desserts ? demanda Lauren.

— Tu sais que je ne mange pas de gâteaux, ma chérie.

— C'est dommage. La crème au citron était vraiment délicieuse.

Lauren se rappela alors la gourmandise de Jamie, qui s'était léché les lèvres pour ne pas perdre une goutte de crème. Elle s'appuya contre le dossier de son fauteuil et se mit à imaginer tout ce qu'elle aurait pu faire avec elle : dévaliser les boutiques, dévorer une énorme glace au chocolat, discuter de choses dont les petites filles ne peuvent parler qu'à leur mère…

Mais non. Il fallait qu'elle écarte définitivement Jamie de son esprit. Sa brève incursion dans l'univers de Max Wilde était terminée.

— Ma chérie, fit Celeste en se rembrunissant, je suis désolée d'avoir à te dire cela alors que le mariage de Betsy s'est tellement bien passé, mais j'ai tout de même entendu quelques remarques sur les serveurs, en particulier sur le jeune garçon et la petite fille. J'avoue que j'ai moi-même eu du mal à en croire mes yeux quand j'ai vu ces deux enfants travailler.

— Ce sont les enfants de Max, et ils nous ont dépannés à titre exceptionnel. Ses autres serveurs étaient pris ailleurs et...

— Inutile de lui chercher des excuses. J'ai surpris ta conversation avec M. Wilde devant la camionnette. Regarde les choses en face, ma chérie. Cet homme n'est absolument pas fait pour toi. Ce n'est pas non plus le genre de traiteur qui peut s'occuper de nos réceptions.

Elle se pencha en avant et posa la main sur le genou de sa fille.

— J'espère que cet incident ne t'a pas trop perturbée.

Lauren sourit, en essayant de lutter contre les larmes.

— Je suppose que c'est difficile à comprendre pour toi, mais il me plaît... Il me plaît énormément.

— Détrompe-toi, je te comprends parfaitement. J'ai éprouvé les mêmes sentiments pour ton père, autrefois. Je lui ai donné les plus belles années de ma jeunesse et deux enfants magnifiques, mais notre amour n'a jamais suffi à combler le fossé qu'il y avait entre nous.

Elle observa un petit silence, avant d'ajouter :

— Gerald pourrait te rendre heureuse.

— Gerald Harcourt ne m'intéresse pas.

Celeste sourit.

— Ne l'éconduis pas trop vite, Lauren. Tu adores voyager, et lui aussi. Tu adores le soleil, et il vient d'acheter une île aux Fidji. Que veux-tu de plus ?

— Je veux avoir ma famille et mes amis autour de moi. C'est tout ce que je désire. Je suis devenue casanière, tu vois, ajouta-t-elle en souriant à sa mère. J'aimerais vivre plus de moments comme celui-ci. Avons-nous jamais parlé à cœur ouvert, maman ?

Celeste fit tourner son alliance autour de son doigt. Elle cherchait toujours une réponse quand Charles apparut.

— Pardonnez-moi, madame, mais la voiture est prête.

— J'arrive dans une minute, Charles.

— Très bien, dit-il.

Il se retira, plus guindé que jamais. Lauren savait qu'il n'était jamais à l'aise en présence de Celeste.

— Je ne pensais pas que tu partirais si tôt, dit Lauren en voyant sa mère prendre son sac. Nous n'avons presque pas eu le temps de bavarder.

— Mais, ma chérie, Bunny m'a demandé de partir quelques jours avec elle à Rio, et Charles nous emmène à l'aéroport. Ensuite, j'irai peut-être retrouver Andrew en Angleterre... À moins que je ne revienne ici pour me faire désirer encore un peu, ajouta-t-elle avec un petit sourire.

— Il vaut mieux que tu rentres directement à Londres, dit Lauren.

Elle détestait que sa mère mette à l'épreuve l'amour d'Andrew. Celeste éclata de rire.

— Je croyais que tu voulais qu'on passe du temps ensemble, toutes les deux.

— C'est vrai. Tu vas me manquer, mais je pense qu'il est plus important que tu sois avec Andrew.

Devant la voiture, Celeste serra les mains de Lauren dans les siennes.

— Je vais vraiment te manquer, ma chérie ?

— Tu me manques toujours quand tu es loin.

Lentement, presque timidement, Celeste étreignit Lauren.

— Je t'aime, chuchota-t-elle.

C'était la première fois que Lauren entendait sa mère lui dire ces mots. Elle essaya de répondre, mais sa gorge était sèche.

— Je t'appellerai de Rio, promit Celeste en s'installant avec grâce à l'arrière de la Bentley. Je t'en prie, ma chérie, ne te mets pas dans tous tes états à cause de cet homme. Tu en trouveras un autre.

Lauren agita la main tandis que la voiture s'éloignait, en méditant les paroles de sa mère. Tous les top models de la terre pouvaient bien se jeter à ses pieds, c'était Max qu'elle voulait.

La maison était bien trop silencieuse, songea Lauren en descendant l'escalier. Il était 22 heures. Charles était sorti voir des amis, Mme Fisk était encore à Tahiti pour quelques jours, et l'équipe d'entretien qu'elle avait embauchée pour faire le ménage après la réception était repartie depuis longtemps. Personne n'aurait jamais deviné que la maison bourdonnait de l'effervescence d'un mariage à peine quelques heures plus tôt.

Après le départ de sa mère, elle avait pleuré pendant une demi-heure en pensant à Max, pleuré parce qu'il l'avait blessée, parce qu'elle avait laissé un homme la bouleverser. Malheureusement, cela ne l'avait pas soulagée.

Dans l'espoir de se réconforter, elle se prépara un chocolat chaud, puis alla s'installer dans le jardin d'hiver avec le dernier *Vogue*, qu'elle feuilleta distraitement en buvant son chocolat.

Elle devrait peut-être apporter quelques changements à sa vie. À commencer par ses tenues vestimentaires, songea-t-elle en examinant sur le papier glacé un ensemble Jean-Paul Gaultier. Quel genre de vêtements pouvait aimer Max ? Un pantalon en cuir moulant et un chemisier transparent ?

Oui, pourquoi ne pas changer de look, se transformer en vamp, donner à Max une vraie raison d'être jaloux ? On en ferait des gorges chaudes à Palm Beach, mais cela lui permettrait au moins de se débarrasser de Gerald Harcourt. Et puis, qu'on jase, après tout ! Elle en avait assez d'être Lauren Remington, la jeune fille de bonne famille distinguée et bien élevée. Elle avait envie d'être folle et insouciante.

Elle jeta le magazine sur la table et monta dans sa chambre. Là, elle pourrait se métamorphoser sans que personne le sache. Deux ans plus tôt, elle avait acheté une tenue complètement scandaleuse, que Peter avait détestée. « C'est trop voyant, avait-il décrété. Ça te moule trop », et finalement, elle ne l'avait jamais portée.

Où avait-elle pu cacher ce blouson et le pantalon en soie assorti ? Ils n'étaient pas dans le placard où elle rangeait ses robes de soirée, ni dans celui des chaussures. Elle fit coulisser la troisième porte de son dressing et se mit à fouiller parmi les combinaisons de ski, les joggings et les tenues de cheval ridicules que Chip avait insisté pour qu'elle achète après leur mariage. Là, entre la veste en daim à franges que son frère lui avait envoyée des années plus tôt pour Noël et le bustier en jean délavé de ses seize ans, qu'elle n'avait porté que pour attirer l'attention de sa mère, elle trouva l'ensemble qu'elle cherchait.

Elle l'étala sur son lit. C'était une tenue parfaite pour qui avait envie d'aller sonner au milieu de la nuit chez un motard – expérience qu'elle n'avait pas l'intention de réitérer.

Elle mit un CD dans sa chaîne, et tandis que la voix de Phil Collins s'élevait dans la chambre, elle ouvrit son tiroir de lingerie pour y chercher des sous-vêtements sexy. Quitte à changer de look, autant le faire dans les détails. Elle avait même une paire de chaussures noires à talons aiguilles Manolo Blahnik qui y compléterait parfaitement son déguisement.

Elle se dévêtit entièrement, puis enfila le string et le soutien-gorge en dentelle noire. Il couvrait à peine ses seins. Dire que Peter lui avait suggéré un jour de passer sur le billard pour une réduction mammaire, sous prétexte que sa poitrine attirait trop les regards ! Le souvenir de sa jalousie maladive la fit rire, pour la première fois depuis des heures.

Elle enfila le pantalon et goûta la caresse de la soie sur ses jambes. Puis elle mit le blouson assorti et remonta la fermeture Éclair, mais pas trop haut, afin de laisser apparaître un bout de dentelle noire.

La coiffure, maintenant. Un peu de gel, un peu de spray, et ses cheveux se retrouvèrent lissés en arrière. Elle mit ensuite plusieurs bracelets en platine et accrocha de longues boucles en diamants à ses oreilles, puis elle accentua son maquillage. Enfin, elle chaussa ses talons hauts et se campa devant le miroir.

L'image qu'elle vit dans la glace lui plut. Cette fille-là avait l'air effrontée et sexy.

Enfin, peut-être pas assez. Elle descendit légèrement la fermeture Éclair. « Voilà ce que j'appelle un décolleté provocant », se dit-elle, satisfaite.

— C'est parfait.

Elle fit brusquement volte-face. Max était appuyé contre le chambranle de la porte, beau comme un dieu. Le cœur battant, Lauren demanda froidement :

— Qu'est-ce que vous faites là ?

— J'ai oublié ma mallette.

Elle balaya rapidement la pièce du regard.

— Elle n'est pas ici.

— Je sais. Mais vous y êtes, ajouta-t-il d'un ton enjôleur.

Cet homme l'avait fait pleurer et lui avait donné la migraine. Elle n'était pas prête à lui pardonner. Pas encore.

— Puis-je savoir comment vous êtes entré chez moi ?

— J'ai frappé et sonné, mais personne ne m'a répondu. Comme la porte de la cuisine était ouverte, j'en ai profité. Vous devriez être plus prudente quand vous êtes seule chez vous.

— Vous avez raison. N'importe quel individu louche pourrait entrer.

Il sourit, traversa la chambre et s'assit dans un petit fauteuil à rayures roses et blanches. Très à l'aise, il étendit les jambes devant lui et croisa les chevilles. Son regard brûlant la caressa de la tête aux pieds, et il sourit lentement.

— Votre nouveau look vous va bien.

— Merci... Depuis combien de temps êtes-vous ici ? demanda-t-elle en fronçant soudain les sourcils.

— Pas assez longtemps.

— Qu'avez-vous vu ?

— Pas assez de choses.

Était-il déjà là quand elle s'était penchée en avant et avait secoué ses seins jusqu'à ce qu'ils entrent parfaitement dans les bonnets du soutien-gorge ? Pourvu que non !

— Puis-je savoir pourquoi vous êtes monté ici, alors que vous saviez que votre mallette était en bas ?

— Je ne suis pas venu que pour ma mallette.

— Ah ?

— Je suis venu réclamer ma danse.

— Et vous voudriez que j'oublie notre dispute de tout à l'heure ? Que je fasse comme si elle n'avait jamais existé ?

— Pourquoi pas ?

— Impossible.

— Faites un effort, pour une fois, dit-il.

Sa voix toujours chaude avait pris un ton grave.

— Je tiens trop à vous pour laisser ce qui s'est passé nous séparer, ajouta-t-il.

— Ce n'est pas notre dispute, le problème, et vous le savez très bien. C'est mon passé. Je n'en suis pas fière, mais je ne peux pas le changer.

Il se leva, s'approcha d'elle et prit ses mains dans les siennes.

— Le divorce est contraire à toutes mes convictions, et j'avoue que votre passé me terrifie. Mais la pensée d'un avenir sans vous me terrifie tout autant.

— S'il vous plaît, n'en dites pas davantage, répondit-elle. Vous m'avez déjà fait pleurer aujourd'hui, et je ne tiens pas à recommencer.

— D'accord, je me tais.

Il l'attira contre lui et la serra contre sa poitrine. Pendant un instant, bizarrement, Lauren se concentra sur le bruit de leur respiration, mais elle oublia tout à la seconde où la bouche de Max s'empara de la sienne.

S'ouvrir à lui fut la chose la plus simple qu'elle eût faite. Jamais elle n'avait désiré un homme comme elle désirait Max. En l'embrassant, elle comprit qu'elle avait toujours ignoré ce à quoi son cœur aspirait réellement. Jusqu'à maintenant.

Ses mains chaudes se glissèrent sous son blouson en serpent pour l'attirer plus près de lui. Leurs corps se mirent à onduler ensemble, au rythme du morceau doux et mélodieux qui sortait des enceintes. Lauren ne pouvait penser à rien, sinon au goût de la bouche de Max et aux caresses de ses mains. Elle sentait tous les contours de son corps, chacun de ses mouvements lents.

Elle mourait d'envie de le toucher, de faire l'amour avec lui. Mais cela la terrifiait. « Ne précipite pas les choses », se dit-elle.

Trop rapidement, elle sentit les doigts de Max se refermer sur la fermeture de son blouson, qu'il fit glisser vers le bas.

Elle s'écarta en respirant un grand coup, puis s'approcha d'une des hautes fenêtres pour contempler l'océan. Les mains de Max se posèrent sur ses épaules et l'attirèrent de nouveau contre son torse puissant.

— Qu'y a-t-il ? lui murmura-t-il.

— Ça va trop vite pour moi.

Il lui mordilla le lobe de l'oreille.

— Je trouvais le rythme parfait, dit-il.

— J'avais l'impression qu'il était devenu un peu lent à ton goût, soupira-t-elle, tandis que les lèvres de Max effleuraient sa mâchoire, avant de revenir vers sa bouche.

Il la fit pivoter vers lui.

— Lauren, je veux te faire l'amour. Ici. Maintenant.

Elle voulait exactement la même chose, mais trop de choses se bousculaient dans sa tête.

— Je ne peux pas.

— Pourquoi ? demanda-t-il d'une voix rauque en déposant des baisers sur sa gorge. Tu en as envie, non ?

— Bien sûr, répondit-elle, le souffle court. Mais j'ai trop souvent agi sans réfléchir. J'ai connu trop d'échecs.

— On n'a jamais de garantie quand on s'engage dans une relation avec quelqu'un, dit-il en la regardant droit dans les yeux. Je ne peux pas te jurer que tu ne souffriras pas, et tu ne peux pas me le jurer non plus.

— J'ai besoin de plus de temps, Max. J'ai besoin de te connaître un peu mieux avant de faire l'amour avec toi.

Il regarda ses lèvres, ses seins, puis, lentement, il remonta la fermeture de son blouson jusqu'à ce que le soutien-gorge en dentelle noire disparaisse.

— Que fais-tu ? l'interrogea-t-elle quand il lui prit la main et l'entraîna vers la porte.

— On sort.

Seigneur ! Cet homme était d'une humeur incroyablement changeante.

— Mais je ne suis pas habillée pour sortir !

Il la fit tourner sur elle-même et l'examina des pieds à la tête. Un éclair de désir brilla dans son regard lorsqu'il baissa de deux ou trois centimètres la fermeture Éclair de son blouson.

— Là où je t'emmène, tu te fondras dans le décor.

— Par pitié, ne me dis pas que nous allons voir Jazz dans un de ses coins de rue préférés.

— Non. Encore mieux que ça, répondit-il en s'éloignant à grandes enjambées.

Elle dut courir pour le rattraper et faillit trébucher sur ses talons aiguilles. Lorsqu'il enfourcha sa moto, elle vit un petit sourire malicieux éclairer son visage. Elle savait qu'elle aurait dû se méfier, mais elle s'installa derrière lui et passa les bras autour de sa taille, en se demandant dans quelle souricière elle se précipitait encore.

11

Le bar d'Annie la Tatouée se trouvait sur un tronçon de route isolé dans la banlieue ouest de Palm Beach, à un endroit où les rugissements de plusieurs dizaines de motos et le tapage nocturne ne risquaient pas d'attirer les policiers. C'était le genre d'établissement que Max avait fréquenté autrefois, et puisque Lauren voulait apprendre à le connaître, autant commencer par là.

Nounours lui avait dit qu'il serait là ce soir, pour frimer avec la Scout devant ses copains motards. À l'intérieur, d'ailleurs, tout le monde se pressait autour du géant au crâne chauve, qui racontait avec force détails comment il avait gagné sa moto de collection en jouant au strip-poker avec une fille de Miami.

Max emmena Lauren au bar, le bras étroitement serré autour de sa taille, et lui expliqua, en élevant la voix pour couvrir le brouhaha :

— Personne ne croit jamais ses bobards, mais ils l'écoutent attentivement pour pouvoir le prendre en défaut la prochaine fois qu'il racontera son aventure.

Lauren rit. Les lumières rouges et jaunes des néons se reflétaient dans ses yeux déjà brillants d'excitation.

— J'ai l'impression que cet endroit te plaît, commenta-t-il en souriant.

— C'est… différent. Tu viens souvent ici ?

— Maintenant que j'ai les enfants, une ou deux fois par an, à tout casser. En réalité, je préfère passer mes soirées à la maison avec Ryan et Jamie.

— Tu ne vas tout de même pas me dire que tu es pantouflard ?

— Si tu m'avais posé la question il y a quelques années, je t'aurais ri au nez. Mais maintenant, je trouve ça plutôt sympa de rester en famille, à regarder la télé ou à jouer.

Lorsqu'ils arrivèrent à se frayer un chemin jusqu'au bar, il commanda deux bières, puis il la conduisit vers une des dernières tables libres.

Une fois assis, il but une gorgée en observant Lauren par-dessus son verre. Elle était si jolie, si élégante... Mais lorsqu'il la vit appliquer son verre glacé contre sa poitrine pour se rafraîchir, il fut sidéré. Ce n'était pas le genre de geste auquel il s'attendait de la part d'une jeune fille distinguée de Palm Beach.

Quelles autres surprises lui réservait-elle encore ? se demanda-t-il. Il ne cessait de découvrir de nouveaux aspects de sa personnalité, qui ne faisaient que la lui rendre plus désirable.

Elle sirota son verre et lécha la mousse qui s'était déposée sur sa lèvre supérieure.

— Cela fait bien longtemps que je n'ai pas bu de bière. Et encore plus longtemps que je ne suis pas venue dans un endroit comme celui-là.

— Moi qui pensais que c'était une première pour toi !

— Désolée, mais la première fois, j'avais dix-sept ans. J'étais en pension, à l'époque.

— Visiter des bars n'entrait pas dans le programme scolaire, je suppose ?

— Bien sûr que non ! Betsy Endicott et moi, nous avons fait le mur un soir, et nous nous sommes retrouvées dans un endroit glauque à souhait. Pauvre Betsy ! Elle angoissait parce qu'on était mineures et elle voulait absolument qu'on ressorte de là, mais je m'amusais trop. Je croyais boire des cocktails sans alcool, alors que c'étaient des daiquiris à la fraise, et naturellement, au bout d'une heure, j'étais soûle... et totalement désinhibée.

Max croisa les bras sur la table et demanda :
— Qu'est-ce que tu as fait ?
— Un strip-tease partiel, à ma grande honte.
— Tu le ferais pour moi, si je t'offrais un daiquiri à la fraise ?
— J'ai grandi, je suis un peu moins naïve qu'à dix-sept ans.
— Alors, comment te convaincre de te déshabiller ?
— Si tu continues à me sourire comme ça, qui sait ce qui peut arriver ? Mais je dois dire que si tu vas me chercher une autre bière, tu augmenteras tes chances.
Max alla commander une deuxième tournée, attrapa un bol de cacahuètes et se rassit.
— J'aimerais bien savoir pourquoi tu n'as fait qu'un strip-tease partiel.
— J'ai chaud, soupira-t-elle.
— Tu veux sortir ?
— Non, j'aime bien la musique, et la bière est délicieuse... Ce soir-là, il faisait chaud aussi. J'étais en pleine forme, je dansais avec tout le monde, et avant même que je m'en rende compte, je me suis retrouvée debout sur une table, en train de déboutonner mon chemisier parce que je mourais de chaud. Je me suis mise à exécuter une sorte de danse qui n'avait rien à voir avec celle que nous enseignait Mme Stravinski au cours de ballet. Les hommes me regardaient, les lumières clignotaient... Puis ma tête a commencé à tourner, et mon estomac m'a trahie avant que j'atteigne le dernier bouton.
Elle pouffa.
— Mon Dieu, si tu les avais entendus hurler !
Max riait tellement qu'il en pleurait presque.
— Ces sales vicieux m'avaient fait boire, alors j'estime qu'ils n'ont eu que ce qu'ils méritaient.
Elle avala une longue gorgée, posa les coudes sur la table et approcha son joli visage à quelques centimètres du sien.

— Si la pauvre Betsy ne m'avait pas traînée dehors, je suis sûre qu'ils m'auraient lynchée. Je ne me souviens plus comment elle m'a ramenée au pensionnat, mais je sais que le réveil fut dur.

Elle sirota une nouvelle gorgée de bière et se pencha en avant.

— Je peux te faire une suggestion ?

— Vas-y.

— N'envoie jamais Jamie dans un pensionnant pour jeunes filles de bonne famille, ni Ryan dans une école militaire. On s'y ennuie affreusement, et franchement, Max, les enfants ont besoin que ce soient leurs parents qui les élèvent, pas un majordome, même si c'est la personne la plus adorable du monde.

Max décortiqua une cacahuète pour elle. Sentir sa bouche se refermer sur ses doigts le rendit fou. Avait-elle la moindre idée de l'effet qu'elle produisait sur lui ? Et encore, ce n'était pas le pire. Car il devait bien s'avouer que ce n'était plus seulement son corps qui l'intéressait…

— Tu aimerais avoir des enfants ?

Un peu surprise, Lauren porta son verre à ses lèvres et termina lentement sa bière en l'observant.

— J'ai toujours voulu en avoir, répondit-elle doucement. Mais je n'ai pas la moindre idée de la façon dont on élève un enfant, et avec l'exemple que m'ont montré mes parents, je crains de ne pas être une très bonne mère.

— Je crois qu'il faut se fier à son instinct. Mon père a disparu quand j'avais huit ans, et ma mère m'a abandonné à l'un de ses ex-amants deux ans plus tard. Je n'ai pas eu de parents modèles non plus, jusqu'à ce que Philip s'occupe de moi.

— Mais tu es un bon père.

Il haussa les épaules.

— J'improvise au jour le jour. Parfois je commets des erreurs, parfois je sens que je fais ce qu'il faut. Je n'ai pas encore trouvé de livre qui donne des solutions à tous les problèmes, alors je me débrouille et je suis mon intuition.

Il lui prit son verre vide des mains et le posa sur la table, puis il se leva et l'entraîna sur la piste de danse.

— Tu seras une bonne mère quand le moment viendra, lui chuchota-t-il, avant de se laisser emporter par la musique.

La peau de Lauren était chaude et humide. Leurs hanches, leurs cuisses, ses seins et son torse s'épousaient. Elle plongea les doigts dans ses cheveux, tandis qu'il glissait les siens sous son blouson.

— Ne danse jamais nue devant un autre homme que moi, dit-il, infiniment troublé par cette danse lascive.

— Je me vois mal danser nue devant qui que ce soit.

— Pourquoi ?

— J'ai les cuisses et les seins qui ballottent.

— Je sais. Je t'ai regardée quand on courait sur la plage.

— Mon Dieu...

— Je ne me lasse pas de te contempler. Tout me plaît en toi. Ton honnêteté, ta gentillesse, ton énergie... Tu donnes l'impression de tout réussir avec aisance.

— Tu plaisantes ? Les choses qui comptent vraiment, je les rate lamentablement.

— Pourquoi es-tu toujours si dure avec toi-même ? Tes mariages ont échoué parce que tes maris étaient nuls. Imagine un peu de quoi tu serais capable, si tu avais quelqu'un à tes côtés pour t'encourager, pour te donner confiance en toi et en ce que tu fais.

Elle leva vers lui des yeux pleins de larmes. Bon sang, songea-t-il, on ne lui avait donc jamais dit qu'elle était merveilleuse ? Il s'apprêtait à le faire quand Nounours lui appliqua une tape dans le dos et lui arracha Lauren des bras.

— Tu monopolises cette petite dame depuis bien trop longtemps. À mon tour.

Lauren continua à danser au son de Credence Clearwater Revival, de Steppenwolf et d'autres musiques qu'elle ne connaissait pas. Elle passait de bras en bras, riait, faisait onduler ses délicieuses hanches, et régulièrement, Max revenait l'enlacer, embrasser ses lèvres au goût de bière et de cacahuètes, savourer la peau de son cou légèrement salée par la transpiration. Elle était sexy, excitante et un peu ivre, mais il se doutait qu'elle ne s'était pas autant amusée depuis longtemps, aussi la laissa-t-il faire.

Grave erreur.

Au bout d'un moment, il scruta la foule, mais ne réussit pas à la retrouver.

— Tu n'as pas vu Lauren ? demanda-t-il à Nounours.

— Pas depuis dix minutes. Pourquoi ?

Max passa les doigts dans ses cheveux.

— Je ne la vois plus.

— Tu crois qu'elle est rentrée avec quelqu'un d'autre ?

— Ce n'est pas son genre. Je vais vérifier dehors. Si tu la vois, préviens-moi.

Mais Lauren n'était pas sur le parking. Max regagna le bar et arpenta la salle en demandant à tous les gens qu'il connaissait s'ils avaient vu la grande femme sexy au blouson en peau de serpent. On lui répondit par la négative, jusqu'à ce qu'il s'approche du salon de tatouage.

— Je crois bien qu'elle est là, dit un homme qui attendait devant la porte.

— Bon Dieu !

Max voulut ouvrir la porte, mais elle était fermée. Annie cria :

— Je suis en plein boulot. Faites la queue, je m'occuperai de vous tout à l'heure.

— Je ne veux pas de tatouage, répondit Max. J'aimerais juste savoir qui est avec vous là-dedans.

— Je crois qu'elle a dit qu'elle s'appelait Lauren. Je ne peux pas le lui redemander, elle s'est endormie en plein milieu.

Hou ! là là ! Cela ne lui disait rien qui vaille.

— Ouvrez-moi, s'il vous plaît.

— Je suis en plein travail, je vous dis. Attendez que j'aie fini.

— Mais elle a trop bu, je ne pense pas qu'elle ait vraiment envie d'un tatouage.

— Mon chou, elle savait ce qu'elle faisait quand elle m'a demandé ce truc et elle a payé cash, répondit Annie. Alors, si ça ne vous dérange pas, laissez-moi terminer tranquille.

Max poussa un soupir désespéré et s'adossa au mur. Les quinze minutes qui suivirent furent les plus longues de sa vie.

Enfin, la porte s'ouvrit, et Annie la Tatouée apparut.

— C'est vous qui réclamiez cette femme ?

— Oui.

— Eh bien, il va falloir que vous m'en débarrassiez. J'ai des clients qui attendent. Tenez, voici les instructions pour le nettoyage de mon œuvre. Et mon numéro de téléphone, à tout hasard.

— Merci, dit Max.

Lauren était allongée à plat ventre sur une table capitonnée. Les yeux fermés, le visage sur le côté, elle ronflait, la bouche grande ouverte.

Max la souleva, la jeta par-dessus son épaule, attrapa son sac et retourna dans le bar avec son précieux fardeau.

— Intéressant, commenta Nounours en riant sous cape.

— Si tu parles de ça à qui que ce soit, tu es un homme mort.

— Je serai muet comme une carpe. Comment comptes-tu la raccompagner chez elle ?

Max donna ses clés à Nounours.

— Je vais appeler son majordome pour qu'il vienne nous chercher, et tu nous suivras sur ma moto. Je te ramènerai ici une fois que je l'aurai bordée.

— Elle mérite vraiment que tu te donnes autant de mal ? s'étonna Nounours.

— Oui, elle le mérite, et bien plus encore.

Lauren avait l'atroce sensation que quelqu'un lui frappait sur la tête. La douleur et le bruit cessèrent un instant, puis resurgirent avec une force accrue.

— Excusez-moi, mademoiselle Remington.

Lauren entrouvrit une paupière avec peine et vit la silhouette floue de Charles s'avancer vers son lit.

— Est-ce que je suis morte, Charles ? demanda-t-elle en se tenant la tête à deux mains.

— Pas encore, mais votre mère est au téléphone. C'est la quatrième fois qu'elle appelle aujourd'hui.

— La quatrième ? Où étais-je les trois autres fois ?

— Dans différents degrés d'inconscience due à un excès d'alcool.

— Mon Dieu...

— Si vous ne voulez pas parler à votre mère, avez-vous une excuse pour justifier votre absence ? Je crains d'être à court d'inspiration.

— Je vais lui parler... Charles, vous n'auriez pas des cachets contre la migraine ?

— Je pense pouvoir vous trouver cela. Je vous les monte dans un instant.

— Merci, marmonna Lauren.

Elle poussa un soupir et prit le téléphone sans fil.

— Allô, maman ?

— Ah, Lauren, ma chérie, comme je suis contente que tu sois enfin rentrée ! Il s'est passé une chose épouvantable.

— Quoi donc, maman ? demanda Lauren, alarmée. Tu es à Rio ? Tu as eu un accident ?

— Oui, Bunny et moi sommes à Rio, et non, nous n'avons pas eu d'accident, Dieu merci. Laisse-moi t'expliquer. Bunny et moi nous apprêtions à sortir, ce soir, mais lorsqu'elle a ouvert son coffre à bijoux, elle a constaté que son collier d'émeraudes avait disparu.

— Calme-toi, maman, dit Lauren, soulagée que sa mère soit entière. Bunny a dû oublier de l'emporter. Tu sais comme elle est distraite.

— Je sais, mais elle avait emporté ce collier pour le mariage de Betsy. Elle me l'a montré. Elle hésitait entre celui-là et un autre, qu'elle a finalement porté pour la cérémonie. Tu ne l'aurais pas trouvé dans la chambre où elle s'est changée, par hasard ?

— Non, maman, et Charles m'aurait prévenue s'il l'avait retrouvé.

— Il vaut une petite fortune. C'est un bijou ancien irremplaçable.

Celeste était dans tous ses états.

— En fait, nous sommes certaines qu'il a été volé, ajouta-t-elle.

Lauren éclata de rire.

— Ce n'est pas impossible, mais cela a pu arriver n'importe où. Dans l'avion, chez elle, à Rio...

Il y eut un bref silence, puis sa mère reprit :

— Je suis désolée d'avoir à te dire cela, ma chérie, car je sais que tu aimes beaucoup ce traiteur qui s'est occupé du mariage, mais il faut avouer que les serveurs étaient des gens peu recommandables.

Lauren inspira profondément. Elle n'aimait pas du tout le tour que prenait la conversation, mais il ne fallait pas qu'elle s'énerve.

— Tu ne sais rien de Max et de son personnel...

— Mais ces gens ont eu accès à toutes les pièces de ta maison pendant plusieurs heures. C'est un fait, ma chérie.

— Les amis et les enfants de Max ne sont pas des voleurs, affirma Lauren avec enthousiasme. Pourquoi ne pas accuser les invités, à ce compte-là ?

Lauren entendit un soupir désabusé à l'autre bout de la ligne.

— Cet homme t'a embobinée, Lauren. Ouvre les yeux. Il est temps que tu comprennes de quel milieu il est issu.

— Il habite dans une ravissante maison…
— Ne me dis pas que tu y es allée !
— Bien sûr que si. J'aime beaucoup Max, ses enfants, ses amis. Il est chaleureux et sincère, et…
— Et il se rend parfaitement compte que tu es tombée sous son charme. Ne sois pas si sotte, Lauren.
— Je sais très bien ce que je fais.
— Il va te dépouiller.
— Et alors, maman ? Qu'est-ce que je possède, après tout ? Une maison froide et vide que je ne partage avec personne, des bijoux, de l'argent, des belles voitures… Rien de tout ça ne me réchauffe la nuit dans mon lit.
— Tu es ridicule.
— Je suis franche.
— Il est inutile de monter sur tes grands chevaux. Écoute simplement ce que j'ai à te dire.
Lauren faillit lui raccrocher au nez, mais elle n'en eut pas le courage.
— Cet homme ne t'attirera que des ennuis, ma petite fille. Tu l'as laissé entrer dans ta vie, et il va disparaître non seulement avec toute ta fortune, mais aussi avec ton cœur, Lauren. Alors, tu comprendras qu'il n'était pas fait pour toi, mais il sera trop tard, et tu deviendras une femme très froide, très seule et très amère.
Celeste raccrocha, évitant ainsi d'entendre les arguments de sa fille.
Lauren reposa lentement le téléphone, puis elle s'assit au bord du lit. Ce ne fut qu'à ce moment qu'elle se rendit compte qu'elle était en sous-vêtements. Comment diable était-elle rentrée ? Et qui l'avait aidée à se coucher ? Elle était incapable de s'en souvenir.
Elle s'agrippa au montant du lit pour se lever, de peur que tout ne se mette à tourner autour d'elle.
Max n'était pas un voleur. Ses amis n'étaient pas des délinquants. Et ce n'était pas non plus son argent qui intéressait Max.
Néanmoins, sa mère avait raison sur un point : elle risquait fort de laisser son cœur dans cette histoire.

Max était un homme bon et généreux, mais jamais il ne serait admis dans son monde chic et élitiste. D'ailleurs, étant donné son état après une soirée au bar d'Annie la Tatouée, elle se demandait si elle souhaitait réellement retourner dans celui de Max...

Elle se rendit dans la salle de bains, retira ses sous-vêtements et contempla son reflet dans le miroir. Des traînées de mascara maculaient ses joues, et ses cheveux étaient tout emmêlés. Elle ne reconnaissait pas la femme qui la regardait dans la glace. Cette Lauren Remington était une étrangère. C'était une femme qui avait essayé de se transformer pour plaire à un homme. Cette idée la bouleversa plus que les paroles de sa mère, plus que le fait de s'être enivrée, plus que tout.

Elle prit son visage dans ses mains et se mit à pleurer. Elle voulait être aimée pour ce qu'elle était. Elle ne voulait pas être obligée de changer de personnalité pour conquérir ou garder un homme.

— Une seconde ! cria-t-elle en entendant Charles frapper.

Elle se donna un coup de peigne, s'aspergea le visage d'eau froide et tira la porte pour prendre son peignoir accroché au battant.

L'image qu'elle aperçut dans le miroir en pied la pétrifia. Elle s'approcha, tourna le dos à la porte et regarda par-dessus son épaule. Une sorte de poisson était tatoué sur sa fesse. Une sirène, plus exactement... Non, pas une sirène, mais un homme sirène, avec des biceps et des pectoraux avantageux, des cheveux noirs qui lui tombaient à l'épaule et un anneau dans l'oreille.

Qu'avait-elle fait ? se demanda-t-elle, tandis que les larmes jaillissaient de ses yeux. Et surtout, qu'allait-elle faire maintenant ?

Max arpentait le rayon lingerie du grand magasin en serrant les dents. En général, il se moquait de ce qu'on pouvait penser de lui, mais il n'avait jamais acheté de soutien-gorge, et faire ce genre d'emplettes avec une fillette de onze ans rendait la démarche encore plus gênante.

Jamie était encore pratiquement un bébé, bon sang ! Comment se faisait-il qu'elle ait soudain besoin d'un soutien-gorge pour le sport ? Et pourquoi repoussait-elle ces choses en coton blanc extensibles que lui conseillait la vendeuse ?

— C'est horrible, Max, dit-elle un peu trop fort.

— Mais tu ne vas pas exhiber ça en public ! répliqua-t-il à mi-voix.

— Pour les cours de gym, je dois me changer au vestiaire. Si je porte ça, toutes les autres filles se moqueront de moi.

— Je suis sûr qu'elles ont toutes des soutiens-gorge comme ça pour le sport.

— La mère de Nikki Constantine l'a emmenée acheter son premier soutien-gorge chez Victoria's Secret, et il est pigeonnant. Quand elle le met, elle fait plus que son âge.

— Eh bien, je ne suis pas la mère de Nikki Constantine, je suis ton père.

— Même pas !

— Oui, enfin, je le serai bientôt, et ce n'est ni le lieu, ni le moment d'en discuter. Quoi qu'il en soit, je ne veux pas que tu fasses plus que ton âge. Ni maintenant, ni jamais.

De grosses larmes se mirent à couler sur les joues de Jamie.

— Nom d'un chien !

Max poussa un soupir exaspéré, jeta un coup d'œil au soutien-gorge que tenait toujours la vendeuse et déclara :

— Mettez-moi une douzaine de ce modèle.

— Vous n'avez pas besoin d'en prendre autant, monsieur.

— Eh bien, donnez-m'en une quantité raisonnable, mais vite.

Il était passablement excédé par la gent féminine, en ce moment. En fait, il ne supportait plus tous ces trucs de fille depuis qu'une certaine femme avait disparu de Palm Beach sans un mot. Qu'elle aille au diable !

Il avait téléphoné chez Lauren une bonne centaine de fois, le lendemain de leur sortie chez Annie la Tatouée, et Charles lui avait continuellement répondu qu'elle n'était pas disponible. Et ensuite, elle avait tout simplement disparu, sans même se donner la peine de le rappeler !

Il paya les soutiens-gorge, prit le sac que Jamie refusait de porter et sortit du magasin en songeant qu'il avait commis une erreur monumentale en tombant amoureux de Lauren Remington. Cette femme était calculatrice, fourbe, gâtée, et elle considérait les hommes comme des Kleenex.

Mais malgré tout cela, il avait toujours envie d'elle.

12

Le mercredi commença mal. Jamie refusa d'aller à l'école, parce que tout le monde s'était moqué de ses nouveaux soutiens-gorge le lundi et le mardi. Ryan n'avait pas fait ses devoirs la veille et voulait sécher les cours, car il craignait d'avoir un zéro.

— Tu savais depuis huit jours que tu devais remettre ce devoir aujourd'hui, grommela Max en préparant des sandwiches pour leur déjeuner.

Ryan dribbla avec son ballon de basket et répondit avec désinvolture, comme si l'école et les devoirs n'avaient aucune importance :

— J'ai oublié.

— Tu as un calendrier spécialement prévu pour ça sur le mur de ta chambre. Il y en a un autre sur le frigo et un troisième dans ton agenda. Alors, désolé, mais ton excuse n'est pas valable.

Ryan fit rebondir son ballon entre ses jambes.

— Ce n'est pas parce que tu es en rogne qu'il faut t'en prendre à moi, hein !

Max lui décocha un regard qui signifiait : « Surveille ton langage. » Comme d'habitude, Ryan leva les yeux au ciel.

— D'accord, ce n'est pas parce que tu es agacé par cette Lauren Remington…

— Je ne suis pas agacé.

— En tout cas, c'est ce que Nounours m'a dit.

Max respira un grand coup en emballant les sandwiches dans du film plastique. Oui, il était furieux. Et sa fatigue n'arrangeait rien. Au cours des deux derniers jours, il avait eu un entretien avec l'avocat chargé de la procédure d'adoption, il avait monté un dossier avec les bulletins scolaires des enfants pour prouver qu'ils avaient fait des progrès depuis qu'ils vivaient avec lui, et il avait organisé un banquet pour un concessionnaire automobile, ainsi qu'un dîner de fiançailles.

Hormis son incursion chez Annie la Tatouée, il avait travaillé sans interruption pendant des jours. Pour couronner le tout, le sommeil le fuyait, Jamie lui faisait la tête, Lauren n'avait toujours pas donné signe de vie, ce qui le blessait profondément, et le détective n'avait pas rappelé. Apparemment, ces derniers temps, le seul qui acceptait de lui adresser la parole était Ryan, et voilà qu'ils étaient en train de se disputer.

Il passa la main dans ses cheveux. Les enfants ne devaient pas pâtir de sa mauvaise humeur, ni de sa fatigue. Il remplit un verre de jus d'orange frais et le poussa vers Ryan, qui en engloutit la moitié sans cesser de dribbler.

— Alors, dit Max en s'appuyant contre le réfrigérateur, pourquoi n'as-tu pas fait ton devoir ? Et je veux la vraie raison, cette fois.

— Très bien. Je déteste l'histoire, mon prof est rasoir, et je préfère jouer au basket.

— Tu as un plan ?

— Qu'est-ce que tu veux dire ?

— Qu'est-ce que tu comptes faire ? Arrêter l'école ?

Ryan posa enfin le ballon sur le bar et se resservit de jus d'orange.

— J'y ai songé.

— Et où ça va te mener ?

Ryan haussa les épaules.

— Je n'en sais rien, mais au moins, je serai libre de faire ce que je veux.

— Libre de vivre dans la rue ? Libre d'être pauvre, de travailler dans un fast-food ? Si tu veux vraiment te consacrer au basket – ce que je comprends, parce que tu es doué –, tu ferais peut-être mieux de rester à l'école. Avec d'assez bonnes notes, tu réussiras peut-être à obtenir une bourse. Et qui sait, en bossant dur, tu pourras peut-être même devenir pro.

Ryan rit.

— L'espoir fait vivre !

Max mit les sandwichs et les salades dans deux sacs en papier kraft.

— J'ai vu des rêves se réaliser. Mais j'ai surtout vu des gens se décarcasser pour qu'ils se réalisent. Ça se fait rare, de nos jours, les bonnes fées qui agitent leur baguette magique.

Ryan prit un muffin à la banane et aux noix de pécan que Max avait confectionné le matin même et mordit dedans, l'air songeur. Sans rien dire, Max attendit qu'il lui expose le fruit de ses réflexions.

— De toute façon, je vais avoir un zéro, reprit Ryan. Tu as une suggestion ?

— Essaie de trouver un arrangement avec ton prof, conseilla Max.

— Tu pourrais l'appeler pour moi ?

— Non. Tu n'as pas fait ton devoir, c'est à toi de régler ce problème.

— Qu'est-ce que je vais lui dire ?

— Je ne sais pas, moi. Propose-lui de faire des devoirs de rattrapage.

— Pour que ça empiète sur mes entraînements de basket ? Ça non !

— À toi de voir, dit Max en lui tournant le dos pour chercher le lait dans le réfrigérateur.

Le téléphone sonna à cet instant, et Max bondit. « Pourvu que ce soit Lauren ! » songea-t-il en décrochant aussitôt.

— Bonjour, c'est Harry. Désolé de ne pas avoir pu vous appeler hier.

— Alors, avez-vous retrouvé ma sœur ?

— Je l'ignore encore. Je n'ai malheureusement rien appris de plus. Cette Charlotte Wilde n'a aucun souvenir du passé. Je ne sais pas si c'est la bonne.

— Mais vous avez bien une idée ? Une intuition ?

— Je ne me fie qu'aux faits. Si vous voulez des certitudes, il va falloir que vous veniez vous-même.

Max poussa un soupir découragé. Il avait une soirée d'anniversaire à préparer, les enfants avaient plus besoin de lui que jamais, et le linge sale s'accumulait. Et il voulait aussi rappeler Lauren, encore une fois.

Mais il fallait qu'il sache la vérité au sujet de cette femme à Phoenix. Il jeta un coup d'œil à sa montre.

— Il faut que je trouve une baby-sitter pour les enfants et que je passe quelques coups de fil, mais je vais tâcher d'avoir un avion ce matin. S'il n'y a pas de place, je partirai cet après-midi.

— Je ne rentre que demain en fin d'après-midi, lui dit Harry. Appelez-moi pour me donner votre heure d'arrivée, afin que je puisse prévenir la femme de votre visite.

Max raccrocha et s'appuya des deux mains sur le bar. Ryan s'approcha de lui.

— Où vas-tu ?

— À Phoenix.

— Tu pourrais nous emmener, Jamie et moi.

Max lui sourit.

— Pour que ça te laisse une journée supplémentaire pour ton devoir d'histoire ? Non, fiston. Ce n'est pas une bonne idée.

— Tu penses que c'est ta sœur ?

— Je n'en sais rien. Je l'espère.

Ryan remplit un bol de céréales.

— Quand on a été envoyés dans des familles d'accueil différentes, Jamie et moi, ça a été affreux. J'ai cru qu'on ne se reverrait jamais.

Ryan ne parlait jamais de la mort de sa mère, ni de la condamnation de son père, et il évoquait rarement les trois années pendant lesquelles sa sœur et lui étaient restés séparés. Lorsque Max l'avait rencontré, c'était un garçon de douze ans qui n'avait qu'une envie : fuir. Fuir les gens, fuir le monde. Ils étaient du même bois, mais au début, leurs relations avaient été conflictuelles. Puis, quand Max avait appris que Ryan avait une petite sœur, il l'avait retrouvée et accueillie à son tour, et ses rapports avec Ryan s'étaient considérablement améliorés. Il leur arrivait encore de se disputer, mais tout finissait toujours par s'arranger.

— Tu veux que j'accompagne Jamie à l'école ? demanda Ryan en levant les yeux de ses céréales. Elle est casse-pieds, mais comme tu as des tas de trucs à faire...

— Merci, dit Max, sincèrement reconnaissant.

— On devra aller au Hangar, après l'école ?

— Non, ce n'est pas la peine. Je vais voir si Jazz peut venir vous garder cette nuit.

— Je suis assez grand pour m'occuper de Jamie.

— Je sais, mais je préfère quand même ne pas vous laisser seuls, tu comprends ?

— Ouais.

Max lui ébouriffa les cheveux et se rendit dans son bureau. Il avait mille choses à faire, et comme si cela ne suffisait pas, l'image de Lauren Remington s'imposait constamment à son esprit.

Charles s'engagea dans Ocean Boulevard, et Lauren pianota avec impatience sur le sac à main en crocodile qu'elle avait acheté la veille chez Gucci. Quelques jours auparavant, elle avait quitté Palm Beach comme si elle avait le diable à ses trousses, mais aujourd'hui, elle avait hâte de rentrer chez elle.

Son voyage impromptu à New York n'avait résolu aucun de ses problèmes et n'avait certainement pas effacé Max Wilde de sa mémoire. Elle ne pensait qu'à lui. Elle aurait voulu l'appeler, se jeter dans ses bras pour lui livrer son cœur et son âme. Jamais elle n'avait eu envie de partager ses souffrances et ses angoisses avec qui que ce soit… jusqu'à ce que Max fasse irruption dans sa vie.

Et maintenant, il devait la détester. Mais ces quelques jours avaient au moins servi à quelque chose : elle avait compris qu'il fallait qu'elle affronte ses peurs. Elle ne pouvait pas fuir Max. Il était déjà trop profondément ancré dans son esprit et dans son cœur.

Le téléphone sonnait lorsqu'elle franchit le seuil de la maison, et elle décrocha précipitamment le poste de l'entrée.

— Allô ?

Il y eut un silence, puis elle entendit la voix de Max.

— Tiens, tu t'es enfin décidée à rentrer, ou peut-être simplement à répondre à mes coups de téléphone ?

Il était en colère, bien sûr. Et elle ne pouvait pas lui en vouloir.

— J'étais à New York.

Un nœud se forma dans sa gorge, et elle ajouta aussitôt :

— Je suis désolée, Max. Je te dois des excuses pour tant de choses que je ne sais pas par où commencer.

— Dis-moi déjà pourquoi tu es partie. J'avais l'impression que ça se passait plutôt bien entre nous. J'espérais qu'on se verrait dimanche soir, ou lundi, ou même hier, mais soudain, plus personne.

— Mais oui, ça se passait bien. Merveilleusement bien.

— Alors, pourquoi t'es-tu enfuie ?

Elle s'assit sur une chaise et contempla le sol en marbre.

— Parce que j'avais peur. Et j'ai toujours peur, d'ailleurs.

— De quoi ?

Comment lui expliquer qu'elle craignait qu'il ne l'aime pas pour ce qu'elle était ? Qu'elle redoutait de perdre ses amis à cause de lui ?

— De tomber amoureuse de toi et d'y laisser des plumes. Si ça ne marche pas entre nous, je ne crois pas que je m'en remettrai.

— Et alors ? Que comptes-tu faire ? Tu préfères ne plus jamais me revoir, de peur de tomber amoureuse de moi ?

— Non, admit Lauren. J'en serais incapable. J'avais justement l'intention de te dire que j'avais très envie de te revoir, que l'on tombe amoureux ou non, que tu me brises le cœur ou non, parce que tu mérites que je coure ce risque. Tu veux bien qu'on recommence tout depuis le début ? Ce soir, on pourrait sortir dîner, ou bien s'asseoir sur la plage et parler.

— Ce soir, je ne suis pas libre. Je prends l'avion pour Phoenix dans une heure et j'ignore quand je rentrerai.

La voix de Max était tendue.

— Tout va bien ? s'inquiéta Lauren.

— Oui… Enfin, non. Je n'arrive pas à trouver quelqu'un pour s'occuper de Ryan et de Jamie en mon absence.

Il y eut un silence pesant, puis il reprit :

— Je me demandais si tu accepterais de les garder.

— Moi ?

— Oui, toi.

— Mais je suis incapable de m'occuper d'enfants !

— Ils ont onze et quatorze ans. Ce n'est pas comme s'il s'agissait de nourrissons. Ils n'ont pas besoin qu'on leur change leurs couches, et ils peuvent manger une pizza pour le dîner. Je suppose qu'ils seraient capables de s'en sortir tout seuls, mais je préférerais que quelqu'un reste avec eux. Comme ça, je partirais tranquille.

Comment refuser, alors que Max venait de lui rendre un fier service en s'occupant du mariage de Betsy ?

— D'accord, dit-elle avec une certaine appréhension. Laisse-moi juste cinq minutes, le temps de rassembler quelques affaires, et j'arrive.

— Merci, Lauren, je te revaudrai ça, répondit Max, de cette voix empreinte de chaleur qu'elle aimait tant.

— Eh bien, en échange, j'accepterais volontiers une autre danse.

— Je voudrais te donner plus que cela.

Lauren s'adossa à sa chaise et sourit.

— Je ne vois qu'une chose qui pourrait me faire plus plaisir, déclara-t-elle.

— Quoi donc ?

— Toi. Simplement toi.

13

Pendant une demi-heure, Lauren et les enfants de Max se regardèrent en chiens de faïence. Ce petit jeu avait commencé peu après que Ryan avait clairement fait comprendre à Lauren qu'il n'avait pas besoin d'une baby-sitter. Jamie avait ensuite déclaré que Max et eux étaient parfaitement heureux comme cela et que ce n'était pas la peine qu'une aristocrate vienne se mêler de leurs affaires. Ils passèrent donc vingt-sept minutes et douze secondes à se regarder dans le blanc des yeux.

Enfin, Ryan retourna à sa Nintendo – en mettant le volume à fond, bien sûr – et Jamie entreprit de passer l'aspirateur dans toute la maison. Apparemment, ils espéraient que le bruit chasserait l'intruse.

Ils se trompaient.

Lauren lissa sa robe d'été à fleurs et s'installa confortablement sur le canapé en cuir noir du salon. Elle croisa les jambes, feuilleta le *Elle* qu'elle avait apporté et ne leva les yeux que lorsqu'elle se sentit observée.

— Max a plein de petites copines, dit Jamie en approchant dangereusement l'aspirateur des chaussures de Lauren.

— Ah bon ? dit poliment Lauren.

— Oui. Il y en a au moins trois ou quatre par semaine qui défilent, parce qu'il ne supporte pas de voir toujours la même tête.

— Mon père est exactement comme ça. Après avoir divorcé d'avec ma mère, il est sorti avec toutes les célibataires de l'État du Wyoming. Je n'ai jamais beaucoup vu mon père, en fait… ni ma mère, d'ailleurs. Mais quand j'étais petite et que j'étais avec eux, je voulais les avoir à moi toute seule.

Jamie hocha vigoureusement la tête. Apparemment, elle comprenait cela.

— Mon père aime les blondes, reprit Lauren en criant pour couvrir le bruit de l'aspirateur. Et Max ? Il a une préférence ?

Jamie passa l'embout à un centimètre des chaussures lavande de Lauren, qui ne broncha pas. Elle refusait de se laisser impressionner par Jamie.

— Max a aussi un faible pour les blondes, affirma la fillette. Il trouve que les rousses, c'est pas mal, mais il n'aime pas les brunes.

Lauren tira devant son visage une mèche de cheveux et l'examina en louchant.

— J'ai toujours pensé que j'étais châtaine avec des reflets auburn, dit-elle. C'est tellement terne, le brun.

Jamie éteignit l'aspirateur et se laissa tomber sur le canapé.

— Ma maman était châtaine. Je ne me souviens pas très bien d'elle, mais je crois qu'elle avait les cheveux beaucoup plus clairs que toi.

Sans s'offusquer de ce tutoiement impromptu, Lauren se rapprocha de Jamie pour lui chuchoter à l'oreille :

— À vrai dire, mes reflets auburn sortent en grande partie d'une bouteille.

Un sourire effleura les lèvres de la fillette.

— J'ai dit à Max que je voulais me teindre en noir pour lui ressembler, mais il a refusé.

— Tes cheveux sont beaucoup trop jolis pour être teints, décréta Lauren en passant un doigt dans la queue-de-cheval blonde de la fillette. J'aime bien ta coupe, et ta frange aussi. Tu dois avoir un bon coiffeur.

— C'est Max, mon coiffeur, dit Jamie en pouffant.

— Max ?

— Oui. Il a une paire de ciseaux spéciaux, et de temps en temps, il m'égalise les cheveux.

— Tu veux dire que tu n'es jamais allée chez le coiffeur ?

Jamie secoua la tête.

— Et tu n'as pas envie d'y aller ?

La fillette haussa les épaules.

— Je ne me suis jamais posé la question, et si j'en parlais, je suppose que Max ronchonnerait en disant que c'est encore un truc de fille.

— Eh bien, c'est le moment de commencer. Je vais te prendre rendez-vous avec Frederico. Si ça te tente, bien sûr.

— Qui est Frederico ?

— Mon coiffeur attitré. Et...

Elle souleva la main de Jamie et observa ses ongles rongés.

— On te fera aussi faire une manucure.

— C'est vrai ?

— Bien sûr, mais chaque chose en son temps.

Lauren laissa tomber son magazine sur la table basse et se leva. Elle venait de se rappeler que Max avait laissé des instructions précises à propos des devoirs : ils devaient impérativement être faits dès le retour de l'école.

— Ryan !

Il tourna la tête vers elle, l'air toujours aussi renfrogné.

— Quoi ?

— C'est l'heure des devoirs, dit Lauren. Tu joueras à la Nintendo après.

— Je suis au milieu d'une partie ! protesta Ryan.

— Tu pourras sûrement la reprendre tout à l'heure.

— Mais j'ai un super score.

En désespoir de cause, Lauren tapa du pied sur la moquette, comme le faisait autrefois la directrice du pensionnat. Après un interminable soupir, Ryan s'arracha à son écran.

— Je vais bosser dans ma chambre, annonça-t-il en tournant les talons.

— Une seconde, Ryan.

— Quoi encore ?

— Je voulais juste te dire que moi non plus, je n'aimais pas l'école.

— Et alors ?

— Et alors, j'ai eu des notes nulles parce que je ne faisais pas mes devoirs. Puis ma mère a épousé ce vieux bonhomme, George, un type très fort en maths et en histoire, et quand ma mère et lui étaient en ville, c'est-à-dire rarement, il m'aidait.

Ryan leva les yeux au ciel.

— Est-il censé y avoir une morale à cette histoire ?

Lauren sourit, amusée par l'attitude bravache de Ryan.

— Pas vraiment. C'était seulement pour t'expliquer que ça ne m'ennuyait pas de faire mes devoirs quand quelqu'un était là pour m'aider.

— Max est là.

— Il t'aide ?

— Je n'ai pas besoin d'aide.

— C'est bien ce que je pensais.

Il fronça les sourcils, l'air soupçonneux.

— Je peux aller dans ma chambre, maintenant ?

— Si tu veux, mais je vais m'ennuyer à mourir pendant que vous travaillerez, Jamie et toi. J'espérais que tu me laisserais te donner un coup de main, pour m'occuper.

— Je n'ai que de l'histoire. Ça m'étonnerait que ça t'intéresse.

— Moi, il faut que j'écrive une rédaction, intervint Jamie. Sur le sujet de mon choix. Tu peux m'aider, si ça te dit.

— Eh bien, grâce à George, je suis incollable en histoire. Quant aux rédactions, c'est le sujet qui les rend intéressantes, et je connais des tas de sujets passionnants. Alors, prenez vos cahiers. On se débarrasse des devoirs, et ensuite, on ira voir Frederico pour faire coiffer Jamie.

— Une minute, protesta Ryan. Je n'ai aucune envie de passer le reste de l'après-midi à poireauter dans un vieux salon de coiffure.

— Frederico a vingt-trois ans, et de toute façon, je n'ai pas l'intention de te traîner dans son salon, répliqua Lauren. Tu n'as pas besoin de te faire couper les cheveux. En revanche, il y a un magasin d'articles de sport juste à côté.

— Qu'est-ce que tu connais au sport ?

— Absolument rien. Par contre, j'ai acheté des tas de choses là-bas pour Beau, mon neveu, qui a deux ou trois ans de plus que toi, et le propriétaire est un de mes amis. C'est un ancien basketteur professionnel, et si tu réussis à rester poli pendant une heure, il t'apprendra sûrement des tas de trucs.

Ryan plissa les yeux.

— Et en échange, je n'ai qu'à faire mes devoirs ?

— Je t'y emmènerai que tu les aies faits ou non, répondit Lauren. Mais tu sais quoi ? Max a pas mal de soucis en ce moment, et je crois qu'à son retour, ça le réconforterait d'apprendre que vous avez fait vos devoirs et tout le reste sans même que j'aie à vous le demander. Qu'est-ce que tu en penses ?

À présent, les yeux de Ryan étaient tellement plissés qu'ils ressemblaient à des fentes de tirelire.

— Tu ne vas pas lui dire que je t'ai mené la vie dure ?

Lauren eut un sourire innocent.

— Tu m'as mené la vie dure ?

Il riboula des yeux.

— C'est bon, j'ai compris. Mais j'espère que tu es vraiment bonne en histoire parce que moi, je suis complètement nul, annonça-t-il en se dirigeant vers la cuisine.

Jamie avait sorti un cahier et travaillait déjà sur la table basse.

— Bon, Jamie, en quoi puis-je t'aider ? s'enquit Lauren.

— Ça ira, je suis plutôt douée pour les rédactions. Par contre, j'ai un autre service à te demander.

— Quoi donc ?

— Viens voir.

Jamie prit Lauren par la main et l'emmena dans sa chambre. Sa petite main était chaude, et le cœur de Lauren se gonfla de bonheur. Mais ce même cœur faillit s'arrêter lorsque la jeune femme vit l'horrible décoration de la chambre de Jamie. Les murs étaient tapissés de posters de motos et de voitures. On n'aurait jamais cru que c'était là le domaine d'une fillette de onze ans.

— C'est ta chambre ? s'exclama-t-elle.

— Je n'arrête pas de répéter à Max que j'aimerais bien avoir des posters des Backstreet Boys et de 'N Sync, mais il doit croire que je suis encore trop jeune pour m'intéresser aux garçons.

— Et toi, tu penses que tu es prête ?

Jamie fronça le nez.

— Plus ou moins. Je les apprécierai sûrement plus d'ici six mois ou un an, mais toutes mes copines aiment les garçons, et je suis gênée quand elles viennent ici et qu'elles voient ça.

— Tu aimerais que j'en parle à Max ?

— Non. S'il n'est pas prêt à me voir franchir le cap, je peux bien attendre un peu. Ce que je voulais te montrer, c'est ça, ajouta Jamie d'un ton amer.

Elle prit un sac dans un tiroir, l'ouvrit lentement et en sortit une brassière blanche.

— Il me fallait un soutien-gorge, dit-elle.

Ses jolis yeux bleus s'assombrirent, tandis qu'elle contemplait l'horrible morceau de tissu qui pendouillait entre ses doigts.

— Nous sommes allés faire des courses, Max et moi, et voilà ce qu'il m'a acheté.

— Mon Dieu !

— Je lui ai dit qu'on devait aller chez Victoria's Secret, mais il a refusé.

Lauren s'assit au bord du lit.

— Tu es encore un peu jeune pour Victoria's Secret, mais je connais une boutique de lingerie merveilleuse sur Worth Avenue, où il y a des soutiens-gorge et des petites culottes assorties absolument craquants. C'est toujours là que je vais. Je suis sûre que là-bas, on trouverait exactement ce qu'il te faut. Quelque chose de sobre, avec juste un peu de soie et de dentelle, dans des tons de rose ou de vert…

— J'adore le mauve, dit doucement Jamie.

— Alors, on ira t'acheter des sous-vêtements mauves dès que tu auras fini tes devoirs.

Jamie s'assit à côté d'elle sur le lit.

— Tu sais quoi, Lauren ?

— Quoi ?

— Quand je t'ai dit que Max sortait avec des centaines de femmes, j'ai menti.

— Il n'a même pas une petite amie strip-teaseuse ?

— Beurk ! Non ! Et, à vrai dire, je crois qu'il aime bien les brunes avec des reflets auburn. Même faux.

Lauren sourit. On ne lui avait jamais rien dit d'aussi adorable. Et par-dessus le marché, elle commençait à se dire qu'elle ne ferait peut-être pas une si mauvaise mère que ça, finalement.

14

Max baissa la vitre de la voiture de location pour laisser entrer l'air printanier. Au téléphone, Harry lui avait donné les instructions nécessaires pour se rendre chez Charlotte, qui habitait à vingt minutes de l'aéroport.

La dernière fois qu'il avait vu Zack et Charlotte, ils avaient respectivement sept et quatre ans. Max n'avait pas pu découvrir grand-chose sur son frère, mort six mois avant qu'il ne retrouve sa trace. Il savait seulement qu'il avait été policier et qu'il ne s'était jamais marié. Ses amis disaient que c'était quelqu'un de bien et pleuraient sa disparition brutale.

À présent, il ne restait plus que Charlotte, et Max était plus que jamais déterminé à la retrouver.

Il dénicha sans peine la maison, située dans la banlieue de Phoenix. C'était une vaste demeure en stuc dotée d'un toit de tuiles rouges. Le jardin sablonneux foisonnait de yuccas et de cactus en fleurs. C'était beaucoup plus accueillant que la caravane dans laquelle ils avaient vécu enfants.

Il s'arrêta dans l'allée. Harry l'attendait, ponctuel, appuyé contre une Ford Explorer blanche.

— Bonjour, dit Max en lui tendant la main.

— Heureux de vous revoir, Max.

Ce dernier leva les yeux vers la maison et aperçut la silhouette d'une femme derrière les rideaux en dentelle blancs.

— C'est Charlotte ?

— Non. Sa tutrice, Mme Ryan.

Max vit le rideau bouger et la silhouette disparaître.

— Vous l'avez prévenue de mon arrivée, n'est-ce pas ?

— Oui. Elle vous attend avec appréhension. Son mari et elle considèrent Charlotte comme leur fille.

Max s'en réjouit. Lui-même n'avait pas eu beaucoup de chance avec les familles d'accueil chez qui on l'avait placé. La première, entre autres, ne s'intéressait qu'à l'argent qu'on lui donnait pour s'occuper de lui.

Il retira ses lunettes de soleil et les mit dans la poche de sa chemise.

— Voulez-vous que je vous accompagne ? proposa Harry.

Max secoua la tête sans rien dire. Vingt années d'émotions accumulées l'étouffaient. Il avait besoin de quelques moments d'intimité avec cette Charlotte Wilde, de se rappeler la petite fille avec laquelle il avait ri, joué…

Il se pencha vers le siège avant de sa voiture de location, prit le bouquet de fleurs qu'il avait acheté et se dirigea vers la maison. La porte s'ouvrit avant qu'il ne frappe.

— Je suis Mme Ryan, annonça la femme en lui tendant la main.

Elle avait un visage lisse, encadré par des cheveux prématurément gris.

— Bonjour, madame. Je suis Max Wilde. Harry vous a expliqué la raison de ma visite, je suppose ?

Elle hocha la tête et l'observa un moment, visiblement émue, puis elle s'effaça et lui fit signe d'entrer.

— Charlotte est avec nous depuis huit ans, maintenant. Il y a des jours où elle me donne envie de m'arracher les cheveux, ajouta-t-elle en refermant la porte derrière Max. Des jours où je me dis que j'ai été folle d'accepter cette responsabilité. Mais quand Charlotte sourit, qu'elle met ses bras autour de moi et me dit : « Je t'aime », je réalise que je ne pourrai jamais renoncer à elle. Elle avait une quinzaine d'années lorsqu'elle est arrivée ici. Elle est ravissante, monsieur Wilde, et très douce, mais son âge mental est d'environ cinq ou six ans.

— Vivait-elle dans une autre famille d'accueil, avant ?

— Non. Des randonneurs l'ont trouvée dans le désert, répondit Mme Ryan, les lèvres tremblantes. Elle avait été brutalisée. Mon mari est un des adjoints du shérif, c'est lui qui l'a ramenée à la maison. Elle n'avait aucun papier d'identité sur elle, elle ne correspondait au signalement d'aucune personne disparue, et elle était incapable de tenir des propos cohérents. Pendant des jours, elle s'est contentée de fixer un point sur le mur. Elle a mis longtemps à se souvenir de son nom, mais elle n'a jamais évoqué le passé.

— Elle ne parle jamais de sa famille ? D'anciens amis ?

— Non. Si vous êtes son frère, le fait de vous voir provoquera peut-être un déclic en elle qui lui permettra de progresser. Mais cela risque aussi de l'angoisser terriblement et de la faire replonger dans cet affreux mutisme.

— Je recherche ma sœur depuis plus de dix ans, madame Ryan. Je ne tiens pas à vous faire souffrir, ni vous ni la jeune fille dont vous vous occupez. Mais il faut que je voie Charlotte. J'ai besoin de savoir si c'est ma sœur.

Mme Ryan le regarda de nouveau sans rien dire. Puis elle prit une profonde inspiration, s'engagea dans le couloir et s'arrêta devant une porte. La main sur la poignée, elle se tourna vers Max.

— Je lui ai annoncé votre visite. Je lui ai dit que vous étiez un ami de mon mari et que vous vouliez la rencontrer.

— A-t-elle l'habitude des étrangers ?

— Elle travaille deux jours par semaine pour une société de recyclage, dit Mme Ryan en souriant. Cela lui permet de nouer des relations avec d'autres personnes que nous, et elle gagne un peu d'argent. Elle aime s'acheter des animaux en peluche.

Quand Mme Ryan ouvrit la porte, la première chose que vit Max fut le lit à baldaquin placé à l'autre bout de la chambre inondée de soleil. Les draps étaient décorés d'images de Winnie l'Ourson. De petits animaux en peluche jonchaient le sol et toutes les surfaces disponibles. Assise en tailleur par terre, une jeune fille tenait un grand livre sur ses genoux.

— Charlotte ? appela Mme Ryan d'une voix douce. Voici le monsieur dont je t'ai parlé, Max Wilde.

Charlotte était réellement ravissante. Elle avait une longue tresse noire, d'immenses yeux marron au regard étincelant et un sourire magnifique. Max aurait voulu qu'elle se lève, pour qu'il puisse voir si elle était grande, comme sa mère. Si c'était le cas, cela lui donnerait une raison supplémentaire de penser qu'il s'agissait de sa sœur.

— Vous portez le même nom de famille que moi, dit Charlotte.

Elle s'exprimait lentement, comme si elle devait réfléchir à chaque mot qu'elle employait, mais il aima aussitôt son élocution enfantine.

Ne sachant que dire, il s'approcha d'elle et lui offrit les fleurs.

— Merci, dit-elle poliment. J'aime bien les fleurs. Ce sont des œillets, ajouta-t-elle en montrant les chrysanthèmes jaunes.

Max ne releva pas son erreur.

— Qu'est-ce que tu lis ? demanda-t-il en s'asseyant en face d'elle.

— *La Belle et la Bête*, dit-elle en soulignant du doigt les mots du titre. Maman me le lit souvent. Moi, je regarde surtout les images.

— Tu voudrais que je te le lise ?

Charlotte quêta du regard l'approbation de Mme Ryan, et quand celle-ci hocha la tête, elle tendit le livre à Max.

Du coin de l'œil, il vit Mme Ryan entrer dans la chambre. Elle s'assit sur le lit, prit un animal en peluche et le tint sur ses genoux.

Lorsqu'il ouvrit le livre, il se remémora ces soirs d'autrefois où il lisait des histoires à son petit frère et sa petite sœur, avant qu'ils ne soient séparés. Il s'éclaircit la gorge et commença :

— « Il était une fois... »

Durant sa lecture, il leva de temps en temps les yeux vers Charlotte. Comment savoir si elle était réellement sa sœur ? Il ne se rappelait aucune marque de naissance, aucune cicatrice. Ces vingt années avaient effacé beaucoup de souvenirs...

Il vit Mme Ryan essuyer furtivement une larme et comprit que même si Charlotte était sa sœur, cette femme ne le laisserait pas la lui prendre. Il termina l'histoire et referma le livre.

— Encore une, réclama Charlotte.

— Je pense qu'une histoire suffit, intervint Mme Ryan. M. Wilde va devoir repartir.

Max caressa doucement la joue de Charlotte, le cœur lourd. Elle était douce et adorable, mais sa maison était ici, maintenant. Il était hors de question de l'arracher à son foyer.

— Ça m'a fait plaisir de te rencontrer, dit-il d'une voix enrouée.

Elle lui sourit, ouvrit un autre livre et se mit à regarder les images.

Mme Ryan le suivit hors de la chambre et referma la porte.

— Alors, est-ce votre sœur ? demanda-t-elle d'une voix où perçait l'inquiétude.

— Je ne sais pas. Je n'ai aucune photo. Pas d'empreintes digitales, rien. J'aimerais faire des analyses ADN.

Mme Ryan secoua la tête, et des larmes coulèrent le long de ses joues.

— J'ai besoin de savoir, madame Ryan, et c'est la seule façon pour moi d'être sûr.

— Alors, nous irons devant le juge.

— Je sais que vous l'aimez, mais…

— Je ne vous laisserai pas la prendre, qu'elle soit ou non votre sœur !

— Je ne l'emmènerai pas avec moi. Au début, c'était mon intention, mais visiblement, elle est à sa place chez vous. J'ai simplement besoin de connaître la vérité.

La porte de la chambre se rouvrit, et Charlotte s'approcha de Mme Ryan.

— Qu'est-ce qui se passe, maman ?

— Rien du tout, répondit Mme Ryan en lui souriant. Nous parlions seulement un peu trop fort. Retourne donc dans ta chambre pendant que je dis au revoir à M. Wilde.

— Je peux sortir arroser les fleurs ?

— Bien sûr.

Charlotte leva vers Max ses grands yeux marron.

— Au revoir, monsieur Wilde, dit-elle en agitant la main.

Lorsqu'elle s'éloigna, il remarqua pour la première fois qu'elle boitait légèrement. En fait, une de ses jambes était nettement plus courte que l'autre. Or sa petite sœur adorait danser, elle avait des jambes parfaites…

— Avec le temps, je ne remarque même plus qu'elle boite, lui dit Mme Ryan, quand Charlotte se fut éloignée. J'aurais dû vous en parler plus tôt, mais je n'y ai tout simplement pas pensé. Les médecins nous ont dit que c'était congénital. Ce n'est pas une conséquence des mauvais traitements qu'elle a subis. Vous pouvez contacter notre médecin de famille pour vérifier, si vous le souhaitez.

— Je vous crois, madame Ryan.

Elle toucha doucement le bras de Max.

— Votre sœur boitait ?

— Non, répondit-il, en ravalant la boule de déception qui lui nouait la gorge.

— Oh...

Après un silence, elle reprit :

— Je suis désolée, monsieur Wilde. Je craignais de perdre Charlotte, c'est pour cela que je m'opposais aux tests ADN. Mais, d'une certaine façon, j'espérais quand même qu'elle était votre sœur, pour que vous puissiez me raconter comment elle était, petite.

— Je suis sûr que Charlotte était une enfant merveilleuse, affirma Max, soudain impatient d'être seul avec ses pensées.

Arrivé à la porte, il serra la main de Mme Ryan.

— Pardonnez-moi de vous avoir dérangée. J'espère que cette visite n'aura pas perturbé Charlotte.

— Ça va aller, assura Mme Ryan. Et je vous souhaite de retrouver votre sœur.

— Merci. Elle est quelque part, et j'ai bien l'intention de continuer mes recherches.

15

Après cette visite, Max se sentit épuisé nerveusement. Il essaya de dormir dans l'avion, mais des turbulences l'en empêchèrent. Son esprit était aussi agité que le ciel. Retrouverait-il un jour sa petite sœur ? Son cœur lui disait que oui, mais comment ?

Il arriva chez lui à 2 heures du matin. Les lumières étaient éteintes, la maison calme. Il n'avait plus qu'une envie : parler à Lauren, la serrer dans ses bras.

Comment s'en était-elle sortie avec Jamie et Ryan ? Lui en avaient-ils fait voir de toutes les couleurs ? S'étaient-ils chamaillés ? Avaient-ils refusé de faire leurs devoirs ? Ils étaient capables du pire, il le savait. Mais Lauren ne manquait pas de ressources. Avec elle, les enfants avaient dû trouver une adversaire à leur mesure.

En entrant dans la buanderie, il eut un choc. En partant, ce matin-là, il l'avait laissée jonchée de chaussettes et de serviettes sales, qui avaient à présent disparu. Quant aux vêtements de sport que Ryan avait rapportés de l'école, ils avaient été lavés, séchés et pliés.

Pas de vaisselle sale empilée dans la cuisine. Un vase rempli de fleurs du jardin trônait au milieu de la table, diffusant un parfum qui changeait agréablement de l'odeur d'épices, de fruits et de viande marinée.

Sur la table, à côté de la feuille sur laquelle il avait noté les numéros de téléphone à composer en cas d'urgence, il vit la liste des instructions qu'il lui avait laissée. Elle avait coché en rouge chaque recommandation et griffonné en bas de la page :

Cher Max,

Merci infiniment de m'avoir demandé de garder Jamie et Ryan. C'était presque le plus beau jour de ma vie. Le plus beau, c'était samedi soir, avec toi.

Lauren

Il sourit, plia la feuille en quatre et la fourra dans sa poche. Il la garderait précieusement, au cas où elle aurait besoin un jour d'un petit rappel. Il retira ensuite son blouson, ses bottes et ses chaussettes, avant d'entrer dans le salon sur la pointe des pieds. Lauren avait peut-être décidé de dormir sur le canapé, et il ne voulait pas la réveiller.

Là encore, il fut surpris. Pas de paquets de chips vides, pas de canettes à moitié pleines, pas de MTV beuglant dans le vide. La pièce était impeccable.

Lauren avait dû soudoyer les enfants. Il ne voyait aucune autre explication à ce petit miracle, à moins qu'elle n'ait tout rangé elle-même. Cette pensée le fit rire. Il avait du mal à imaginer l'élégante et distinguée Mlle Remington en femme d'intérieur.

Il ouvrit la porte de la chambre de Ryan, sur laquelle était placardé un panneau de sens interdit, et constata que la frénésie de rangement s'était arrêtée là. Il entra et entreprit de slalomer entre les ballons de basket, les vêtements de sport, les chaussures de tennis et les jeans éparpillés un peu partout. Ryan aimait son bazar et interdisait à quiconque d'y toucher. Après tout, cela ne regardait que lui. Tôt ou tard, cela lui passerait.

Ces deux dernières années, Ryan avait accumulé tout un bric-à-brac d'articles liés au sport. Les murs étaient couverts de posters de Michael Jordan, Larry

Bird, Kareem Abdul-Jabbar et Wilt Chamberlain, son idole.

Max ne doutait pas que Ryan puisse obtenir une bourse et devenir un grand joueur de basket. Il l'encourageait de toutes les manières possibles, mais il ne prendrait pas la décision pour lui. Ryan savait ce qu'il devait faire pour réussir, et c'était à lui de s'en donner les moyens. S'il se cassait la figure, il n'aurait qu'à se relever et recommencer.

Mais en le voyant endormi, les couvertures en tas par terre, les bras autour d'un ballon de basket, Max eut l'impression de se retrouver devant un petit garçon. Attendri, il se pencha et déposa un baiser sur le front de Ryan, chose qu'il n'avait jamais le droit de faire quand celui-ci était éveillé.

Il ressortit et alla dans la chambre de Jamie. Lauren était là, assise sur une chaise à côté du lit de la fillette, un livre ouvert sur les genoux, les yeux fermés, la tête penchée sur le côté.

Chaque fois qu'il la voyait, il la trouvait plus belle que la fois précédente. Il mourait d'envie de la réveiller et de la prendre dans ses bras, mais il voulait d'abord embrasser Jamie. Il s'assit au bord du lit et écarta une mèche qui tombait sur le front de sa petite fille. Puis il remonta le drap sur ses épaules et déposa un baiser sur sa joue. Elle remua, se retourna, battit des paupières et retomba dans le sommeil avec un soupir bienheureux.

Lentement, il se releva et remarqua soudain quelque chose, à la lueur du clair de lune. Dans un coin de la chambre de Jamie s'entassaient des sacs blancs, noirs, roses et dorés sur lesquels s'étalaient les noms de boutiques sélects de Palm Beach. La corruption ! C'était donc cela !

— On s'est bien amusés, tous les trois.

Il se retourna en entendant chuchoter Lauren. Elle avait ouvert les yeux et l'observait. Il tendit les mains vers elle. Dès l'instant où leurs doigts se touchèrent, il réalisa combien il avait besoin d'elle, combien il aimait sa chaleur, combien sa présence le réconfortait. Ils se connaissaient depuis une semaine à peine, mais ces quelques jours avaient pris la dimension de l'éternité.

Ils quittèrent ensemble la chambre de Jamie. Comme il refermait précautionneusement la porte, Lauren dit à voix basse :

— Tu as l'air fatigué.

— La journée a été longue.

— C'est ce que j'ai compris quand j'ai écouté ton message. Je suis désolée que tu n'aies pas retrouvé ta sœur, ajouta-t-elle en lissant une mèche de cheveux noirs sur son front.

— Ce n'est pas la première fois que je pars sur une fausse piste.

Les doigts de Lauren s'attardèrent sur sa joue, puis descendirent jusqu'à son cou.

— Tu veux boire quelque chose ?

— Ce n'est pas de cela que j'ai besoin, répondit-il, avant de poser ses lèvres sur les siennes.

Son baiser, d'abord doux, devint vite impérieux. Il la plaqua contre le mur et l'embrassa à lui couper le souffle.

— Lauren, jamais je n'ai eu autant envie d'une femme, chuchota-t-il. Mais je ne veux pas qu'on fasse ça dans le couloir, à côté des chambres de Jamie et de Ryan.

Elle enlaça ses doigts aux siens et l'entraîna plus loin. Dans la buanderie, elle prit son sac et ses chaussures, qu'elle avait laissés au pied de la machine à laver.

— Tu as besoin de dormir, Max. Je devrais rentrer chez moi.

— Si je me couche maintenant, je vais passer la nuit à me tourner dans mon lit en pensant à toi. J'ai besoin de parler de ma journée, de toi et de moi, de ce qui nous arrive.

— J'ai apporté un maillot de bain, dit-elle en lui massant les épaules. Il fait bon, et la piscine me tente. Viens, on va discuter et se détendre.

Il voyait mal comment il pourrait se détendre, avec Lauren en naïade sensuelle à ses côtés.

— Si je vais dans l'eau avec toi, je ne réponds de rien.

— J'ai l'intention de nager, c'est tout.

— J'ai peut-être d'autres projets.

Un sourire effleura les lèvres douces de Lauren.

— Je vais courir le risque.

Max eut soudain un éclair de lucidité. Il allait se retrouver seul avec Lauren dans une piscine. C'était complètement fou. Il ne pourrait jamais résister.

Non, se dit-il. Pas dans sa piscine, alors que les enfants risquaient à tout moment de se réveiller et de les surprendre. Il allait devoir garder son sang-froid... Plus facile à dire qu'à faire, songea-t-il. Bon sang, il avait l'impression d'être un collégien le jour de sa première sortie avec une fille !

Il alla se changer dans sa chambre, puis il prit des serviettes et sortit dans l'air tiède de la nuit. Lauren était déjà dans l'eau jusqu'à la taille, magnifique au clair de lune. Il plongea dans la piscine, tête la première.

L'éclairage sous-marin faisait miroiter les jambes de Lauren. Toujours sous l'eau, il nagea autour d'elle, frôla ses cuisses, puis il posa les mains sur ses hanches et remonta à la surface. Leurs regards se croisèrent. Il se rapprocha pour l'embrasser, mais elle s'écarta en riant et nagea vers les marches, où elle s'assit.

— Tu as peur ?

— Oui, mais pas de toi, répondit-elle.

— De quoi as-tu peur, alors ? demanda-t-il en se campant en face d'elle, les cheveux dégoulinants.

— De moi-même. Je sais que j'ai besoin de prendre mon temps, mais j'ai envie d'aller vite. J'ai du mal à jongler avec ces deux émotions.

— Fais ce qui te paraît bien.

Elle posa les mains sur le ventre plat de Max et joua avec ses poils mouillés.

— Te toucher, par exemple ?

Il serra les dents lorsqu'elle embrassa son nombril. Si elle continuait comme ça, il risquait d'oublier jusqu'à la présence de ses enfants ! Alors, il lui écarta légèrement les jambes, se retourna et se laissa glisser entre ses cuisses, une marche en dessous d'elle.

— Détends-toi, murmura-t-elle.

Et de nouveau, elle lui massa le dos, les épaules, la nuque. Il laissa opérer la magie de ses mains.

— Parle-moi de ta sœur, demanda-t-elle, tandis que ses doigts remontaient vers ses tempes en formant de petits cercles sur sa peau. Comment s'appelle-t-elle ?

— Charlotte.

— Tu ne crois pas qu'elle a pu changer de nom ? Prendre celui de ses parents adoptifs, par exemple ? C'est peut-être pour cela que tu as du mal à la retrouver.

— J'ai envisagé un million d'hypothèses. La seule chose que je me refuse à imaginer, c'est qu'elle soit morte.

Il ferma les yeux, lui prit la main et la porta à sa bouche pour l'embrasser longuement.

— Je la recherche depuis que j'ai vingt ans. Parfois, je suis découragé, je l'avoue.

Il attira les bras de Lauren autour de lui et les serra contre son torse. Puis il lui raconta son enfance, la fuite de son père, ses retrouvailles avec sa mère, qui s'était trouvé un riche mari. Loretta Wilde avait prétendu n'avoir jamais eu d'enfants appelés Max, Charlotte et Zack. Elle avait même pris le téléphone pour appeler la police. Il n'avait pas insisté.

— Je suis désolée, Max.

— C'est du passé. Je l'ai rangée dans un coin de ma mémoire d'où elle ne sort plus. J'essaie de ne pas trop penser à Zack, parce que je ne peux pas le ressusciter, mais je n'arrive pas à me sortir Charlotte de l'esprit.

— Tu la retrouveras, murmura Lauren en lui embrassant l'épaule.

Il se retourna et changea de place avec elle. Quand ils furent tous deux installés, il déposa un baiser sur le sommet de son crâne et posa son menton sur la douce masse de ses cheveux.

— À moi de te masser. Raconte-moi ta journée.

— Eh bien, tu vois, il se pourrait que je fasse une mère acceptable, finalement. Je n'ai pas eu à menacer ni à hausser le ton, et quand Jamie et Ryan ont compris que je ne me laisserais pas intimider, tout s'est très bien passé.

— Je suppose que les courses ont fait des merveilles.

Elle leva la tête vers lui et vit ses yeux noirs pétiller.

— Le shopping peut accomplir des miracles.

— J'ai vu un nouveau ballon de basket dans la chambre de Ryan. Il l'a eu avant ou après avoir fait son devoir d'histoire ?

— Après, bien sûr. J'ai cru qu'on n'en verrait jamais le bout.

— Et Jamie ? demanda-t-il. Que lui as-tu acheté ?

— Quelques tee-shirts adorables, une paire de sandales, des petites culottes et des soutiens-gorge.

Les doigts de Max s'immobilisèrent sur ses épaules.

— C'est elle qui t'a dit qu'elle avait besoin de tout ça ?

— Bien sûr que non. C'était mon idée.

— Mais elle a déjà tout ce qu'il lui faut, y compris des soutiens-gorge !

Lauren se retourna, les sourcils froncés.

— Tu appelles ces horreurs informes que tu lui as achetées des soutiens-gorge ?

— Mais elle a onze ans !

— Peut-être, mais il lui fallait quelque chose de plus féminin, et c'est exactement ce que je lui ai acheté.

— Pas chez Victoria's Secret, j'espère ?

— Mais non, voyons. Nous sommes allées dans la boutique où je me procure pratiquement toute ma lingerie. Nous avons eu la chance de trouver sept ensembles charmants de couleurs différentes.

— Et tu as acheté les sept ?

— Bien sûr. Ce n'était pas si cher que ça, figure-toi.

— Qu'est-ce que tu appelles « pas si cher que ça » ? Je gagne bien ma vie et j'ai quelques investissements avisés qui me permettent de mettre du beurre dans les épinards, mais si tu donnes des goûts de luxe à Jamie, je vais me retrouver fauché en un an !

— Je ne peux pas te dire le prix, c'est un cadeau. Sincèrement, Max, Jamie avait besoin que quelqu'un comme moi l'emmène acheter des soutiens-gorge. Évidemment, ils ne vont pas tarder à être trop petits.

— Tais-toi.

— C'est inéluctable.

— La seule poitrine qui m'intéresse, en ce moment, c'est la tienne, grommela-t-il. J'en rêve, j'adore la regarder, je meurs d'envie de la toucher…

— Oh, Max, comme c'est gentil de dire ça !

— Ne t'attends pas à ce que je te fasse des compliments comme ça tous les jours, dit-il en souriant. Cela me prend beaucoup d'énergie de prononcer des paroles aussi créatives.

— Et moi, je crois que cela ne te demande aucune énergie, corrigea-t-elle. Simplement, quand tu t'énerves, toutes sortes de choses agréables sortent de ta merveilleuse bouche, dit-elle en embrassant ses lèvres avec légèreté.

— J'ai tendance à m'énerver facilement, quand tu es dans les parages.

— J'ai remarqué. C'est pourquoi je vais m'en aller, ajouta-t-elle en sortant de la piscine et en passant ses doigts dans ses cheveux pour les discipliner. Si je reste, tu vas finir par être trop énervé pour pouvoir dormir.

— Je n'ai aucune envie de dormir.

Il la suivit dans le patio et lui tendit une serviette.

— Je sais ce que tu as envie de faire, dit-elle. Moi aussi, j'en ai envie.

— Alors, ne pars pas. Je vais éteindre les lumières, et on retournera dans la piscine.

— Ce n'est ni le lieu, ni le moment, lui rappela-t-elle à contrecœur.

— Demain soir, alors ?

Elle l'embrassa sur la bouche.

— D'accord. Viens dîner chez moi. Ma cuisinière est revenue cet après-midi. Ma mère est partie, et la maison est pratiquement vide. Sois là à 20 heures. Tu pourras peut-être me redire que tu aimes mes seins.

— Je te le prouverai de mille façons.

Elle sourit. Max la regarda attraper son sac et se diriger vers sa voiture. Elle n'était qu'à quelques mètres de lui, mais elle lui manquait déjà.

Lauren mit le contact et baissa sa vitre.

— Charles nous montera une bonne bouteille de la cave, et je dirai à Mme Fisk qu'elle ne s'embête pas à préparer un dessert.

— Bonne idée, approuva Max. Tu me suffis amplement, comme dessert.

16

Lauren passa la moitié de la matinée entre Ralph Lauren, Chanel et Cartier, à chercher la tenue et les accessoires parfaits pour sa soirée romantique. Max ne remarquerait probablement pas ses efforts, obnubilé qu'il était par l'envie de la voir nue, mais elle voulait être superbe quand il la déshabillerait.

À midi, on lui apporta une salade de pâtes aux fruits de mer pendant que Frederico la coiffait. Puis elle sirota un Perrier tandis que Lola s'occupait de ses ongles, et Linda lui fit un nettoyage de peau. Enfin, lorsque Shirley appliqua la cire sur ses jambes et d'autres parties de son anatomie, elle demanda un verre de chablis. L'épilation était un moment peu agréable, et le vin l'aidait à supporter la douleur.

— Holly Rutherford est venue tôt ce matin, raconta Shirley. Cette femme est un vrai moulin à paroles. Naturellement, elle m'a raconté pour la énième fois l'histoire de son gâteau de mariage renversé.

— Elle continue à me le reprocher ? demanda Lauren, les dents serrées.

— Bien sûr, mais tout le monde sait que ce n'était pas votre faute.

Shirley se pencha plus près de l'oreille de Lauren.

— Mme Rutherford est très chiche en matière de pourboires, contrairement à vous. Et elle nous a informés qu'elle ne voulait plus qu'on l'appelle Holly, mais

Mme Rutherford, étant donné qu'elle est mariée, maintenant.

Shirley secoua la tête.

— Cette femme est insupportable, avec ses airs supérieurs, et ici, personne ne lui accorde de privilèges. Nous savons qui nous devons croire, et nous savons qui nous aimons, ajouta-t-elle en tapotant la main de Lauren.

— Merci, Shirley, c'est vraiment gentil.

— En plus, vous, vous n'êtes pas du genre à cancaner. Mais Holly Rutherford, elle n'arrête pas une seconde, entre le moment où elle entre et celui où elle repart. C'est une vraie langue de vipère. Et maintenant, elle s'attaque même à des gens de West Palm Beach. Vous vous rendez compte ?

Shirley arracha une bande de cire et continua à papoter.

— Ce matin, j'ai eu droit à toute l'histoire des bijoux volés.

Une sonnette d'alarme se déclencha dans la tête de Lauren.

— A-t-elle dit ce qu'on lui avait pris ?

— Vous pensez bien que oui. Une aigue-marine de cinquante-quatre carats avec un pendentif en diamants. Mme Rutherford a insisté sur la taille de l'aigue-marine. Elle pense qu'on la lui a volée samedi dernier, probablement au mariage de Betsy Endicott.

Shirley poussa un petit cri.

— Doux Jésus ! Le mariage de Betsy avait lieu chez vous ! On ne vous a rien dérobé, au moins ?

— Non, bien sûr.

Lauren n'avait pas l'intention de parler du collier de Bunny Endicott.

— À mon avis, il est fort possible que Mme Rutherford ait tout simplement égaré son pendentif. N'empêche, elle a affirmé à la police qu'il avait certainement disparu au mariage de Betsy Endicott, parce que la mère de la mariée s'était justement fait voler des bijoux ce jour-là.

— La police est intervenue ? demanda Lauren, le cœur battant.

— Mme Rutherford a traité les policiers d'incapables. D'après elle, ils n'avaient pas l'air de se soucier de la disparition de sa précieuse aigue-marine. Apparemment, ils lui ont conseillé de faire une déclaration à sa compagnie d'assurances.

— C'est tout ? Ils ne vont pas enquêter ?

— Eh bien, toujours d'après Mme Rutherford, le traiteur qui assurait la restauration au mariage n'était pas quelqu'un de très fréquentable. Elle a dit qu'il vivait dans un quartier louche, j'en passe et des meilleures... Entre parenthèses, cette femme n'a aucun tact, car elle sait bien que j'habite aussi à West Palm Beach. Bref, elle a déclaré à la police que c'étaient sûrement le traiteur et son équipe les coupables. Et il paraît que des policiers sont allés chez vous et se sont entretenus avec votre majordome.

— Quoi ?

— Il me semble que c'est ce qu'elle a dit... Mais si c'était vrai, vous le sauriez, non ?

Bonne question, songea Lauren, qui mourait d'envie de connaître la réponse.

Lauren trouva Charles dans la cuisine, en grande conversation avec Mme Fisk. Elle s'éclaircit la gorge.

— Excusez-moi de vous interrompre...

— Oh, ça ne fait rien, mademoiselle Remington. Je racontais à Charles mes vacances à Tahiti.

— J'aimerais vous dire un mot en privé, Charles.

— Bien sûr, mademoiselle Remington, répondit le majordome en se levant.

Il suivit Lauren dans le jardin d'hiver, qu'elle se mit à arpenter de long en large.

— Quelque chose vous tracasse, mademoiselle Remington ? demanda-t-il au bout d'un moment.

Elle s'arrêta, croisa les mains dans son dos et le regarda en fronçant les sourcils.

— La police est-elle venue ici, récemment ?

Il baissa les yeux.

— Ma foi, oui, il me semble, pendant que vous étiez à New York.

— Puis-je savoir pour quelle raison ?

— Ils se demandaient si des bijoux avaient été dérobés pendant le mariage.

— Je vois.

Elle se remit à marcher, contrariée que Charles lui ait caché cet épisode.

— Donc, ils vous ont posé des questions ?

— Oui, mais je n'ai rien pu leur dire. Je leur ai expliqué que je n'avais rien remarqué d'anormal pendant la réception et que je n'avais vu aucun individu suspect se promener dans le jardin ou dans la maison.

— Ont-ils fait allusion à quelqu'un en particulier ?

— Ils m'ont parlé de M. Wilde et de son personnel, et je leur ai répondu que ni vous ni moi n'avions de raison de soupçonner M. Wilde de vol. J'ai ajouté que nous le considérions comme un homme charmant et un chef admirable. Quant au personnel, j'ai fait remarquer que l'une des serveuses était agent de police.

Lauren sourit, immensément soulagée.

— Merci, Charles.

— Je vous en prie. J'ai également souligné qu'il y avait près de deux cents personnes conviées au mariage, et je leur ai proposé de leur donner la liste des invités, avec adresses et numéros de téléphone, car n'importe lequel d'entre eux aurait pu dérober les bijoux. J'ai précisé que Mme Endicott et Mme Rutherford avaient passé leur temps à montrer leurs bijoux avec ostentation.

Lauren sourit et demanda :

— Puis-je vous poser encore une question, Charles ?

— Je vous en prie.

— Pourquoi ne m'avez-vous rien dit ?

— Je me sentais capable de dissiper les rumeurs et je ne voyais pas l'utilité de vous causer du souci pour rien.

— J'apprécie votre sollicitude, soyez-en sûr, mais à l'avenir, vous voudrez bien me tenir au courant, afin que je n'apprenne pas ce genre de chose de la bouche de mon esthéticienne ?

Il hocha solennellement la tête.

— Très bien.

— Autre chose, Charles, ajouta Lauren en le regardant dans les yeux.

— Oui ?

Elle noua les bras autour de son cou et appuya sa joue contre la sienne.

— Je vous aime, je vous ai toujours aimé et je vous aimerai toujours. Vous le savez, n'est-ce pas ?

Lauren sentit Charles se détendre un peu, et il lui tapota doucement le dos.

— C'est réciproque, dit-il en toussotant.

Puis il se libéra de son étreinte.

— Si vous voulez bien m'excuser, je vais aller m'occuper du vin pour votre dîner de ce soir. Désirez-vous quelque chose en particulier ?

Cette fois, ce fut Lauren qui baissa les yeux.

— Euh... oui. Pourrez-vous mettre une bouteille de Dom Pérignon dans ma chambre pendant que nous dînerons ?

Les pommettes un peu roses, Charles répondit :

— Bien entendu. Si vous le souhaitez, je vous monterai également une boîte de chocolats. Cela accompagne divinement le champagne.

Lauren sourit.

— Vous pensez à tout, n'est-ce pas, Charles ?

— Je fais de mon mieux.

— Je vous en suis extrêmement reconnaissante.

— Ne l'oubliez pas au moment des étrennes, lui dit-il.

Il lui adressa un grand sourire et disparut aussitôt.

Lauren poussa un soupir d'aise et prit son carnet d'adresses. Maintenant que la vie était redevenue belle, il était temps de songer à sa petite entreprise.

Paige Carlyle, la fille d'une des meilleures amies de sa mère, était la première sur sa liste.

— Comment vas-tu ? demanda Lauren après les salutations d'usage.

— Merveilleusement bien, répondit Paige. Jeffrey et moi venons d'acheter une maison à Newport. Nous la faisons entièrement redécorer. Lillian Spralding, la décoratrice qui a refait la maison de mes parents en Californie, s'occupe de tout le mobilier et des tableaux.

— C'est formidable, dit Lauren.

— Bien sûr, c'est un projet de longue haleine, mais d'après Lillian, nous pourrons emménager dès que nous reviendrons de notre voyage de noces, au printemps prochain.

— Vous avez choisi une date pour le mariage, alors ?

— Oui, le 12 février. Mais tu sais, Lauren, j'ai besoin d'un professionnel pour organiser mon mariage. Il y a trop d'incidents, quand c'est toi qui t'en charges.

— Tu fais allusion à ce stupide épisode avec le gâteau ?

— Évidemment ! Je n'aurais pas aimé être à la place de Holly Rutherford, ce jour-là. Sans parler de ce traiteur que tu as engagé pour le mariage de Betsy !

— La cuisine était délicieuse !

— Il ne suffit pas que les invités se régalent, Lauren. Betsy est un amour, et je sais qu'elle ne dira jamais rien, mais elle a dû être mortifiée en voyant la tête des serveurs.

— Tu as sans doute raison, dit Lauren en ravalant son amour-propre. Si tu préfères, je te trouverai un autre traiteur.

— Nous en avons déjà contacté plusieurs. Je dois les rencontrer bientôt.

— Je vois. Bon, j'imagine que tu es très occupée. Je

ne veux pas te retenir plus longtemps. S'il y a quoi que ce soit que je puisse faire...

— D'accord, je garde ta proposition en tête. Il faut que je file, maintenant. À bientôt.

Lorsque Paige eut raccroché, Lauren grommela dans le téléphone :

— Et j'espère que tout ton buffet tombera dans la piscine !

Elle se mit à arpenter la pièce pour apaiser sa colère, son carnet d'adresses à la main.

Blayne Whitfield lui réserva un accueil similaire, bien qu'un peu moins sec. Quant à Kitty Burke, elle lui apprit sans ménagement que ses amis se moquaient d'elle dans son dos.

— Méfie-toi, Lauren. Bientôt, tu ne seras plus invitée nulle part.

Soudain, tout se brouilla devant les yeux de Lauren.

Elle avait encore échoué.

17

Max serait son salut.

Lui seul pourrait lui faire oublier ses soucis, et sans le moindre effort. Un simple sourire, une caresse du bout des doigts, et elle ne penserait plus à ses problèmes.

Elle ne lui parlerait pas de ses échecs, ce soir. Demain, elle lui confierait peut-être ses angoisses, mais pour l'instant, elle n'avait envie que de laisser libre cours au désir qui les consumait tous les deux.

Elle vérifia une dernière fois sa tenue dans le miroir du couloir. Sa robe en soie rouge avait un décolleté plongeant. Elle lui arrivait aux chevilles, mais elle était fendue sur le côté gauche presque jusqu'à la hanche. Dessous, elle ne portait que des sous-vêtements en soie rouge. Seuls accessoires, de longues boucles d'oreilles en rubis et diamants, qui mettaient en valeur la masse brillante de ses cheveux. De délicates sandales Manolo Blahnik serties de perles rouges complétaient sa tenue.

Elle descendait l'escalier quand elle vit Max. Avec son blouson en cuir noir, son pantalon noir et sa chemise blanche, il était magnifique, comme toujours.

— Bonsoir, dit-elle.

Elle prit la main qu'il lui tendait et le laissa l'attirer dans ses bras.

— Tu es ravissante, murmura-t-il tout contre son oreille.

Il l'embrassa dans le cou, et Lauren fut saisie d'un frisson de bonheur absolu. Elle aurait pu rester ainsi des heures, à savourer le contact de ses lèvres sur sa peau... Mais pour l'instant, elle avait aussi envie de savourer son rire, sa conversation, et de partager avec lui une bonne bouteille de vin et un repas qui promettait d'être délicieux.

Elle se ressaisit et demanda :

— Tu veux boire quelque chose avant de dîner ?

— Et si on passait tout de suite au dessert ? proposa-t-il d'une voix rauque en déposant de petits baisers légers sur ses lèvres.

— Mmm, gémit-elle, comme c'est tentant... Mais je...

— Lauren, ma chérie !

Lauren s'arracha vivement à Max et fit volte-face. Elle eut le temps de voir une grimace de mépris sur les lèvres de sa mère, aussitôt remplacée par un sourire forcé.

Elle inspira un grand coup, en espérant qu'elle n'était pas rouge de honte.

— Qu'est-ce que tu fais ici, maman ?

— Je suis venue t'empêcher de commettre une bêtise, déclara Celeste avec un petit rire.

Elle s'avança vers Max et lui serra la main.

— Enchantée de vous revoir, monsieur Wilde.

Lauren admira Max de sourire aussi poliment. Pour la première fois de sa vie, elle aurait aimé que sa mère se volatilise sous ses yeux. Et quand Gerald Harcourt apparut à son tour, image même de la sophistication dans son smoking sur mesure, son indignation ne connut plus de bornes. Si elle avait eu une baguette magique sous la main, elle l'aurait envoyé en Alaska sur-le-champ. Malheureusement, elle n'était pas en très bons termes avec sa marraine la fée, ces derniers temps.

— Je vous présente Gerald Harcourt, dit Celeste à Max, avec une pointe de dédain manifeste.

— Il me semble que nous nous sommes déjà rencontrés, dit Gerald.

Les deux hommes se serrèrent la main sans enthousiasme.

— Je croyais que tu devais retourner à Londres, dit Lauren à sa mère.

— Andrew avait encore des affaires pressantes à régler. Par chance, Gerald m'a appelée pour me proposer de partir naviguer quelques jours avec lui. Alors, nous avons décidé de passer te prendre, conclut-elle.

Elle posa la main sur le bras de Gerald.

— Gerald a participé à l'America's Cup, l'an dernier. Faites-vous de la voile, monsieur Wilde ? demanda-t-elle avec un sourire affecté.

— Non. Je préfère la moto.

— Ah, oui ! Comment ai-je pu l'oublier ?

— Max restaure aussi des motos, précisa Lauren. Et des voitures de collection.

— J'ai un faible pour les voitures de collection, intervint Gerald en emmenant Celeste au salon, sans se soucier de savoir si Lauren et Max les suivaient.

— Gerald et moi pensions aller dîner chez *Bice*, dit Celeste. Tu te joins à nous, ma chérie ?

— Nous dînons ici, Max et moi, déclara Lauren en s'efforçant de rester souriante et maîtresse d'elle-même. Mme Fisk revient tout juste de Tahiti, et elle nous a concocté un repas exotique.

— Oh, je suis désolée, monsieur Wilde, dit Celeste. Je vous croyais ici pour affaires.

— Je ne suis venu que pour Lauren, déclara-t-il en passant un bras possessif autour de la taille de la jeune femme.

— Comme c'est charmant ! commenta Celeste en se tournant vers Gerald. Vous savez, mon cher, j'ai beaucoup bougé, ces derniers temps. Je crois que je préférerais ne pas sortir, pour une fois. Cela ne vous ennuie pas, n'est-ce pas ?

Gerald faisait déjà comme chez lui et se servait un Chivas Regal.

— Pas du tout, répondit-il.

— Je crains que...

La protestation de Lauren fut interrompue par les doigts de Max, qui lui serrèrent brusquement la taille.

— Nous sommes heureux que vous vous joigniez à nous, dit Max avec une cordialité outrée. Et je me réjouis de cette occasion de mieux vous connaître tous les deux.

— Si vous voulez m'excuser un moment, intervint Lauren, en espérant qu'on n'entendait pas trop grincer ses dents. Je vais prévenir Mme Fisk et Charles que nous serons quatre.

— Merci, ma chérie, dit Celeste.

Puis elle se tourna vers Max, manifestement décidée à endosser le rôle d'hôtesse.

— Gerald prépare merveilleusement le martini. En désirez-vous un ?

— Je préfère la bière, merci.

— Oui, bien sûr. J'aurais dû m'en douter.

Dès qu'elle fut dans la cuisine, Lauren se laissa tomber sur une chaise.

— Il y a du nouveau, annonça-t-elle en soupirant. Ma mère vient de débarquer, avec Gerald Harcourt sur ses talons.

— Mon Dieu, mon Dieu...

Lauren sourit, un peu rassérénée par la réaction de son fidèle majordome.

— Puis-je faire quelque chose pour arranger la situation ? demanda ce dernier.

— À moins de les ligoter tous les deux et de les jeter dans la cave, je ne vois pas.

— Il doit y avoir de la corde au garage, dit Charles, impassible.

— Vous feriez réellement ça pour moi ?

— C'est fort possible.

— Et je l'aiderais sans hésiter, intervint Mme Fisk. Comment osent-ils interrompre une soirée romantique ? Sans parler du travail supplémentaire que cela me donne !

— Pour être tout à fait honnête, je dois dire qu'ils ignoraient qu'ils allaient interrompre quelque chose.

— Si vous voulez mon avis, poursuivit la cuisinière, vous êtes bien trop indulgente avec lady Ashford. Je sais que c'est votre mère et tout ça, mais franchement, mademoiselle Remington, il est temps que vous défendiez un peu votre bout de gras.

— Si je puis me permettre, je suis entièrement d'accord, approuva Charles. Votre mère était charmante lorsqu'elle était jeune et amoureuse de votre père. Mais elle a laissé les conventions, les différences de condition sociale et une mère autoritaire s'immiscer entre eux. J'espère qu'il ne vous arrivera pas la même chose, mademoiselle Remington, ajouta-t-il en posant la main sur l'épaule de Lauren.

— Ma condition sociale a pris du plomb dans l'aile, dernièrement. Quant aux conventions, est-ce que cette robe fait jeune fille de bonne famille, franchement ?

— Grands dieux, non ! fit Mme Fisk en gloussant.

Lauren sourit et se leva, réconfortée par le soutien et l'amitié de ses deux domestiques.

— Merci, vous m'avez donné du courage. Je vais retourner là-bas, j'ai peur que maman et Gerald ne fassent des crasses à Max.

— Je suis tout à fait sûr que M. Wilde est capable de s'en sortir, assura Charles.

Quand Lauren regagna le salon, elle se rendit compte immédiatement que son majordome, comme d'habitude, avait vu juste.

Appuyé contre le piano, Max arborait un air détendu. On eût dit que le venin contenu dans chaque parole de lady Ashford ne l'atteignait pas. Il était évident qu'elle le détestait, purement et simplement, mais il ignorait ses piques et gardait un calme admirable.

Quant à Gerald, c'était pire. Il transpirait l'hypocrisie. Pompeux, souriant, il plaisantait et riait de tout ce qui se disait. Au moins, la mère de Lauren ne cachait pas son animosité. Or Max admirait la franchise.

Il regarda Lauren revenir, éclatante de beauté dans sa robe rouge, et maudit intérieurement ces deux intrus.

— Dites-moi, Gerald, que faites-vous dans la vie ? demanda-t-il en attirant la jeune femme à ses côtés.

— Rien d'aussi fascinant que la grande cuisine. Je boursicote, je voyage…

— Il vient d'acheter une île aux Fidji, précisa Celeste. Connaissez-vous les Fidji, monsieur Wilde ?

Max but une gorgée de bière.

— J'y suis allé une fois, pour travailler comme cascadeur sur le tournage d'un film d'action.

— C'est comme ça que tu t'es cassé le nez ? demanda Lauren en passant le doigt sur l'arête de son nez, ce qui lui valut un regard assassin de sa mère.

— La première fois que je me le suis cassé, j'avais huit ans. Accident de voiture, expliqua-t-il, laconique.

Leur père, ivre, avait heurté violemment une voiture en stationnement. Zack était sur le siège passager, attaché. Assis à l'arrière, Max et Charlotte avaient été projetés dans le pare-brise. Il fronça les sourcils en se souvenant brusquement que Charlotte avait eu des points de suture à la racine des cheveux. Elle avait forcément dû en conserver une cicatrice.

— La deuxième fois, c'était aux Fidji, reprit-il.

— Racontez nous cela, monsieur Wilde, demanda Celeste.

— Il s'agissait d'une scène de poursuite entre deux hors-bord. Celui dans lequel je me trouvais était équipé pour exploser dès que j'aurais sauté par-dessus bord. Malheureusement, il y a eu une petite erreur de chronométrage. Je m'en suis tiré, mais avec une double fracture du tibia, un bras abîmé, le nez cassé et une commotion cérébrale qui m'a obligé à passer quinze jours à l'hôpital.

Max se tourna vers Gerald.

— Vous arrive-t-il ce genre d'aventure quand vous êtes sur votre île ?

— Oh, non ! Je mène une vie tranquille.

— Mon premier mari, le père de Lauren, était un champion de rodéo, raconta Celeste. Il a été blessé assez souvent, lui aussi. Je me souviens d'une fois...

Gerald lui coupa la parole, ce qui sembla agacer Celeste.

— Pourquoi avoir abandonné votre carrière de cascadeur ? demanda-t-il à Max.

— Mon père adoptif était malade, il fallait que quelqu'un reprenne son affaire. De toute façon, je gagnais mal ma vie, à Hollywood. C'est un peu comme le rodéo, ajouta-t-il à l'adresse de Celeste. Ça peut rapporter très gros ou rien du tout.

— Et maintenant, comment vous en sortez-vous, financièrement ? demanda Celeste.

Max crut voir son regard se réchauffer légèrement, et il songea qu'un jour, avec un peu de chance, ils arriveraient à s'entendre.

— Plutôt bien, répondit-il.

— Et vous avez deux enfants ?

— Oui, Jamie et Ryan, répondit-il en hochant la tête.

— Vous les avez adoptés, si j'en crois Lauren, poursuivit Celeste en sirotant une gorgée du martini que Gerald lui avait préparé. Et vous les faites travailler ? Si jeunes ?

— C'était exceptionnel... intervint Lauren.

Elle fut sauvée par l'apparition de Charles.

— Le dîner est servi, annonça-t-il.

— Merci, Charles, répondit Celeste en prenant le bras de Gerald. Nous continuerons cette charmante conversation autour du délicieux repas de Mme Fisk.

Gerald conduisit Celeste vers la salle à manger, mais Max retint Lauren par la main.

— Que se passerait-il si nous leur faussions compagnie ? lui demanda-t-il en la plaquant presque brutalement contre sa poitrine.

— Ma mère lâcherait les chiens, et on retrouverait des morceaux de ton corps aux quatre coins de la ville.

— Je n'ai pas peur de ta mère. Si n'importe qui d'autre nous avait interrompus, je l'aurais renvoyé à coups de pied aux fesses. Mais je ne veux pas te causer de problèmes.

— Merci, chuchota-t-elle, les lèvres contre les siennes. Je te revaudrai ça.

Il sourit.

— J'y compte bien.

Ils rejoignirent les autres d'un pas nonchalant, main dans la main. Charles avait déjà servi le vin, et Mme Fisk disposé des hors-d'œuvre appétissants sur la table.

Celeste orienta la conversation vers l'organisation de mariages, sujet qu'aurait préféré éviter Lauren.

— J'ai déjeuné avec Amanda Carlyle, à Rio, annonça-t-elle. C'était très agréable. Sa fille t'a-t-elle contactée pour son mariage ?

Lauren prit son verre de vin et en avala une grande gorgée.

— Paige préfère faire appel à quelqu'un de plus expérimenté. Tu sais, les mariages mondains ne m'intéressent pas tant que cela, finalement, déclara-t-elle. J'ai envie d'essayer autre chose. Mais je ne sais pas encore quoi.

Max haussa les sourcils et lui adressa un regard qui hésitait entre la perplexité et la compassion. Sans doute devinait-il sa tristesse. Quant à Celeste, elle manifesta son approbation par un sourire radieux.

— Rien ne t'oblige à travailler, ma chérie. Tu peux avoir des tas d'autres activités beaucoup plus importantes.

— Je me tournerai sans doute vers le bénévolat, en fait.

— Quelle charmante idée ! s'exclama Celeste. Je crois qu'il y a une vente de charité au club dans quelques semaines. Tu pourrais peut-être donner une ou deux robes.

— À vrai dire, je pensais à quelque chose d'un peu plus concret.

Lauren pinça la jambe de Max sous la table.

— Par exemple, travailler au Hangar.

— Le Hangar ? Qu'est-ce donc ?

Lauren sourit à Max, qui s'adossa à sa chaise. Il semblait satisfait du vin, de la conversation, et probablement des doigts de Lauren, qui remontaient le long de sa cuisse.

— C'est un endroit où on accueille après l'école les enfants défavorisés ou mal aimés. On les aide à faire leurs devoirs, on les écoute, on leur propose des jeux… C'est Max qui a fondé cette association il y a plusieurs années.

— Ma parole, Max, vous êtes un véritable héros ! commenta Gerald. Vous aidez des jeunes défavorisés, vous adoptez des enfants…

— Je me considère simplement comme quelqu'un qui aime les enfants.

— Et ces jeunes qui fréquentent le Hangar, ont-ils des casiers judiciaires ? demanda Gerald.

— Si un enfant qui a besoin d'aide vient à nous, nous l'aidons. Nous ne lui demandons pas de comptes. Libre à lui de nous en dire plus s'il le désire.

— Il est donc possible que certains d'entre eux aient déjà commis des larcins, n'est-ce pas ?

— À ma connaissance, ce n'est pas le cas.

— Mais vous ne pouvez pas en être sûr.

Les insinuations de Gerald devenaient franchement pesantes, songea Lauren, qui remarqua que la mâchoire de Max s'était crispée.

— Tout est possible, répondit-il. Par exemple, il est possible que vous ayez déjà commis des larcins et que nous l'ignorions.

— Et si nous changions de sujet ? suggéra Lauren en se resservant de vin. Parle-nous de ton séjour à Rio, maman.

— C'était formidable, ma chérie, jusqu'à ce que Bunny s'aperçoive qu'on lui avait volé son collier. Lauren vous a-t-elle raconté ce qui s'est passé, monsieur Wilde ?

— Non.

— C'était un magnifique collier, qui valait près d'un quart de million de dollars. Il a disparu pendant le mariage de Betsy Endicott.

— Tu crois qu'il a disparu à ce moment-là, rectifia Lauren.

— Soit, soit. Toujours est-il qu'un pendentif appartenant à Holly Rutherford s'est aussi volatilisé pendant le mariage. C'est du moins ce qu'elle pense.

Lauren vit Max avaler une longue gorgée de vin. Il s'efforçait de maîtriser sa colère, comprit-elle.

Gerald s'appuya contre le dossier de sa chaise et observa Max d'un air goguenard. Celeste, elle, continuait à le regarder avec hostilité. Lauren avait envie de hurler.

— Que dit la police de tout ceci ? demanda enfin Max en se tournant vers Celeste.

— Les policiers ont interrogé de nombreuses personnes, mais n'ont pu trouver aucune piste.

Max fronça les sourcils.

— Mais vous avez une idée de l'identité du ou des coupables, n'est-ce pas ?

Celeste haussa les épaules, soudain mal à l'aise.

— C'est inévitable, dans de telles conditions.

— Certainement. À plus forte raison quand il y a dans l'histoire des individus qui semblent peu recommandables.

— C'est ridicule ! s'écria Lauren. Les amis de Max ne sont pas des voleurs !

— J'en suis certain, dit Gerald, mais vous savez ce que c'est, avec les commérages. Quand les policiers en auront vent, ils se poseront des questions, et alors...

— Et alors, ils accuseront des innocents. Vous savez, ajouta Max en se levant, je n'ai pas l'habitude de colporter des ragots, ni de porter des accusations contre des gens que je ne connais pas, et je trouve cette conversation extrêmement déplaisante.

— Vraiment ? fit Gerald. Je la trouvais tout à fait passionnante, personnellement. Dommage que vous partiez si tôt, au beau milieu de ce repas savoureux.

— Je n'ai plus faim, tout à coup, répondit Max en jetant sa serviette sur la table. Heureux de vous avoir revue, lady Ashford.

Il tourna la tête vers Lauren, et l'ombre d'un sourire adoucit son regard furieux.

— Tu viens avec moi ou tu restes ici ?

Lauren n'hésita pas. Elle posa sa serviette, se leva et prit la main de Max.

— Je viens avec toi.

— Tu as des invités, dit Celeste d'un ton glacial. La plus élémentaire politesse voudrait que tu restes.

— Je pars avec Max.

— Te rends-tu compte à quel point c'est embarrassant pour moi, Lauren ?

— Il ne s'agit pas de toi, maman. Il s'agit de moi.

En d'autres temps, Lauren se serait sentie coupable de parler ainsi à sa mère. Mais ce fut une vague de soulagement qu'elle éprouva, tandis qu'elle quittait la maison en compagnie de Max.

Devant la Harley, il la prit dans ses bras.

— Tu es sûre que tu veux partir ?

Elle l'embrassa doucement.

— J'ai rarement été aussi sûre de moi, dans ma vie.

— C'est ce que j'espérais entendre. Et maintenant, filons d'ici.

— Je suis désolée pour toutes ces accusations qu'ils ont portées contre tes amis, soupira-t-elle en grimpant derrière lui et en passant les bras autour de sa taille. Je suis désolée que notre soirée ait été gâchée, que nous n'ayons pas dîné...

— Je n'avais pas faim, de toute façon.

Il se retourna et lui adressa un sourire irrésistible.

— La seule chose que j'aie envie de manger, c'est toi.

18

Le vent fouettait les cheveux de Lauren tandis qu'ils avançaient sur Ocean Highway. Rouler sans casque était fou et dangereux, mais c'était la soirée de toutes les extravagances. Ne venait-elle pas de se rebeller contre sa mère ?

Lorsqu'ils longèrent une petite plage que Lauren connaissait bien, elle tapa sur l'épaule de Max.

— Arrête-toi ici, je voudrais te montrer quelque chose.

Ils enlevèrent leurs chaussures et marchèrent pieds nus sur le sable doux et frais.

— Ma grand-mère, une femme très simple, m'a donné vingt dollars pour mon treizième anniversaire, raconta Lauren. Mon frère m'a convaincue de les investir. Il disait que pour vingt dollars, je n'aurais pas grand-chose, mais que quand j'aurais vingt ans, ces vingt dollars auraient fait des petits.

Elle regarda autour d'elle l'étendue de sable et sourit.

— Voici ce que j'ai pu m'offrir récemment.

— Bel investissement, commenta Max en se dirigeant vers l'eau, un bras autour de ses épaules.

— Je n'ai fait que suivre les conseils de Jack. C'était un as de la Bourse lorsqu'il avait vingt ans. Quand on voit le ranch délabré dans lequel il vit aujourd'hui, on a du mal à le croire. Mais au moins, il est heureux.

— L'argent et le bonheur ne vont pas toujours bien ensemble.

— En effet. Je l'ai constaté plus d'une fois. N'empêche, j'aimerais bien avoir les deux.

Max éclata de rire.

— Bizarrement, je ne t'imagine pas en ménagère satisfaite dans un petit pavillon de banlieue.

— Je préférerais être une ménagère satisfaite sur cette petite plage, admit-elle. J'adore cet endroit. C'est assez loin de Palm Beach pour qu'on n'ait pas l'impression d'être observé et jugé en permanence.

— Tu serais prête à renoncer à cette horreur dans laquelle tu habites ?

— Oh, oui ! Tout ce que je souhaite, c'est une maison assez grande pour y loger une famille nombreuse, mais pas démesurée, pour qu'on ne s'y sente pas perdu et solitaire quand on se retrouve seul.

— Tu te sens seule, parfois ? demanda-t-il en la serrant un peu plus fort contre lui.

Elle se blottit dans ses bras.

— Ça arrive à tout le monde, non ?

— Je me moque des autres, Lauren, dit-il en s'arrêtant. C'est toi qui m'intéresses.

— Alors, oui, parfois, je me sens seule. J'ai été élevée par une nounou. Mes parents étaient de vrais courants d'air. Le seul élément stable, dans ma vie, c'est Charles, et j'ai beau l'aimer tendrement, il est rare qu'un majordome vous serre dans ses bras. J'ai un frère que j'adore, mais il habite à l'autre bout du pays, et on ne se voit pas très souvent.

Elle se mordit la lèvre pour ne pas pleurer.

— Mais les pires moments de solitude que j'aie connus, c'est quand j'étais mariée. Je croyais que mes maris m'aimeraient, que j'aurais des enfants… Et ça a été un vrai désastre chaque fois.

En levant la tête, elle croisa le regard chaleureux et compréhensif de Max, et cela suffit à effacer les tourments passés.

— Je ne me sens pas seule, quand je suis avec toi, chuchota-t-elle.

Il prit son visage entre ses mains.

— J'ai l'intention de veiller à ce que tu ne te sentes plus jamais seule, dit-il avant de l'embrasser.

Lentement, il la fit s'allonger par terre, puis s'étendit sur elle. Lauren ferma les yeux. Enfin, ils allaient faire l'amour. C'était un peu ce qu'elle avait espéré en lui demandant de s'arrêter sur cette plage.

La passion qu'elle vit dans ses yeux noirs embrasa tout son corps, et lorsqu'il lui caressa doucement les seins, un gémissement lui échappa. Elle n'avait jamais rien connu d'aussi grisant.

Mais, brutalement, Max s'écarta.

— Que se passe-t-il ? bafouilla-t-elle.

— Je ne veux pas te faire l'amour sur la plage, dit-il en l'aidant à se relever. Je veux te faire l'amour derrière des portes fermées à clé. Je veux t'enlever tous tes vêtements, je veux prendre mon temps et t'admirer…

— J'ai des serrures solides, à la maison. En plus, il y a une bouteille de champagne dans ma chambre et des chocolats…

— Je n'ai aucune envie de retourner là-bas et de me retrouver nez à nez avec ta mère et Gerald.

— Mais on ne peut pas aller chez toi, avec les enfants et Jazz.

— Ce n'est pas ce que j'avais en tête.

— Que proposes-tu, alors ?

Le sourire malicieux de Max l'emplit d'un mélange d'appréhension et d'excitation.

— Tu vas voir.

Ils repartirent, traversèrent un quartier de concessionnaires automobiles crûment éclairé par des néons, puis Max se gara sur le parking du *Fantasy Inn*, un gigantesque édifice qui semblait tout droit sorti des *Mille et Une Nuits*.

— Ça ne ressemble pas vraiment au *Ritz*, remarqua Lauren.

— Pas vraiment, répéta-t-il en réprimant un sourire.

— Tu ne crois tout de même pas que je vais dormir dans cet établissement ?

— Dormir ? Grands dieux, non !

— Pour notre première fois, nous pourrions aller dans un endroit un peu plus raffiné, non ? Mon Dieu, Max, on dirait un… un hôtel de passe !

— Il ne faut pas se fier aux apparences. Il y a huit jours, tu m'aurais pris pour le genre d'homme à fréquenter les hôtels de passe, non ?

— Je vois d'ici le miroir au plafond, les films pornos et le distributeur de préservatifs dans la salle de bains !

— Je n'ai jamais mis les pieds là-dedans, mais j'espère bien trouver des miroirs partout. Je veux te toucher et te voir, Lauren.

— Oh, non…

Il lui adressa un grand sourire et la conduisit vers la réception.

— Crois-tu qu'ils vont se demander pourquoi nous n'avons pas de bagages ?

— Non.

— Je n'ai même pas de chemise de nuit…

— Inutile.

— Tu as décidé de m'entraîner dans cet endroit et tu ne renonceras pas, hein ?

— J'ai décidé de te faire l'amour. Point.

Lauren se sentit extrêmement mal à l'aise lorsqu'elle pénétra dans le hall, dont les murs étaient recouverts de tentures de couleurs vives. Un rideau de velours rouge se souleva, et un homme d'un certain âge, affublé d'une robe et d'un turban, apparut.

— Puis-je vous aider ? s'enquit-il.

Max serra la main de Lauren.

— Nous voudrions une chambre.

Le regard de l'homme passa de l'un à l'autre. Avec un petit sourire, il déclara :

— Les chambres Barbe Noire et Fièvre de la Jungle sont déjà occupées, mais je pense que vous apprécierez Les Délices du Cheik.

— Nous la prenons, répondit Max.

Il posa une carte de crédit sur le comptoir, saisit les papiers que l'homme lui tendait et les remplit rapidement.

L'homme lui donna la clé et lui indiqua où trouver la chambre. Quelques instants plus tard, Max entraînait Lauren dans un couloir éclairé par de fausses bougies nichées dans des lanternes. Lorsqu'ils sortirent de l'ascenseur tapissé de velours bordeaux, ils ne virent qu'une seule chambre sur le palier.

« Les Délices du Cheik », lurent-ils sur la porte…

— Mon Dieu, murmura Lauren, une fois dans la chambre. Ça ne ressemble vraiment pas du tout au *Ritz*.

Le lit, grand et circulaire, était couvert de coussins à glands bleus, rouges et jaunes. L'ensemble était drapé dans des kilomètres de tissu blanc chatoyant. Sur le plafond bleu nuit étaient fixés de larges miroirs en forme d'étoile. Lauren regarda Max à la dérobée et constata qu'il contemplait les miroirs avec un sourire extrêmement satisfait.

Des tapis orientaux et d'autres coussins étaient éparpillés par terre. À une extrémité de la pièce, Lauren aperçut une petite cascade et une grotte, ainsi qu'un bassin entouré de palmiers et de plantes vertes luxuriantes.

C'était totalement extravagant… mais pourquoi pas ?

— Qu'en penses-tu ? demanda Max.

Elle se tourna lentement vers lui, un sourire aux lèvres.

— Je pense qu'on ferait mieux d'arrêter de parler et de reprendre là où on en était restés à la plage.

Max l'attira aussitôt contre lui. Enfin, il allait pouvoir la connaître, la sentir, voir et goûter tout ce qu'il avait imaginé et qui le rendait fou. Il avait des milliers de choses à lui dire, mais cela attendrait. Il écrasa ses seins merveilleusement doux contre son torse et s'empara de sa bouche.

Il sentit le sel de ses larmes sur ses lèvres, et cela le bouleversa. Jamais il n'avait eu autant envie d'offrir de l'amour à une femme.

Il fit remonter sa robe jusqu'aux hanches, puis jusqu'aux seins, puis il arracha sa bouche à la chaleur de leur baiser, le temps de passer le vêtement par-dessus sa tête. Lorsqu'il la vit quasiment nue, il inspira profondément.

— Tu es magnifique, chuchota-t-il.

Lentement, il fit glisser les bretelles rouges de son soutien-gorge sur ses épaules et embrassa délicatement le creux de sa gorge. Il huma son parfum, goûta la chaleur de son corps, perçut le sang battre dans ses veines.

Lauren pencha la tête en arrière et poussa un faible gémissement. Pendant un bref instant, Max éprouva un sentiment de puissance, à l'idée que c'était à cause de lui, pour lui, qu'elle gémissait, mais il savait que dès qu'elle le toucherait, il perdrait toute maîtrise de la situation. Elle pourrait alors faire de lui ce qu'elle voudrait.

Lorsqu'il sentit les doigts de Lauren glisser le long de son torse, effleurer sa ceinture et commencer à la défaire, il faillit devenir fou. Avec un grognement, il la souleva de terre et la porta vers le lit.

Le vert de ses yeux brillait comme deux émeraudes lorsqu'il écarta les couvertures et la déposa sur le drap en satin. Elle tendit les mains vers lui, comme pour le supplier de venir à elle, mais il retira son blouson, puis sa chemise, dont il arracha presque les boutons dans sa hâte. Lorsqu'il fut entièrement nu, il prit dans la poche de son pantalon un petit paquet enveloppé d'aluminium et le laissa tomber sur la table de nuit.

Enfin, brûlant de désir, il s'allongea à côté de Lauren. Elle se hissa sur un coude pour l'admirer.

— Je ne savais pas qu'un homme pouvait être aussi beau, dit-elle.

En guise de rire, il ne réussit qu'à émettre un son étranglé. Ils n'étaient plus séparés que par un minuscule morceau de soie rouge, et il n'avait pas l'intention de laisser cette situation s'éterniser. Il passa ses doigts sous la petite culotte et la fit lentement glisser sur les jambes de Lauren, en savourant la douceur veloutée de sa peau. À présent, il n'y avait plus entre eux que quelques centimètres d'air.

— C'est exactement ainsi que je t'avais rêvée, murmura-t-il, tandis que ses mains, ses doigts, ses lèvres et sa langue commençaient leur exploration.

Il embrassa chaque millimètre de son corps magnifique, lui arrachant des soupirs qui ne firent qu'accroître son désir. Enfin, lorsqu'il se rendit compte qu'il ne pouvait plus se retenir, il reprit ses lèvres et l'embrassa tendrement.

— J'ai envie de toi.

Elle gémit tandis qu'il roulait sur le dos et l'emportait avec lui. Lorsqu'ils s'unirent, elle poussa un petit cri.

— Oh, Max ! Je t'aime, chuchota-t-elle.

— Moi aussi, je t'aime, souffla-t-il tout contre sa bouche.

Enfin, ensemble, ils se laissèrent aller au plaisir, atteignirent le paradis, puis revinrent lentement, paisiblement, sur terre.

Lauren se réveilla au milieu de la nuit, le drap emmêlé autour de ses jambes. La place à côté d'elle était vide. Elle se redressa en sursaut, inquiète, et scruta la chambre. Max se tenait debout près de l'oasis et la regardait.

Elle resta longuement ainsi, à le regarder elle aussi, à attendre que les battements frénétiques de son cœur s'apaisent. Enfin, elle parvint à articuler :

— Tu as du mal à dormir ?

— J'ai du mal à ne pas te toucher en permanence.

— Je te donne la permission de me toucher tant que tu veux.

Il sourit.

— Viens ici, alors.

Jamais obéir à un homme n'avait été aussi facile. Il lui prit la main et la conduisit dans la grotte. Là, il tourna un robinet dissimulé derrière une fougère, et un filet d'eau coula sur eux, telle une douche légère. Puis il se rapprocha d'elle, et ses mains habiles reprirent leur découverte de ses seins, de sa taille et de ses hanches.

Subjuguée, Lauren regardait les muscles de ses bras qui se fléchissaient. La sirène tatouée semblait nager en rythme avec les mouvements de ses biceps.

— D'où te vient cette fascination pour les sirènes ? demanda-t-elle en caressant la douce toison de son torse.

Il la fit pivoter et observa le tatouage qu'elle portait sur la fesse.

— Et toi ?

— C'est le résultat d'une absorption excessive d'alcool, qui a dû me faire prononcer les mots « sirène » et « homme » dans une même phrase pâteuse.

— Qu'est-ce que tu aurais voulu, comme tatouage ? demanda-t-il en passant le doigt sur le dessin qui, au goût de Lauren, recouvrait une trop grande partie de son postérieur.

— Une petite orchidée aurait suffi. Je me demande encore comment je me suis retrouvée avec ça !

Il s'agenouilla pour observer le dessin de plus près, et elle se sentit devenir écarlate. Lorsqu'il se redressa et la serra contre lui, elle vit qu'il souriait.

— C'est gentil tout plein de t'être fait tatouer mon prénom dessous.

— Tu crois que c'est moi qui l'ai réclamé ?

— Selon toute vraisemblance, c'est ce qui s'est passé.

— Je pense plutôt que j'ai dû te maudire dans les brumes de mon coma et qu'Annie la Tatouée a trouvé ça drôle. Et si tu souffles un mot de ça à qui que ce soit…

Il la fit taire d'un baiser.

— Ça peut se retirer, tu sais.

Elle fronça les sourcils et secoua la tête.

— Je m'y suis attachée, figure-toi. Et maintenant, ajouta-t-elle en caressant son bras, parle-moi du tien, de tatouage.

— Ma sirène ?

— Oui. Comme il y en a aussi une sur ta moto, je me suis dit que tu avais peut-être été amoureux d'une sirène.

— Je n'ai été amoureux que de toi, dit-il en se collant contre le dos de Lauren.

Il prit un savon, le fit mousser dans ses mains, puis caressa ses seins, son ventre, son nombril.

— Comme c'est agréable, dit-elle avec un gémissement. Mais vraiment, Max, je voudrais savoir…

— Je me suis fait tatouer ça la nuit où tu as épousé Chip, murmura-t-il.

Ses doigts savonneux se glissaient partout sur le corps de Lauren, qui ne pouvait s'empêcher de gémir. Elle réussit néanmoins à articuler :

— Pourquoi ?

— C'est une longue histoire. Tu es sûre de vouloir tous les détails ? demanda-t-il d'une voix rauque.

Sans cesser de la caresser, il embrassa ses épaules, puis son cou.

— Je veux tout savoir, ordonna-t-elle en appuyant la tête contre sa poitrine et en fermant les yeux.

— J'étais furieux. J'ai convaincu Nounours de partir avec moi en moto à Miami. On s'est retrouvés devant un salon de tatouage, et il m'a mis au défi de me faire tatouer.

Il la fit de nouveau pivoter vers lui, puis il se colla contre elle, la plaquant contre le mur de roche lisse.

— Nounours en avait déjà une douzaine. Moi, ça ne me tentait pas du tout.

Sans cesser de parler, il lui caressait le cou, la poitrine, les seins.

— Il y avait un gamin qui lisait *La Petite Sirène*. Il m'a nargué en me disant que sa mère avait un million de tatouages et que j'étais une poule mouillée.

Lauren l'écoutait, mais elle n'avait qu'une envie : qu'il lui fasse l'amour encore une fois. Il dut deviner son appel muet, car il se rapprocha, tout en continuant de sa voix sensuelle :

— Je suis passé de l'autre côté du rideau, et j'ai dit au type de me tatouer une sirène sur le bras avec des yeux verts et des seins pulpeux.

Lauren sentit la chaleur du corps de Max, son sexe dur entre ses jambes, et elle poussa un cri quand il la pénétra enfin.

Il la plaqua contre le mur et reprit, le souffle court :

— Ce tatouage me rappelait ce que je ne pouvais pas avoir. Il me rappelait que nos deux mondes étaient trop différents pour se réunir un jour. C'est ce que je croyais jusqu'à ce soir. Rien ne pourra jamais nous séparer, Lauren. Rien.

Elle mit les bras autour de son cou pour l'attirer encore plus près. Pour la première fois de sa vie, elle se sentait réellement aimée.

19

Un éclair déchira le ciel matinal, suivi d'un coup de tonnerre qui couvrit le bruit du moteur de la Harley. Un moment plus tard, les nuages s'ouvrirent et déversèrent une pluie torrentielle sur la ville. Quelle merveilleuse façon de commencer la journée ! songea Lauren en resserrant son étreinte autour de la taille de Max, tandis qu'ils quittaient le parking du *Fantasy Inn*.

Ils roulèrent une demi-heure sous la pluie, et durant ces trente minutes, Lauren repensa aux délicieuses choses que lui avait faites Max pendant la nuit, à toutes les paroles amoureuses, sensuelles, érotiques qu'il lui avait murmurées à l'oreille. Ils avaient prévu de se revoir le lendemain matin, quand Jamie et Ryan seraient à l'école. Pour une fois, la perspective de se lever à 7 heures enthousiasmait Lauren.

Plus ils se rapprochaient de Palm Beach, plus les nuages s'éloignaient. Enfin, le soleil étala ses rayons éblouissants sur la chaussée luisante. Max ralentit pour négocier les ornières, et enfin, il s'engagea dans l'allée circulaire de la grande maison.

Ce fut à cet instant précis que la partie de plaisir se termina.

Celeste se tenait à côté de la portière ouverte de la Bentley, les yeux plissés. Visiblement, elle était furieuse et ne prenait pas la peine de le dissimuler.

— Bonjour.

— Bonjour, maman.

Lauren descendit de la moto, passa les doigts dans ses cheveux et essaya de se rendre vaguement présentable, bien qu'elle sût que sa robe trempée et maculée de boue lui collait au corps.

— Je ne t'embrasse pas, dit-elle, je suis aussi dégoûtante qu'une enfant de dix ans qui a joué avec le jet d'eau.

Impassible, Celeste demanda :

— As-tu passé une bonne soirée ?

Lauren serra la main de Max.

— La meilleure de ma vie.

— Et ma soirée, tu ne veux pas savoir comment elle s'est passée ? Cela t'est donc parfaitement égal de m'avoir humiliée devant Gerald ? demanda lady Ashford en s'agrippant à la portière de la voiture. Je reconnais que la conversation sur les vols de bijoux était peut-être déplacée, mais ce n'était pas une raison pour fausser compagnie à tes hôtes sous prétexte que M. Wilde était offensé.

— Je l'étais aussi, maman.

— Par quoi ?

— Par la façon dont vous avez traité mon invité.

Max posa la main sur son bras.

— Tu n'as pas à me défendre.

— Je ne fais que me défendre moi-même, dit Lauren en se tournant de nouveau vers sa mère. Tu as passé vingt-neuf ans à me répéter que je t'humiliais d'une façon ou d'une autre, et j'ai passé vingt-neuf ans à essayer de réparer toutes mes fautes. Et pourtant, je n'ai jamais réussi à te satisfaire.

Elle sentit Max lui presser le bras. Elle savait qu'il voulait la faire taire avant qu'elle ne prononce des paroles qu'elle risquait de regretter, mais les mots qu'elle avait refoulés si longtemps lui brûlaient la bouche.

— Je t'aime, maman, mais j'en ai assez de me conformer à tes désirs. Être avec Max me rend heureuse, et je me fiche de ce qu'en pensent les autres.

— C'est ce que tu crois aujourd'hui, mais que diras-tu quand tes amis jaseront dans ton dos et cesseront de t'inviter à leurs soirées ?

Celeste prit une profonde inspiration, et Lauren réalisa qu'elle n'avait jamais vu sa mère aussi angoissée. Elle ne tenait nullement à la blesser, mais elle n'en pouvait plus de supporter docilement ses reproches et ses critiques.

— Mes soi-disant amis parlent déjà dans mon dos, reprit-elle. J'en ai eu un petit aperçu pas plus tard qu'hier.

— Cela ne fait que commencer, répliqua Celeste. Et avec le temps, tu vas te mettre à détester l'homme par qui tous ces ennuis sont arrivés. Je le sais, car c'est ce que j'ai fini par éprouver pour ton père. Je t'en prie, Lauren, écoute-moi. Tu crois peut-être aimer M. Wilde, mais si tu restes avec lui, tu perdras tout ce que tu as toujours connu, tout ce qui a toujours fait partie de toi et de ta vie.

— Jusqu'à présent, ma vie a été plutôt vide, maman, et je ne vois pas ce que j'ai à perdre.

Celeste secoua la tête.

— Pourquoi refuses-tu d'entendre la voix de la raison ?

— Pour la première fois de ma vie, je suis sûre de ce que je veux.

Manifestement, cette réponse déplut à Celeste, qui se tourna vers Max.

— Si vous tenez à ma fille, monsieur Wilde, vous devriez la laisser tranquille.

— Je ne peux pas.

— Le père de Lauren a dit la même chose autrefois. Il a tout fait pour m'avoir, malgré les obstacles que ma mère mettait sur son chemin, et comme Lauren, je suis tombée amoureuse. Pour lui, j'ai renoncé à ma maison et à mon mode de vie, parce que je croyais qu'il me suffisait de l'aimer. Et pour finir, cela m'a rendue immensément malheureuse.

Une larme coula le long de sa joue.

— Je vous en prie, supplia-t-elle, si vous aimez ma fille, laissez-la.

Sans un mot de plus, Celeste grimpa dans la voiture et claqua la portière derrière elle. La Bentley démarra aussitôt.

Lauren ne se rendit compte qu'elle avait retenu son souffle que quand elle regarda la Bentley s'éloigner dans l'allée. Elle s'était sentie parfaitement sûre d'elle lorsqu'elle avait affirmé qu'elle se moquait de ce que pensaient ses amis et sa famille, mais elle savait qu'au fond ce n'était pas totalement vrai. Mais elle savait aussi qu'elle aimait Max et qu'il comptait plus pour elle que n'importe quoi d'autre.

Elle leva les yeux vers lui, lut son inquiétude dans son regard et, beaucoup plus terrifiant, vit passer l'ombre du doute sur son visage. Elle essaya de sourire, mais ses lèvres tremblaient.

— Ta mère a raison, dit-il enfin. Si tu restes avec moi, tu perdras tout ce que tu as toujours connu, et tu finiras par m'en vouloir. Cette pensée m'est insupportable.

Lauren se sentit soudain glacée. Elle ne voulait pas entendre ces mots, pas dans la bouche de Max !

— Elle se trompe ! s'écria-t-elle.

Il secoua la tête.

— Malheureusement non. Déjà, ton entreprise périclite à cause de moi.

— Mais les gens n'ont jamais pris mon projet au sérieux ! Ça n'a rien à voir avec toi !

— Bien sûr que si. Le mariage de Betsy a apporté de l'eau à leur moulin.

— Ça m'est parfaitement égal.

— Non, Lauren, dit-il en l'empoignant par les bras. Cela ne t'est pas égal. Tu t'inquiètes constamment de ce que les gens vont penser. Je ne te le reproche pas, au contraire. Ça montre que tu es attentive aux autres ; et ce serait bien si plus de gens étaient comme toi. Mais si nous restons ensemble, tous les deux, tu passeras ton temps à te torturer à cause des commérages, et tu seras malheureuse.

— Alors, que vas-tu faire, Max ? Me quitter ?

— Je n'ai guère le choix. Je t'aime, mais...

Elle éclata d'un rire sans joie.

— Tu ne m'aimes pas, Max. Sinon, tu resterais à mes côtés, et on trouverait une solution ensemble.

Il resserra son étreinte autour de ses bras, et elle vit une infinie tristesse dans ses yeux.

— Si, je t'aime, et c'est justement pour cela que je dois te quitter.

— C'est la chose la plus absurde que j'aie jamais entendue !

— Écoute-moi, Lauren. En ce qui me concerne, je me fiche de ce qu'on peut penser ou dire de moi. Mais, bon Dieu, je t'aime tant que je souffrirai chaque fois que quelqu'un se moquera de toi, chaque fois que tu te disputeras avec ta mère, chaque fois que tu perdras une amie, parce que je sais à quel point toutes ces choses comptent pour toi.

Des larmes jaillirent des yeux de Lauren.

— Je ne veux pas te perdre.

— Je ne veux pas te perdre non plus. Mais nous savions tous les deux depuis le début que cela ne pouvait pas marcher, que ton monde et le mien étaient trop différents.

Lauren s'écarta de lui en essuyant ses joues, mais ses larmes continuèrent à couler.

— Je ne t'aurais jamais cru aussi versatile, Max. J'ai été mariée à des hommes qui ne se souciaient pas assez de notre relation pour avoir envie de la faire durer. Je suis tombée amoureuse de toi parce que tu n'étais pas du tout comme eux. Je pensais que tu te battrais pour moi, que tu m'aimerais, quoi qu'il arrive. Mais je me trompais.

— Je t'aime, Lauren, je te le jure. Mais je ne pourrais pas supporter que tu souffres par ma faute.

Elle eut un petit rire sec.

— Eh bien, tu sais quoi, Max ? dit-elle en remontant lentement les marches du perron. On ne m'avait encore jamais blessée comme tu viens de le faire.

20

Le sommeil, une boîte de chocolats et une bouteille de Dom Pérignon aidèrent Lauren à supporter la première journée. Le deuxième jour, elle resta allongée sur son lit, à essayer de lutter contre la migraine.

Elle aurait pu aller faire des courses pour tenter de se distraire un peu, mais elle était incapable d'arrêter de pleurer. Et puis, elle ne voulait pas rater le coup de fil de Max… si jamais il appelait.

Comment pouvait-il prétendre l'aimer, ne pas vouloir la blesser, puis la quitter ? Savait-il à quel point elle était malheureuse ?

Il s'en moquait, bien sûr, tout le monde s'en moquait, songea-t-elle en commençant à s'apitoyer sur son sort.

Elle se moucha et jeta son mouchoir en papier en direction de la corbeille, à côté de son lit. Pour la cinquantième fois, elle rata son but.

Quand on frappa à la porte, elle renifla et resserra la ceinture de son peignoir en soie noire.

— Entrez.

Charles apparut. Il tenait un plateau en argent sur lequel Lauren vit une assiette particulièrement appétissante préparée par Mme Fisk.

Son majordome traversa la chambre en secouant la tête.

— Je vous ai apporté quelque chose à grignoter, dit-il en posant le plateau et en ramassant celui du déjeuner, qu'elle avait laissé intact. Pardonnez-moi de vous dire cela, mademoiselle Remington, mais comptez-vous rester indéfiniment dans cette chambre ?

— J'y ai songé.

— Et avez-vous songé que pleurer deux jours d'affilée n'allait pas faire revenir M. Wilde ?

— Apparemment, rien ne fera revenir M. Wilde, mais j'avoue que j'espérais que mes larmes m'attireraient un peu de compassion, voire une once de compréhension de la part des gens que j'aime.

— Et ?

— Et c'est tout le contraire. Vous êtes mon seul visiteur depuis deux jours, et vous ne manifestez aucune compassion.

Il sourit.

— Je pensais que mon attitude vous ferait réagir. Apparemment, je me trompais.

— Avez-vous d'autres idées pour me donner envie de sortir de cette chambre ? Et surtout, avez-vous des idées pour faire revenir Max Wilde ?

— J'ai en tête une douzaine de plans.

— Pourriez-vous m'en faire part ?

— Non.

— Pourquoi cela ?

— Parce que vous avez passé votre vie entière à faire ce que tout le monde voulait que vous fassiez ou s'attendait à vous voir faire. Il me semble vous avoir entendue dire que vous en aviez assez, que désormais, vous souhaitiez agir comme bon vous semblait. Eh bien, je crois qu'il est grand temps de vous y mettre.

— Je ne vous demandais qu'une petite suggestion, fit Lauren, dépitée.

Charles se dirigea vers la porte.

— Et je vous ai répondu. Bonne nuit, mademoiselle Remington.

Pourquoi Charles avait-il toujours raison ? se demanda Lauren pour la énième fois. Elle se moucha, visa la corbeille et la manqua. Elle avait raté bien des choses, ces deux derniers jours… voire ces vingt-neuf dernières années.

« Ressaisis-toi », se dit-elle. Il était temps de réfléchir à un moyen de faire revenir Max. Mais son cerveau était trop embrumé. Elle avait besoin de soutien.

Elle prit le téléphone et composa le numéro de son frère. Il n'était que 19 heures dans le Wyoming, elle ne risquait pas de le réveiller, cette fois.

Dès qu'elle entendit la voix de sa belle-sœur, elle se sentit un peu mieux. Après les salutations et les petites nouvelles d'usage, elle inspira un grand coup et, tout en s'efforçant de rester à peu près calme, déclara :

— Oh, Sam, je ne sais pas quoi faire !

Pour le calme, c'était raté aussi.

— Premièrement, tu vas arrêter de pleurer, et deuxièmement, tu vas me raconter ce qui ne va pas.

Lauren obéit, poussa un lourd soupir et annonça :

— Je suis amoureuse de Max Wilde.

— Et ce n'est pas réciproque ?

— Si, si. Il m'aime aussi.

— Alors, quel est le problème ?

— Maman ne peut pas le voir.

— C'est le problème de ta mère, pas le tien.

— C'est un motard. Il a une sirène tatouée sur un bras et un anneau en or à l'oreille.

— Ça me rappelle le genre d'homme qui m'attirait avant que je ne rencontre ton frère.

— Merci pour ton aide, Sam.

— Comment veux-tu que je t'aide ? Je ne vois pas où est le problème !

— Bon, voilà. Au début, je me suis interdit de m'intéresser à Max, parce qu'il n'était pas fait pour moi, mais… Mon Dieu, Sam, il est tellement beau, tellement merveilleux, et il me donne l'impression que je suis quelqu'un d'exceptionnel… Jamais je ne me suis sentie aussi aimée.

— Alors, ta place est à ses côtés.

— C'est là que le bât blesse. Il ne veut plus de moi.

Lauren passa dix minutes à lui expliquer la situation. Lorsqu'elle eut fini, Sam commenta :

— Je crois que cet homme est fou.

— Mais non. Il est formidable, Sam. Il a adopté un petit garçon et une petite fille, et ce sont des enfants adorables. Il consacre une grande partie de son argent à un endroit qu'il a créé pour les jeunes défavorisés. Il a fait don à ta caisse pour les sans-abri de presque tout le salaire que je lui ai versé pour le mariage de Betsy. Et il cuisine divinement bien et... Enfin, tout le reste est plutôt personnel.

— Tu es très amoureuse, on dirait.

— Je n'aurais jamais cru qu'on pouvait aimer quelqu'un autant. Tu sais, j'ai toujours eu peur de ce qui était nouveau, de ce que je ne connaissais pas, ajouta Lauren en s'allongeant contre ses oreillers, mais Max me donne l'impression que tout est facile. Il fait ressortir ce qu'il y a de mieux en moi.

— À t'entendre, il mérite que tu te battes pour lui. Mais je n'ai pas de conseil à te donner, Lauren. Toi seule es juge, en l'occurrence.

Max méritait largement qu'elle se batte pour le récupérer, songea Lauren. Le tout était de trouver la bonne stratégie, et elle avait intérêt à ne pas se tromper. Car c'était son avenir avec Max qui était en jeu.

— Tu as une sale tête.

Max leva les yeux en entendant la voix de Jazz, qui venait d'entrer dans la cuisine. Elle avait revêtu sa plus spectaculaire tenue de fille des rues et portait un grand fourre-tout sur l'épaule. Il sourit, toujours sidéré de voir le genre d'uniforme que Jazz enfilait pour aller travailler.

— Toi aussi, répliqua-t-il.

— Merci bien.

Elle laissa tomber son sac sur le bar, retira ses talons hauts et grimpa sur un tabouret.

— Qu'est-ce qu'on a pour déjeuner ?

Max contempla le plat qu'il avait sous les yeux.

— Du tartare de saumon. La spécialité maison du jour.

— Quoi ? Pas de poulet rôti ?

Max ne s'offusqua pas. Il avait l'habitude des récriminations de Jazz, étant donné qu'elle venait déjeuner avec lui deux ou trois fois par semaine.

— Il y a des restes de poulet dans le frigo. Tu veux que je te les réchauffe ?

— Ne bouge pas, je m'en occupe.

Jazz sortit d'un des réfrigérateurs un plat de poulet rôti froid et mordit dans un pilon tandis que Max lui racontait :

— J'ai reçu un coup de fil d'une femme qui était invitée au mariage de Betsy Endicott. Elle m'a demandé si je pouvais cuisiner pour un dîner intime qu'elle organise ce soir. Elle a adoré mes bouchées antillaises et meurt d'envie de goûter mes autres spécialités.

Jazz mastiqua son poulet et le considéra avec curiosité.

— Ça n'a pas l'air de te réjouir.

— J'ai horreur de préparer ces repas chichiteux.

— Alors, pourquoi as-tu accepté ?

Parce qu'il voulait que la bonne société de Palm Beach l'apprécie, songea Max.

— C'est dans le cadre de mon processus d'intégration.

Jazz éclata de rire.

— Tu crois que ça peut marcher ?

— Va savoir !

— C'est ce que souhaite Lauren ?

— Nous ne nous sommes pas parlé depuis une semaine.

Il aplatit le saumon avec la partie la plus large de la lame de son couteau.

— J'ai passé mon temps à réfléchir pour essayer de trouver une solution à notre histoire. Comment faire pour être ensemble sans déclencher une guerre froide entre motards et snobs de la haute ?

Jazz s'essuya les mains avec une serviette en papier et ouvrit le bocal rempli de cookies aux noix de pécan.

— Lauren est au courant de tes efforts ?

— Non.

— Pourquoi ne lui dis-tu rien ?

— Parce que je risque de ne pas réussir.

— En d'autres termes, tu as peur de l'appeler.

— Et pourquoi aurais-je peur ? rétorqua Max.

— Parce que si ce que m'a dit Nounours est vrai, tu as quitté Lauren sous le prétexte le plus bidon qui soit jamais sorti de la bouche d'un mec, et maintenant, tu as peur qu'elle ne veuille plus de toi.

— D'accord, d'accord, j'ai été nul sur ce coup. Mais j'essaie de réparer les pots cassés, alors tu pourrais t'abstenir de me faire la leçon.

Jazz mordit dans un cookie et lui jeta un regard sévère par-dessus le bar.

— Tu sais, Max, ça fait déjà huit jours que tu es un vrai paquet de nerfs. Il peut s'écouler encore des semaines avant que ta méthode ne donne des résultats... Si j'étais toi, j'irais trouver Lauren avant qu'elle ne se dise que le jeu n'en vaut pas la chandelle.

— J'ai trois soirées à organiser cette semaine. J'ai rendez-vous demain avec l'avocat spécialisé dans les adoptions. Et tous les deux jours, Harry m'appelle pour m'annoncer qu'il est sur une nouvelle piste. J'ai aussi deux enfants qui ont besoin que je les écoute et que je les aide à faire leurs devoirs, sans parler du Hangar...

— Tout ça, ce ne sont que des prétextes pour te défiler. Si tu ne veux pas perdre Lauren définitivement, tu ferais bien de prendre ton courage à deux mains et d'aller lui parler.

Au fond de lui, Max savait que Jazz avait raison. Mais que se passerait-il s'il allait voir Lauren et qu'il se rendait compte que, par dépit ou pour quelque autre raison, elle avait cessé de s'intéresser à lui ?

Lauren croisa et décroisa les jambes pour la quinzième fois depuis que ses amies étaient arrivées pour le brunch. Elle les avait invitées parce qu'elle avait envie de se distraire un peu. Quelques bavardages entre filles était la meilleure façon de se vider l'esprit, s'était-elle dit.

— Je n'en reviens pas, tout de même, disait Bunny Endicott, tandis qu'elles buvaient du thé et dégustaient des sandwiches au cresson.

— Tu n'en reviens pas de quoi ? demanda Lizzy LaFontaine.

— Comment, tu n'es pas au courant ? s'étonna Bunny en plaquant une main contre sa poitrine.

— Au courant de quoi ?

— Kitty Whitfield a organisé un dîner intime pour elle et Guy Thrasher, l'autre soir, avec le traiteur avant-gardiste du mariage de Betsy aux fourneaux.

Lauren dressa les oreilles.

— Tu plaisantes ? s'exclama Lizzy.

— Pas du tout. Je l'ai su par mon majordome, qui le tenait de la bonne de Kitty.

— Mais quelle mouche a piqué Kitty ? demanda Lizzy.

— C'est un excellent cuisinier, intervint Lauren.

Bunny la toisa comme si elle avait perdu l'esprit. Quant à Lizzy, ses sourcils parfaitement épilés se touchaient presque, tant ils étaient froncés.

— Guy Thrasher ? J'ignorais qu'il cuisinait, dit Bunny.

— Moi aussi, renchérit Lizzy. J'avais plutôt l'impression qu'il n'était plus bon à rien, même avec l'aide du Viagra. Je ne comprends pas ce que lui trouve Kitty.

— Une seconde ! intervint Lauren. Vous voulez dire que vous n'êtes pas choquées que Kitty ait engagé Max Wilde comme traiteur ?

— Qui ça ? Le chef ? demanda Bunny, qui n'y comprenait plus rien du tout, cette fois.

— Oui, Max Wilde, de la maison *Extravagances*.

— Bien sûr que non, Lauren, pourquoi diable...

Bunny plaqua la main contre sa bouche. Lorsqu'elle eut repris ses esprits, elle esquissa un sourire.

— J'avais oublié. Tu l'as fréquenté, n'est-ce pas ?

Et voilà, c'était reparti, songea Lauren. L'inquisition, les remarques perfides, les commérages...

— C'est un ami, dit-elle.

Lizzy sourit et prit un sandwich.

— Si j'étais à ta place, Lauren, je ne me contenterais pas de l'avoir pour ami. Tu n'as peut-être rien remarqué, mais nous sommes nombreuses à être tombées sous son charme, au mariage de Betsy. Il est absolument craquant. Et il paraît qu'Angie Hart a dragué celui qui tenait le bar !

— Oh, lui, quel amour ! gazouilla Bunny. Vous saviez qu'il était dentiste ? Quand je pense que je le prenais pour un voleur !

— Il nous arrive à toutes de nous tromper, de temps en temps, déclara Lizzy. C'est la vie.

Lauren écouta leur babillage en souriant. Elle avait souvent trouvé ses femmes ennuyeuses et superficielles, mais ce jour-là, elle ne perdit pas une miette de leur conversation. Et elle entendit des choses parfaitement étonnantes.

Pourquoi n'avait-elle jamais su que Bunny passait toujours le jour de Thanksgiving à la Soupe populaire ? Pourquoi avait-elle réduit Bunny à une femme dotée de faux seins et en quête d'un quatrième mari ?

Et Lizzy, depuis quand collectait-elle des fonds pour les victimes de catastrophes naturelles ?

Qu'ignorait-elle encore sur ses amies ? Peut-être avait-elle réellement été snob, et de plus d'une façon.

Un voile s'était levé quand Max Wilde était entré dans sa vie. Non seulement il l'avait rendue heureuse, mais il l'avait aidée à voir sous un autre angle des gens qu'elle connaissait depuis toujours.

Et soudain, tout devint limpide. Elle sut exactement de quelle façon elle allait introduire Max dans son monde.

Ce monde, elle allait le lui apporter.

Il était minuit quand Max emmena un Ryan à moitié assoupi dans sa chambre et le regarda s'écrouler sur son lit, tout habillé. Max éteignit la lumière, referma la porte, puis alla chercher Jamie dans la voiture et la porta dans sa chambre. Elle dormait depuis plus d'une heure, et elle ne se réveilla que quand il lui retira ses sandales pour la mettre au lit.

— Merci de nous avoir emmenés à Disney World, dit-elle d'une voix étouffée par les oreillers. C'était rigolo, mais ç'aurait été mieux si Lauren était venue avec nous.

Max s'assit au bord du lit.

— Ah bon ?

Jamie hocha la tête, se tourna sur le côté et mit ses mains jointes sous sa joue.

— Je croyais que tu l'aimais bien.

— Je l'aime bien, oui.

— Alors, pourquoi tu ne la vois plus ?

— J'ai été très occupé, ces temps-ci.

— Mauvaise excuse.

— Mais j'avais justement l'intention de lui téléphoner demain.

Et il espérait de tout son cœur qu'elle accepterait de lui parler.

Jamie sourit, apparemment satisfaite de sa réponse, et se recroquevilla en chien de fusil.

— Bonne nuit, murmura Max en lui embrassant le front.

— Bonne nuit, papa.

Max ferma les yeux, savourant le mot. « Papa... » C'était la première fois que Jamie l'appelait ainsi depuis que l'avocat lui avait téléphoné pour lui annoncer que le père de Jamie et de Ryan renonçait à eux. Les deux enfants n'avaient éprouvé qu'un immense soulagement en apprenant la nouvelle. Cela faisait bien trop longtemps que leur père biologique ne leur avait donné aucun signe de vie. Pour eux, il avait quasiment cessé d'exister. À présent, à quelques formalités près, ces enfants que Max aimait étaient légalement les siens.

Il se leva et alla s'asseoir devant son bureau. Ils étaient partis trois jours à Disney World, et le répondeur était saturé. Il rembobina la cassette, bâilla et appuya sur la touche lecture.

Mme Fabiano le remerciait encore une fois pour l'anniversaire de Luigi. Bunny Endicott – incroyable ! – sollicitait ses services pour un petit dîner dans l'intimité. Deux autres appels venaient de clients potentiels de Palm Beach. Il y en avait également un de Nounours et un de Jazz. Puis il entendit la voix douce et sexy de Lauren, un peu hésitante, qui disait :

« Appelle-moi. S'il te plaît. »

L'appel remontait à l'avant-veille. Quel idiot il avait été de ne pas lui téléphoner avant de partir pour Disney World ! Pourvu qu'elle accepte encore de lui parler le lendemain se dit-il, le cœur battant d'appréhension.

Le message suivant était également de Lauren.

« Désolée de te déranger, Max. C'est Lauren. Je ne crois pas avoir laissé mon nom sur le dernier message, alors je te rappelle, au cas où tu n'aurais pas reconnu ma voix. Maintenant que tu sais que c'est moi, pourrais-tu m'appeler ? »

Il sourit. Son ton était nettement plus encourageant.

La machine émit un bip, et la voix de Lauren s'éleva de nouveau.

« C'est mon troisième message, Max. Ça fait trois heures que je t'ai téléphoné, et il faut vraiment que je te parle. S'il te plaît, rappelle-moi. »

Bip.

« Quatrième message. J'ai besoin de te parler, Max, disait-elle d'une voix un peu tremblante. Rappelle-moi, s'il te plaît. »

Bip.

« Bon, Max, c'est encore Lauren. Je ne sais pas pourquoi tu ne me rappelles pas, mais... mais... Oh, et zut, je serai au Hangar mardi à midi. Tu n'as peut-être pas envie de me revoir, mais moi si. Je t'en prie, viens. Si tu ne viens pas, eh bien... »

Il entendit un long soupir, puis la voix de Lauren, qui murmurait :

« Je t'aime, Max. Je t'en prie, sois au rendez-vous. »

Il y serait, quoi qu'il arrive, et il ne quitterait jamais plus Lauren des yeux.

Bip.

« Bonjour, Max, c'est Harry. J'ai peut-être une bonne nouvelle. Rappelez-moi dès que possible. »

Il n'était que 21 h 30, en Californie. Max saisit le téléphone et composa le numéro du détective.

— Harry Crow à l'appareil.

— C'est Max Wilde, Harry. Je viens juste d'avoir votre message.

— Je suis heureux que vous me rappeliez. J'ai une nouvelle piste.

— Sérieuse ? demanda Max avec espoir, comme chaque fois.

— Prometteuse, je ne peux pas dire mieux. J'ai réussi à contacter un agent artistique à la retraite, qui s'occupait de quelques enfants acteurs il y a dix-neuf ou vingt ans. Il se souvient très bien d'une petite fille appelée Charlotte Wilde.

— A-t-il des archives, une adresse, un...

— Rien, mais il garde un souvenir très vivace de la mère de la fillette. Loretta Wilde.

Max se passa la main dans les cheveux. C'était la première fois qu'une des pistes de Harry menait à sa mère.

— Que vous a-t-il dit d'autre ?

— Pas grand-chose. La femme était un tyran. À cause de ses exigences, il n'a jamais pu faire engager la petite dans quelque publicité que ce soit. J'ai remonté la filière et découvert que Charlotte avait été placée dans une famille. J'ai fini par retrouver ses parents adoptifs.

— Mon Dieu, Harry, mais c'est plus que prometteur !

— Non, car ses parents adoptifs n'ont rien voulu me dire.

— Pourquoi ?

— Aucune idée. Lui est un ancien aumônier à la retraite. Il officiait dans les marines. Son épouse est femme au foyer. Ils vivent à Barstow, où ils habitaient déjà quand Charlotte était petite. Elle porte le nom de Charlotte Mattingly. L'âge et la description physique correspondent.

— Et son passé ?

— Ce que j'en sais est sommaire. Ils ont voyagé de base navale en base navale jusqu'à ce qu'ils s'installent à Barstow. Charlotte était une enfant sérieuse, apparemment, et très pieuse. Elle s'occupait d'un groupe d'études de la Bible à l'école et ne sortait jamais.

— Ma sœur aimait s'amuser, chanter et danser. Elle était pleine de vie.

— Vous savez, Max, les parents adoptifs ont l'air tout ce qu'il y a d'austère. Un enfant peut changer dans un environnement comme celui-là. En tout cas, Charlotte n'habite plus chez eux.

Harry avait raison. Max savait d'expérience à quel point des adultes peuvent influencer les enfants qui leur sont confiés.

— Alors, où en est-on, concrètement ? demanda-t-il.

— Je continue à me renseigner. Je vais bien finir par la retrouver.

— D'accord. Prévenez-moi dès qu'il y a du nouveau.

— Une dernière chose, Max. Je suis optimiste, cette fois. Je préfère ne pas le dire trop fort, mais j'ai bien l'impression que nous sommes sur la bonne piste.

Max raccrocha et contempla le papier sur lequel il avait écrit le nom de Lauren, puis celui de Charlotte Mattingly. Il ne croyait pas aux anges gardiens, mais il devait avoir commis une sacrément bonne action pour avoir une chance pareille.

21

À midi pile, Lauren se trouvait devant la porte du Hangar. Elle portait une robe courte, blanche et très décolletée, des boucles d'oreilles et un bracelet en diamants, ainsi que des sandales sexy à talons hauts. Très hauts.

Elle voulait que Max bave devant elle, qu'il rampe à ses pieds, qu'il tombe dans ses bras, parce que les deux semaines qui venaient de s'écouler, bien qu'elles aient été parmi les plus remplies de sa vie, avaient aussi été les plus solitaires. Elle avait désespérément besoin de lui.

Mais avait-il besoin d'elle ? Il n'avait répondu à aucun de ses messages. Toutefois, elle s'était ordonné de ne pas s'affoler, de ne pas tirer de conclusions hâtives et de garder confiance. Il avait dit beaucoup de choses ridicules, mais il avait aussi dit qu'il l'aimait, or elle le croyait. Et il allait l'aimer bien plus encore quand il saurait comment elle comptait faire fusionner leurs deux univers.

Elle respira un grand coup et ouvrit la lourde porte. Une seconde plus tard, le battant claquait derrière elle. Le bruit se répercuta contre les murs de l'entrepôt désert.

— Bonjour ! Il y a quelqu'un ?

Personne ne répondit. Pourtant, elle avait vu plusieurs motos dehors, y compris celle de Max. Elle traversa la vaste pièce. Ses sandales qui cliquetaient sur le sol en béton rendaient un son caverneux qu'elle détestait. Et elle détestait être seule.

— Bonjour, Lauren.

Elle fit volte-face en entendant la voix chaude de Max. Il était appuyé contre un mur, les mains enfoncées dans ses poches. Des cernes ombraient ses yeux, et il semblait soucieux, mais elle distingua une petite étincelle dans son regard. Il était toujours aussi fort, aussi solide, aussi horriblement désirable. Il était toujours l'homme de sa vie.

— Bonjour, dit-elle doucement.

Elle s'avança vers lui, fascinée par les mèches de cheveux noirs qui retombaient sur son front, par les muscles puissants de ses bras et de son torse, qu'elle devinait sous son tee-shirt blanc. Elle s'arrêta juste devant lui et sentit l'odeur enivrante de son après-rasage. Elle mourait d'envie de le toucher, mais se raisonna. Le moment n'était pas encore venu.

— Où sont les autres ?

— Partis.

— Pourquoi ?

Son regard de braise la parcourut de la tête aux pieds, et Lauren sentit ses poils se dresser sur ses bras.

— Pour que nous soyons seuls.

— Et pourquoi voulais-tu que nous soyons seuls ?

— Parce que je n'avais pas envie qu'on me voie m'effondrer, si jamais tu disais que tu m'aimais mais qu'il ne fallait plus qu'on se revoie.

— Ce serait vraiment stupide de ma part de dire une chose pareille, tu ne trouves pas ?

— Si. Complètement stupide. Je connais quelqu'un qui a dit cela à la femme qu'il aimait et qui l'a terriblement regretté ensuite.

— S'est-il excusé auprès de la femme en question ?

Max secoua la tête.

— Il avait peur qu'elle le rejette.

— Si elle l'aimait, si elle l'aimait sincèrement, elle aurait compris et lui aurait pardonné.

Lauren tendit la main et toucha sa joue, ses lèvres sensuelles.

— Elle aurait peut-être même réservé une jolie suite quelque part pour qu'ils puissent se réconcilier.

Soudain, elle se retrouva dans les bras de Max, dont la bouche se posa sur la sienne avec une intensité qui ne laissait aucun doute sur ses intentions.

— Je veux que ça marche entre nous, murmura-t-il dans un souffle. Je suis prêt à tout, Lauren, mais d'une façon ou d'une autre, je m'intégrerai à ton monde. Je ne peux pas vivre sans toi.

Elle le serra fort contre elle et plaça sa joue contre la sienne.

— J'ai appris que Kitty Whitfield t'avait engagé pour un dîner intime. Habituellement, elle est plutôt difficile à satisfaire, et pourtant, elle ne tarit pas d'éloges sur ta prestation.

Elle plongea le regard dans ses merveilleux yeux noirs.

— Tu t'es donné du mal pour t'intégrer à mon univers. Maintenant, c'est à lui de venir à toi.

— C'est impossible, Lauren.

— Mais si, c'est possible. J'ai énormément réfléchi pendant ces deux semaines et...

La porte s'ouvrit soudain en grand, et le soleil éclaboussa le sol. Deux camionneurs costauds entrèrent dans la salle.

— Où doit-on décharger ? demanda l'un d'eux à Lauren.

— Mon Dieu, vous êtes en avance !

— Qu'est-ce qui se passe ici ? demanda Max, tandis qu'elle se dégageait de son étreinte.

— Les livreurs sont là.

Elle esquissa un sourire contrit. Quel dommage qu'elle n'ait pas eu quelques minutes de plus pour s'expliquer !

— Tu m'excuses une seconde ?

Sans laisser à Max le temps de répondre, elle se dirigea vers le plus costaud des deux hommes, qui semblait être le responsable. Les dents serrées, elle marmonna :

— Vous ne deviez pas arriver avant 12 h 30.

— Écoutez, ma petite dame, ça vient quand ça vient. Alors, où est-ce qu'il faut décharger ?

Une main puissante se posa alors sur l'épaule de Lauren.

— Que se passe-t-il ? répéta Max, perplexe.

— Il faut que je trouve un endroit pour les plantes vertes.

— Quelles plantes vertes ?

— Celles que j'ai commandées. Elles vont débarquer d'une minute à l'autre.

— On n'a pas besoin de plantes ici !

— Bien sûr que si.

— Cet endroit est très bien comme ça.

— Je regrette de te le dire, Max, mais c'est vraiment tristounet.

— C'est un entrepôt !

— Excuse-moi, mais je n'ai pas le temps de discuter, je dois choisir un endroit où poser chaque chose.

Il secoua la tête.

— Tu es la personne la plus…

— Je sais, je suis exaspérante, mais c'est aussi pour cela que tu m'aimes, non ? En attendant, il s'agit d'indiquer à ces messieurs ce qu'ils doivent faire de ces plantes.

L'un des hommes s'avança vers elle, deux gros pots entre les mains.

— Où est-ce que je mets ces fougères ?

— Ce sont des dieffenbachias.

— Si vous voulez, mais qu'est-ce que j'en fais ?

Lauren promena son regard autour d'elle et trouva enfin l'endroit idéal.

— De chaque côté du terrain de basket.

— On ne peut pas mettre des plantes vertes à cet endroit, grogna Max. Ça va gêner.

— Si ça gêne, on les déplacera plus tard. Et maintenant, ajouta-t-elle, je voudrais quelques fougères par là, et là-bas aussi.

Elle ponctua sa phrase de gestes impérieux, puis poursuivit :

— Vous n'avez qu'à laisser les paniers de philodendrons ici, et nous les disposerons quand le mobilier sera arrivé.

— Le mobilier ! s'exclama Max.

Lauren le regarda, irritée. Max comptait-il rester planté là toute la journée, à pousser des cris ? Elle se retourna et se retrouva nez à nez avec lui.

— Oui, Max, dit-elle avec un sourire enjôleur. Le mobilier.

— Nous en avons déjà.

— Vous avez des tabourets en bois. J'ai trouvé beaucoup mieux : des canapés en cuir noir. Ce n'est pas exactement ce que j'aurais choisi pour moi, mais je voulais que ça te plaise. J'ai aussi prévu quelques fauteuils pour aller avec les canapés, ainsi que deux tables basses ravissantes recouvertes d'un plateau en verre.

Max se frotta les tempes.

— Des tables basses en verre... C'est la dernière chose qu'il nous faut !

— Au contraire, Max ! C'était vraiment nécessaire. Il n'y a aucune ambiance, dans cet endroit.

Elle distingua un gloussement en provenance du couloir qui menait aux toilettes.

— Qui rit comme ça ? demanda-t-elle.

— Jamie, sûrement.

— Pourquoi se cache-t-elle ?

— Je suppose qu'elle est revenue en douce après que j'ai demandé à tout le monde de s'en aller pour que je puisse te parler. Mais apparemment, plus personne ne se soucie de ce que je dis, à commencer par toi. Ça ne m'étonnerait pas qu'une douzaine de lascars soient en train d'écouter ton petit numéro.

— Ce n'est pas un numéro, Max. J'essaie de réunir le meilleur de nos deux univers, le tien et le mien.

— Avec des meubles ?

— Ce n'est qu'un début.

— Par pitié, ne me dis pas que tu me réserves encore des surprises !

— Bien sûr que si. Ces jeunes ont droit à un environnement confortable.

Il se passa les doigts dans les cheveux, et des mèches retombèrent sur son front. Lauren adorait le voir faire ce geste, qui lui était déjà si familier.

— Alors, à quoi dois-je encore m'attendre ? demanda-t-il, de ce ton bourru qu'elle commençait à trouver tout à fait charmant.

— À des ordinateurs.

— Quoi d'autre ?

— Des chaises et des bureaux.

— Et qui va apprendre à ces gamins à se servir de ces ordinateurs ? Toi ?

— J'aimerais bien, mais hélas, je n'y connais rien. Charles s'est porté volontaire, ainsi que Dickie Stribling, qui a promis de commencer dès que lui et Betsy seraient revenus de leur voyage de noces. C'est d'ailleurs lui qui nous fait don des ordinateurs, des imprimantes et des scanners. Bref, de tout le matériel informatique.

— Tu ne parles pas sérieusement ?

Elle vint tout près de lui, posa les doigts sur ses tempes et les frotta doucement.

— Je n'ai jamais été aussi sérieuse de toute ma vie. J'ai passé une semaine entière à collecter des dons et à tout organiser. Tu seras peut-être surpris, Max, mais j'ai beaucoup d'amis qui ne demandent pas mieux que de donner un coup de main au Hangar. Tu l'aurais su si tu avais pris la peine de t'adresser aux gens de Palm Beach. Mais tu ne l'as jamais fait, Max, et tu sais pourquoi ?

— Pourquoi ?

— Parce que tu es aussi snob que moi. Tu as des préjugés sur les gens riches.

Il l'enlaça et l'attira contre lui.

— Je t'aime.

— Moi aussi, je t'aime. Mais il va falloir que tu me voies autrement que comme une gravure de mode riche et prétentieuse, si tu veux que ça marche entre nous.

Il lui embrassa le bout du nez.

— L'avenir s'annonce difficile, dit-il d'une voix un peu enrouée.

— Plus que difficile, Max Wilde. Ça va être un enfer.

— Et pourquoi donc ?

Il l'embrassa, et elle chuchota contre sa bouche délicieuse :

— Premièrement, tu vas devoir essayer d'apprécier Chip.

Il s'écarta brusquement.

— Impossible !

Elle mit les poings sur ses hanches.

— Je t'ai déjà dit qu'il avait quelques qualités. En fait, il était très doué en maths à l'école, et je ne connais personne qui soit capable de calculer aussi vite que lui combien on peut gagner ou perdre à une course. Il s'est proposé pour donner des cours de maths aux enfants une fois par semaine. Je sais que c'est peu, mais il s'y est engagé, et pour lui, c'est énorme.

— Je croyais qu'il avait un problème avec le jeu.

— En effet, mais je lui ai bien précisé qu'il n'aurait pas le droit d'apprendre aux enfants à tricher.

Max pouffa et l'attira de nouveau contre lui. Apparemment, il n'était pas aussi furieux qu'il voulait le faire croire.

— Et toi, Lauren ? Que vas-tu faire, au Hangar ?

— De l'enseignement.

— Quoi ? Si mes souvenirs sont bons, tu n'étais pas brillante, à l'école.

— En fait, je suis très bonne en histoire et en géographie. Du moins, c'est ce que croit Ryan. J'ai voyagé dans le monde entier et je suis capable de raconter tout ce qu'on veut sur Cannes, Monte-Carlo, Paris ou

Milan. Mais j'ai comme l'impression qu'il faut essayer d'intéresser ces enfants autrement, leur enseigner plus que les matières scolaires de base.

— Tu veux leur apprendre à servir le thé et à dresser une table ?

Elle lui jeta un regard assassin.

— Non. Une de mes idées, c'est qu'ils apprennent à utiliser une caisse enregistreuse, pour qu'ils puissent trouver du travail ensuite. Caissier, ce n'est peut-être pas le boulot le plus passionnant du monde, mais il faut bien commencer quelque part. Alors, j'ai commandé une caisse enregistreuse et engagé quelqu'un pour montrer aux enfants comment ça fonctionne.

— Et tu as fait tout ça en une semaine ?

— Simple question d'organisation. J'ai même trouvé le temps de convaincre ma belle-sœur de s'associer avec moi pour reprendre une boutique de vêtements.

Max ferma les yeux et secoua la tête. Quand il les rouvrit, elle vit que son regard noir pétillait.

— Bon. J'attends la suite. Quel rapport entre la boutique de vêtements et le Hangar ?

— Il s'agit d'un magasin d'articles d'occasion vendus au profit des bonnes œuvres. Personnellement, je préférerais mourir plutôt que d'être vue dans ce genre de boutique, mais Sam a toujours adoré les friperies. L'autre soir, je me suis dit que certaines des filles qui viennent au Hangar avaient peut-être besoin d'un petit job. Je me propose donc de les embaucher dès qu'elles auront appris quelques rudiments en matière de vente et de confection. Et avant que tu ne me prennes de haut et que tu ne me dises que je n'y connais rien moi-même, sache que j'ai demandé au personnel actuel de la boutique de venir ici dispenser quelques cours d'initiation.

Max éclata de rire.

— Et ton histoire d'organisation de mariages ? C'est terminé ?

— Absolument pas. Oh, j'ai peut-être cru pendant un jour ou deux que j'allais déposer le bilan, mais les affaires sont reparties de plus belle. J'ai des tas d'amies qui vont venir donner un coup de main ici, ce qui me laissera le temps de m'en occuper. Tu seras même surpris d'apprendre que Bunny Endicott a proposé ses services.

— Cela ne me surprend pas du tout. Elle m'a confié la préparation d'un dîner pour elle. Un truc tout à fait intime.

— Il paraît qu'elle a un nouvel homme dans sa vie. Sais-tu qui c'est ?

Max regarda en direction de la salle du fond, d'où provenait un rire qui appartenait incontestablement à Nounours.

— Je n'en sais rien, et je ne suis pas sûr d'avoir envie de l'apprendre.

— Je me renseignerai. Bunny a toujours eu du mal à garder ses histoires de cœur secrètes, et si elle envisage de se remarier, je tiens à être la première à le savoir. *Extravagances Mariages* se chargera de tout.

Max fronça les sourcils.

— *Extravagances Mariages* ?

— La publicité proposera aux futurs mariés une fête qui sort des sentiers battus.

— Et tu veux appeler ça *Extravagances Mariages* ?

— Seulement si tu t'associes avec moi.

Max eut un sourire amusé.

— Qu'est-ce que j'aurai à y gagner ?

— J'espérais que tu me poserais cette question, parce que je crois vraiment que c'est la partie la plus intéressante de tout mon projet.

— Hé, Lauren ! cria Ryan. Téléphone !

— Peux-tu demander qu'on me rappelle plus tard ? Max et moi sommes extrêmement occupés !

— Je ne crois pas, répondit Ryan, qui se tenait toujours dans l'ombre. C'est ton majordome. Il a l'air inquiet. Apparemment, la police est venue chez toi pour arrêter un voleur de bijoux, et lady Ashford est dans tous ses états. Charles dit que tu dois revenir le plus vite possible.

— Mon Dieu !

L'estomac noué, Lauren laissa Max la conduire à travers la ville. Lorsqu'ils s'engagèrent dans l'allée circulaire de la maison de Lauren, ils croisèrent une voiture de police. En reconnaissant la personne assise à l'arrière, Lauren étouffa un cri.

Elle descendit précipitamment de la moto et courut dans la maison, Max sur ses talons. Elle trouva sa mère dans la bibliothèque, tranquillement assise sur un canapé, les mains croisées sur ses genoux.

— Tu te sens bien, maman ? demanda Lauren en prenant place à côté d'elle.

— Charles va m'apporter du thé. Je suis sûre que cela ira mieux après.

Max resta sur le seuil de la bibliothèque, appuyé contre le chambranle de la porte. Il sourit à Lauren, et elle sut qu'il la soutiendrait en cas de besoin. Qu'il la soutiendrait toujours.

— J'ai vu la police s'en aller, dit-elle. Est-ce vraiment Gerald que j'ai aperçu à l'arrière de la voiture ?

Le regard perdu dans le vide, Celeste hocha la tête, sous le choc.

— Cela fait des années qu'il dérobe des bijoux.

— C'est incroyable !

— Hélas, c'est vrai…

Charles entra, muni du service à thé en argent.

— Voulez-vous que je serve le thé, lady Ashford ?

— Non, merci. Je m'en occupe.

— Puis-je faire autre chose pour vous, lady Ashford ?

— Le thé suffira, Charles, répondit Celeste.

Puis elle ajouta :

— Vous avez toujours su le préparer exactement comment je l'aime. Je ne crois pas vous avoir jamais remercié pour cela.

— C'est un plaisir de vous être agréable, madame.

Charles disparut, probablement aussi perplexe que Lauren après la déclaration de Celeste.

Lauren laissa sa mère verser le thé dans les tasses. Les mains tremblantes, les yeux rougis, elle était méconnaissable. Elle semblait… différente, vulnérable. Lauren éprouva soudain une bouffée de tendresse pour elle.

— Que s'est-il passé ? demanda-t-elle.

Celeste souffla sur son thé et en but une petite gorgée.

— Nous sommes sortis en mer, Gerald et moi. C'était charmant, il me parlait de toi, de projets de mariage… Nous sommes revenus il y a une heure, et nous avons décidé de passer chez toi, car je voulais te convaincre de venir avec nous dans son île aux Fidji. C'est alors que la police est arrivée. Quelle horreur !

— Mais pourquoi sont-ils venus ici, maman ? Pourquoi ne sont-ils pas allés l'arrêter sur son yacht ?

— Je l'ignore. Tout s'est passé si vite que je n'ai même pas pu poser de questions. Ils avaient un mandat pour fouiller les bagages de Gerald et sa voiture, et ils ont trouvé des choses inimaginables : le collier de Bunny, et aussi ta parure en diamants et rubis que j'aime tant. Il a dû la voler quand nous sommes venus dîner ici.

— Pourquoi les soupçons de la police se sont-ils portés sur lui ?

— Son ex-femme, Jessica, l'a dénoncé. Il a toujours aimé la couvrir de bijoux, tu sais, et un jour, il lui a offert une paire de boucles d'oreilles qui appartenaient à quelqu'un qu'elle connaissait. La police a fouillé sa maison et y a trouvé des objets d'art, des bijoux… C'est renversant.

Elle émit un petit rire nerveux.

— Et dire que je ne me suis doutée de rien !

— Tout le monde s'est laissé avoir, maman.

Celeste prit la main de Lauren et la serra fort dans les siennes.

— Quand je pense que je voulais que tu l'épouses! Je suis tellement désolée, ma chérie…

— Tu ne désirais que mon bonheur.

— Peut-être, mais je me rends compte maintenant que je me suis beaucoup trop immiscée dans ta vie privée. J'ai fait de mauvais choix pour toi, et je t'ai critiquée quand tes mariages battaient de l'ailc…

— J'ai un libre arbitre, j'aurais pu me révolter. Je t'en prie, maman, ne te tracasse pas pour ça.

Celeste leva les yeux vers Max.

— Je vous dois également des excuses.

— Vous ne me devez rien du tout.

— Mais si. Je me suis montrée bouffie de préjugés, et je le regrette.

Il y eut un moment de silence, tandis qu'ils s'étudiaient mutuellement, puis l'ombre d'un sourire joua sur les lèvres de Max.

— J'accepte vos excuses.

— Merci.

Max s'approcha de Lauren et lui caressa furtivement la joue.

— Je vais sur la terrasse.

— Je te rejoins dans une minute, dit-elle en lui embrassant la main.

— Prends tout ton temps, rien ne presse.

Elle le regarda partir, en sachant que désormais, elle le verrait souvent s'en aller ainsi, et en sachant aussi qu'il reviendrait, qu'ils seraient toujours là l'un pour l'autre.

— L'aimes-tu vraiment? demanda Celeste.

Lentement, Lauren se retourna vers sa mère.

— Oui. Avec lui, je me sens… épanouie.

Celeste sourit.

— Alors, je suis heureuse pour toi.

— C'est vrai?

— Oui. Cette histoire avec Gerald m'a fait l'effet d'un électrochoc. Je pensais que les gens comme nous étaient au-dessus de ces trivialités. Je réalise que nous ne sommes pas différents des autres.

— Il y aura toujours des différences, ajouta Lauren, mais nous avons tous beaucoup à apprendre des autres. Tu n'imagines pas à quel point rencontrer Max m'a ouvert les yeux et l'esprit.

Celeste se contenta de sourire, puis elle se leva en lissant sa jupe en lin abricot.

— Ma chérie, j'ai un avion dans quelques heures. Je vais aller préparer mes bagages.

— Où vas-tu, cette fois ? demanda Lauren.

— Je rentre à la maison. J'ai un mari que j'adore et que je n'aurais jamais dû laisser seul si longtemps. J'ai beaucoup de choses à me faire pardonner, ajouta-t-elle avec un petit rire.

— J'ai comme l'impression qu'Andrew te pardonnera tout dès que tu franchiras le seuil de la maison.

— Je l'espère. Je ne veux pas te retenir, ma chérie, il y a un jeune homme qui t'attend dehors. Je file.

Celeste enlaça Lauren et la serra contre elle. Cela ne dura qu'un instant, mais Lauren savait qu'elle se souviendrait de ce moment jusqu'à la fin de ses jours.

— Prends soin de toi, ma chérie, dit Celeste en quittant la bibliothèque. Je t'appelle dès que je suis à la maison.

Lauren regarda sa mère partir, puis elle tendit l'oreille jusqu'à ce que le bruit des talons de Celeste dans l'escalier en marbre se soit éteint. Alors, elle se dirigea vers la porte-fenêtre, vers l'homme qu'elle aimait.

Appuyé à la balustrade, ses cheveux noirs en bataille, il contemplait l'océan. Elle le rejoignit et sentit son bras l'attirer tout contre lui, à l'endroit où elle avait toujours eu envie d'être.

— J'ai réfléchi, annonça Max.

— À quoi ?

— À cette association dont tu m'as parlé.

— *Extravagances Mariages* ?

— Oui. Nous deux, associés… Je ne suis pas sûr que cela fonctionnerait.

Au ton de sa voix, elle comprit qu'il plaisantait.

— Mais si, Max. J'ai pensé à tout. Les mariages auront lieu ici, parce que franchement, cette horreur de marbre rose n'est vraiment bonne qu'à accueillir des réceptions, des bals de fiançailles ou des galas divers et variés.

Il inclina la tête vers elle, et sous son regard, Lauren sentit ses jambes flageoler.

— Si je comprends bien, tu déménages ?

— C'est encore un des projets que j'ai échafaudés la semaine dernière. Tu te souviens de cette plage que je t'ai montrée et que j'ai achetée avec l'argent de mon premier investissement ? Je me disais que c'était l'endroit idéal pour construire une maison. Une vraie maison, qui serait mon foyer... Évidemment, je n'ai pas envie d'y habiter toute seule.

— As-tu songé à quelqu'un pour partager ton toit ?

— Oui. À Charles, naturellement, parce qu'il n'est pas question que je me sépare de lui. Et à Mme Fisk, parce qu'elle connaît mes goûts culinaires et me prépare toujours mes plats préférés.

— Et c'est tout ?

Elle passa les bras autour de son cou et plaqua son corps contre le sien, en se disant qu'elle aurait voulu rester ainsi éternellement.

— Je te laisserai peut-être y vivre aussi, avec Jamie et Ryan...

— Tu as déjà une cuisinière.

Elle l'embrassa en souriant.

— Mais personne ne cuisine comme toi.

— Ah bon ?

— Oh, non. Tu as des tas de spécialités que la pudeur m'interdit de nommer.

— Et pour ce soir, Madame désire ? fit-il avec une petite courbette.

— Mmm... murmura-t-elle en l'embrassant. Peu importe. Du moment que tu me sers au lit, j'adorerai.

Épilogue

Le mariage de Lauren Remington et de Max Wilde entrerait dans l'histoire de Palm Beach comme l'événement marquant de la saison. À la stupeur de certains invités, le marié était en smoking de cuir noir, tandis que la mariée arborait une robe Oscar de la Renta chatoyante. Durant la réception, le champagne coula au même rythme que la bière, et sur les plateaux en argent, brochettes et travers de porc côtoyaient médaillons de foie gras et bouchées antillaises.

Le jeune marié et ses amis arrivèrent en un cortège vrombissant de motos, et l'entourage de la mariée en une procession de Bentley, Mercedes et Rolls.

Quant à l'orchestre...

— Mon Dieu ! s'exclama Lauren en plaquant la main contre sa poitrine. Je sais que Nounours a un comportement bizarre depuis que Bunny l'a quitté, et je sais qu'il a voulu bien faire en engageant un groupe d'anciens escrocs en guise de musiciens, mais par pitié, ne me dis pas qu'il a embauché une strip-teaseuse pour clôturer les festivités !

Max éclata de dire.

— Pas une strip-teaseuse, ma chérie, dit-il à sa femme. Une chanteuse de Las Vegas.

— Je ne vois pas la différence. Tu te rends compte, Max, elle risque d'avoir les seins nus !

— La seule qui risque de se retrouver seins nus ici, c'est toi.

Max emmena Lauren derrière un palmier, à l'écart de la foule. Là, il passa un doigt sur ses douces épaules, le long de son cou, puis sur le bord de son décolleté en satin dangereusement provocant.

— Mais plus tard, bien sûr... quand nous serons seuls et que j'aurai tout le temps de t'éplucher.

Elle se pressa contre lui tandis qu'il l'embrassait dans le cou, ce qui ne manquait jamais d'envoyer une décharge électrique dans tout son corps.

— Il n'y aura pas grand-chose à éplucher, murmura-t-elle. Je n'aurai pas la patience d'attendre que tu me déshabilles.

— Et si nous sautions le reste de la soirée pour commencer tout de suite notre lune de miel ?

— Mmm... Ce serait merveilleux, Max, mais nous ne pouvons pas partir. Il faut qu'on ouvre le bal. Et ensuite, ajouta-t-elle d'une voix caressante, il ne restera plus qu'à couper le gâteau, jeter le bouquet et laisser les invités nous lancer des grains de riz.

— Cela va prendre des heures, gémit-il.

— De même qu'un tas de choses agréables que j'ai prévues pour les jours à venir.

— Mesdames et messieurs...

La voix tonitruante de Nounours arracha Max à son petit paradis personnel. Il se ressaisit, prit la main de Lauren, et les jeunes mariés quittèrent leur cachette sous les rires et les regards amusés des invités.

— Maintenant que j'ai toute l'attention des mariés, rugit la voix de Nounours, je voudrais vous présenter une invitée surprise venue spécialement de Las Vegas pour nous ce soir. Cette jeune femme a une voix exceptionnelle. Sans plus attendre, voici Charity.

Les invités et les jeunes mariés contemplèrent avec émerveillement la sculpturale beauté brune aux jambes interminables qui sortait de l'ombre. Elle s'avança sur la scène, vêtue de la robe la plus courte, la plus moulante et la plus rouge qu'on eût jamais vue.

Une salve d'applaudissements salua son arrivée.

À y regarder de plus près, on aurait remarqué que seuls les hommes applaudissaient. Les femmes réservèrent à la splendide chanteuse un accueil nettement plus tiède. À l'exception de Lauren, toutefois, qui fixait intensément la star de Las Vegas. Même le pasteur, Mike Flynn, semblait en transe.

Charity prit le micro des mains de Nounours.

— Merci, dit-elle d'une voix douce et grave.

Elle se tourna vers le public et adressa au pasteur un sourire ravageur, avant de scruter lentement la foule des invités.

— J'adore depuis toujours la chanson qu'a choisie Lauren pour sa première danse avec Max.

Elle avait une voix de sirène, et le pasteur Flynn paraissait totalement subjugué.

— Je ne pense pas que qu'on puisse chanter « Could I Have This Dance » aussi bien qu'Anne Murray, mais les paroles sont magnifiques et parfaites pour deux personnes qui s'aiment et démarrent une vie en commun.

Les yeux noirs de Charity étincelèrent lorsqu'ils se posèrent sur Lauren, puis sur Max. Celui-ci trouva son sourire vaguement familier, mais ce sentiment fugace disparut lorsque les premières notes de piano s'égrenèrent. Il prit sa femme dans ses bras.

— « I'll always remember… » commença Charity.

Max enlaça Lauren et appuya sa joue contre la sienne. Plus rien n'existait que la musique et la présence de sa femme, si douce et si belle. Lorsqu'il baissa la tête vers Lauren pour l'embrasser avec tendresse, il crut que son cœur allait exploser de bonheur.

— Je t'aime, murmura-t-il.

— Je t'aime aussi.

Il n'avait jamais rien vu d'aussi beau et d'aussi touchant que son sourire et ses yeux verts embués de larmes.

Soudain, la chanson se termina. Max entraîna aussitôt Lauren loin de la foule. Il avait besoin de l'avoir pour lui tout seul.

Des myriades d'étoiles scintillaient au-dessus de leurs têtes, et un peu partout, des petites lucioles brillaient dans le jardin. Lauren avait organisé cette magnifique réception avec brio, songea-t-il. Même les cieux étaient avec eux. Soudain, une main effleura son épaule, et il sursauta. La chanteuse se tenait à côté de lui et lui souriait d'un air interrogateur.

— Je crois que tu me cherches, dit-elle.

Max fronça les sourcils en secouant la tête.

— Vous devez me confondre avec quelqu'un d'autre.

— Je suis désolée. J'avais cru comprendre que tu cherchais ta sœur.

Les doigts de Lauren s'enfoncèrent dans ses bras, tandis qu'il contemplait la femme en rouge.

— Charlotte ? demanda-t-il d'une voix étranglée.

— On ne m'appelle plus Charlotte depuis des années. Je suis Charity, maintenant.

Pétrifié, Max la contempla fixement, en essayant de retrouver chez cette femme la fillette de quatre ans qui lui avait dit au revoir vingt ans plus tôt. Elle avait les mêmes cheveux noirs, les mêmes yeux de braise, mais il n'osait pas y croire.

— Comment savez-vous que je cherche ma sœur ? demanda-t-il.

— Ton détective est venu trouver mes parents.

— Harry ne m'a pas du tout parlé d'une chanteuse !

— Ça ne m'étonne pas que mes parents n'aient pas parlé de mon métier actuel. J'imagine que ton détective cherchait une jeune fille timide plongée dans la Bible toute la journée.

Charity sourit.

— C'était moi, dans une vie antérieure.

— Qui me dit que vous êtes bien ma sœur ?

— Mon Dieu, Max ! s'exclama Lauren. Tu ne vois donc pas la ressemblance ? Vous avez les mêmes yeux, le même sourire...

Mais Max avait vu trop de femmes, au fil des années, qui avaient ses yeux et son sourire. Trop de femmes qui avaient prétendu être sa sœur et ne l'étaient pas.

— Vous souvenez-vous de l'endroit où nous habitions ? demanda-t-il, sourd aux protestations de Lauren.

Charity secoua la tête.

— Mes parents adoptifs ne m'ont quasiment rien dit de mon passé. Je sais seulement que je m'appelais Charlotte Wilde. Je ne possède pas de certificat de naissance, je n'ai aucune vieille photo, et il y a huit jours seulement que mes parents m'ont appris que j'avais peut-être un frère. J'ai eu un mal fou à les convaincre de me donner le numéro de téléphone de Harry Crow, et j'ai dû le supplier de ne pas te dire que je venais aujourd'hui. Avant de te revoir, je voulais avoir le temps d'essayer de me rappeler les premières années de ma vie.

— Te souviens-tu de quelque chose ? demanda Max.

— Seulement de ceci.

Elle écarta de son front une mèche de cheveux longue de deux centimètres.

— Je me souviens d'un accident, d'avoir eu mal à la tête. Je me rappelle que j'ai pleuré et que quelqu'un m'a consolée jusqu'à ce que l'ambulance arrive. Mais c'est tout.

Max effleura des doigts la cicatrice de la jeune femme. Il avait encore en tête l'accident, la façon dont il avait tenu sa petite sœur dans ses bras et appuyé son tee-shirt sur sa blessure en la rassurant.

Mais la suite n'avait rien eu de rassurant. Charlotte avait disparu, laissant un trou dans son cœur pendant vingt ans.

Et maintenant, enfin, elle revenait.

Des larmes lui brouillèrent la vue. Il sentit sa femme lui presser la main et se dit que le plus beau jour de sa vie venait de devenir encore plus radieux.

Il prit sa sœur dans ses bras et la serra contre lui, encore hébété.

— Nous avons tant de choses à nous dire... murmura-t-il.

— Et moi, j'ai un millier de questions à te poser. Mais ce sera pour plus tard. Aujourd'hui, c'est ton mariage, et je n'ai pas l'intention de commencer à m'immiscer entre mon frère et sa femme. Et puis, je ne suis venue que pour la journée. Je dois reprendre un avion dans moins de deux heures, on m'attend pour remplacer quelqu'un dans une revue.

— S'il te plaît, reste, demanda Lauren. Nous pouvons repousser notre voyage de noces de quelques jours.

— C'est la chose la plus folle que j'aie jamais entendue, et laissez-moi vous dire qu'à Las Vegas j'en vois des vertes et des pas mûres!

— Alors, c'est nous qui viendrons, décréta Max.

— Avec grand plaisir, répondit Charity. Je commence un nouveau spectacle dans quelques semaines, je vous offrirai les meilleures places.

Déjà, bien trop vite, elle quittait ses bras, lui disait où il pouvait la joindre, lui envoyait des baisers et des sourires.

Max attira sa femme contre lui, et ils regardèrent Charity disparaître dans la foule.

— On peut partir pour Las Vegas ce soir, suggéra Lauren en effleurant la joue de Max et en l'embrassant doucement.

— C'est vraiment ce que tu veux?

Elle sourit.

— Pas exactement, mais je t'aime, Max. Je ne veux que ton bonheur. Si, pour être heureux, tu dois passer du temps avec Charity, je le comprends tout à fait. Et notre voyage de noces attendra un peu...

— Je n'ai pas envie d'attendre, dit-il en la couvant du regard. Ni une semaine, ni un jour, ni même la fin de cette réception.

— Notre avion pour Tahiti ne part que demain matin.

— Mais le *Fantasy Inn* est ouvert toute la nuit.

Lauren tourna la tête vers le jardin, où plus de deux cents invités mangeaient, bavardaient, buvaient, dansaient. Apparemment, les jeunes mariés ne manquaient à personne.

Avec un lent sourire, elle prit la main de Max, releva l'ourlet de sa robe longue, et ensemble, ils traversèrent la maison de marbre rose pour aller rejoindre la moto rutilante garée dehors.

Elle se blottit tout contre son mari et lui chuchota à l'oreille :

— Je t'aime.

Max se tourna sur sa selle et passa la main derrière la nuque de Lauren.

— Moi aussi, je t'aime.

Puis il l'embrassa, doucement, tendrement.

Et il sut, sans le moindre doute, que ce n'était que le début de l'aventure la plus amusante, la plus enivrante, la plus extravagante qu'ils aient jamais connue.

6435

Composition Chesteroc International Graphics
Achevé d'imprimer en Europe (France)
par Maury-Eurolivres – 45300 Manchecourt
le 4 septembre 2002.
Dépôt légal septembre 2002. ISBN 2-290-32756-5

Éditions J'ai lu
84, rue de Grenelle, 75007 Paris
Diffusion France et étranger : Flammarion